Lydia Mischkulnig

Sieben Versuchungen

Lydia Mischkulnig

Sieben Versuchungen

Erzählungen

Deutsche Verlags-Anstalt
Stuttgart

Nada le debo a la vida
nada le debo al amor
aquella me dio amarguras
y el amor, una traición.

Nichts schuld ich dem Leben,
nichts schuld ich der Liebe,
jenes bescherte mir Bitterkeiten
und einen Verrat die Liebe.

Tango von
Antonio M. Podestá

Inhalt

Bande

Thailand ist heiß und feucht. Jakob drängt sich nicht vor, er wartet als letzter in der Schlange. Er denkt darüber nach, warum das Wort Schlange weiblichen Geschlechts ist, obwohl sie aus männlichen Domänen besteht, aus Kopf und Schwanz. Bis ins hinterste Glied sind keine Frauen darunter, dafür schauen die weiblichen Zöllner herüber, und die Männer lächeln sich in die Augenspalten, in die aufgeschlitzten Äpfel ihrer Träumereien. Die Frauen sind nicht verführerisch, sie sind nur zart und klein, und herrisch dirigieren sie die Schlange zurück. Don't touch the line. Die Schalterampeln springen von Rot auf Grün, und die Frauen rufen, come on. Der Kopf der Schlange kommt in Bewegung, explodiert in Zeitlupe, als würde er auslaufen, tritt auseinander, löst sich von seinem Schwanz ab, und die weißen, weichen Männer dringen vor bis zu den Zellen.

Der Flug war lang und ungemütlich, und jetzt wird Belohnung erwartet für die Mühe. Jakob ist das Schlußlicht der Schlange, sein Traum ist ausgereift, und das Weibchen steht schon bereit.

Eva erwartet ihn. Sie hat eine Blume im Haar, sie ist auffrisiert. Sie ist schon zwei Wochen hier im Urlaub. Vorher war sie in Tokio, Hongkong und Singapur. Asien ist ihr Traumkontinent. Ein Wirtschaftsraum, den sie von der angenehmen Seite betritt, bevor sie ihr Büro und ein

neues Leben bezieht. Eva ist Modejournalistin, und demnächst sitzt sie für immer, wenn sie Jahre meint, in der Hongkonger Vogue. Jakob hat sie nach Thailand bestellt, auf neutralen Boden, wie er meint, für seinen Plan, der die Aussicht auf ein Leben mit Eva begründen soll. Jakob schwitzt, als müßte er Zweifel ausdünsten, er weiß nicht genau, was er an Eva hat, Liebe oder Freundschaft, auf jeden Fall hat sie seine Leidenschaft.
Er ist müde und wehrt sich nicht gegen den Geruch. Im Land reifen die Stinkfrüchte. Jakob atmet flach, nicht zuviel von diesem Gestank pumpt er in sich. Eva bricht eine Stinkfrucht auf, die Schale ist knorrig wie Krokohaut, der Kern dafür rosig, weich und duftig. Außen pfui und innen hui, sagt sie und gibt Jakob zu kosten.

Jakob setzt sich die Brille auf. Sie schützt, und er kann hemmungslos schauen, wenn Eva vor ihm geht, mit schwingenden Hüften, und auf einem klimatisierten Taxi besteht, das sie sofort bekommt, auch als Frau in einem patriarchalischen Land. Das ist der Reiz an Eva in Thailand. Sie demonstriert, was sie erreichen kann. Eva setzt sich durch wie ein Mann, und Jakob folgt ihren beharrlichen, kleinen Schritten. Seit er sie kennt, läuft er an ihrem Gängelband. Er wird es in die Hand nehmen, sich abnabeln und Eva ein Kind anhängen. Jakob legt ihr die Hand in die Taille und rutscht den Stoff hinunter, das Steißbein entlang. Sie bemerkt es nicht, aber er liebt den Schwung, den sie da hat. Eva ist nicht entwöhnt. Wahrscheinlich war sie vor kurzem noch mit Enrico Fati im Bett.
Eva trägt Türkis, grell und harmonisch. Ihre Augen sind genauso türkis, keine gewöhnliche Farbe, wenn Jakob

zu lange hineinschaut. Die helle Iris läßt ihn nicht weiter als bis zur Hornhaut, er könnte seine Konturen pakken und ablösen. Eva schafft es, die Augen offen zu halten, länger als sechs Sekunden, die erste Träne könnte bei zwanzig kommen, aber dann wischt das Lid Jakob ab. Er könnte hundertmal sagen, ich lieb dich, es rührt sie nicht.

Daß er sie nach Thailand eingeladen hat, hat mehr zu bedeuten, als eine Reise zu zweit. Er kommt als Gesandter, als Part einer Zwillingsschaft, Begehren und Verlangen. Jakob will ein Ergebnis daraus. Vom Liebhaber hat er genug. Eva soll ihn fürs ganze Leben bekommen, aber sie will Jakob nicht als Ehemann. Sie hat Enrico Fati in New York. Sie ist ausgelastet. Sie hat ihre Pläne, und diese führen sie fort. Eva bleibt an keiner fixen Station. Jakob ist gebunden an Ort und Zeit. Er ist Neonatologe und arbeitet in einer Intensivstation, bringt Säuglinge durch, die zu früh aus den Nestern der Mutterbäuche gefallen sind. Eva bewundert ihn für den Dienst am Nächsten, aber sie ist eine Frau von Welt, und sie bewegt sie mit ihren Artikeln über Künstler und Moden, wie über Fati zum Beispiel, der in einem Frack von Yamamoto dirigiert und sich als Philosoph am Dirigentenpult tituliert, wenn er Schubert daherschwadroniert. Jakob arbeitet an den Wurzeln des Lebens, und Enrico Fati nistet im Jetset und stürzt nicht ab, egal wie er sich aufspielt. Wenn er sich als Philosoph bezeichnet, ist das Jakob zuviel Eigenlob. Immerhin reproduziert Fati Schubert nur, während Jakob aus den Tönen seiner Säuglinge eine Sinfonie ans Leben komponiert, wenn ihre Lungen unter seiner Leitung heranreifen und ihre ersten Schreie produzieren und dann aufgehen in einer Klangwolke.

Aber Eva wertet keine Werke, sie nimmt Fati in Schutz. Er ist Dirigent, sagt sie, und er bringt Schubert zum Leben. Das ist seine Gabe, einzudringen in Schuberts Geist und mit ihm zu verschmelzen. Jakob kann keine Toten zum Leben erwecken, dafür kann er vor dem Tod retten, und dieses Wissen ist seine Kunst. Er arbeitet am Boden der Realitäten, mit Händen und Füßen, der Kopf koordiniert sie nur, um ein Ziel zu erreichen, und das heißt, ein normales Leben aus Fleisch und Blut zu gestalten. Eva wird nicht umhin können, den Unterschied zwischen Präpotenz und Potenz zu bemerken.

Seiner Meinung nach geht es jetzt geradeaus zum Hafen, aber Eva lächelt zurück. Sie zeigt auf den Plan. Es gibt Abkürzungen. Der Chauffeur sagt allright und biegt ab. Links ziehen die Gassen vorbei, und der Stau blinzelt parallel zu ihnen, als sie die ausgedienten Lagerhäuser entlang hinunterfegen. Vorne ist ein Streif das Meer. Jakob hat ein besonderes Ferienziel ausgesucht, eine idyllische Insel, ein Thailand ohne Kindernutten und Sextouristen. Die Reise ist Schwerarbeit, dafür wartet ein Paradies auf ihn.
Auf dem Schiff breitet Eva das Handtuch aus, Jakob soll sich ausruhen. Sie achtet darauf, daß er nicht der Sonne ausgesetzt ist. Sie baut ihm einen Schatten mit ihrem Körper. Sie stellt sich an die Reling und flattert mit dem Kleid im Wind. Welle für Welle wird Jakob gewogen. Er versucht nicht dagegenzuatmen. Er sucht einen fixen Punkt am Horizont, Eva taucht vor ihm auf und ab, er fühlt sein Gewicht, genau das ist schlecht, er muß leicht mitgehen, sonst wird er seekrank. Er konzentriert sich auf den Geruch der Luft, mit den Knoten gewinnt

sie an Salz, und die Stinkfrüchte verliert er aus der Nase.
Jakob sieht zum ersten Mal Delphine springen, er glaubt, er träumt. Eva hebt den Arm und zeigt hinaus auf das Wasser, es ist blauer, als je gedacht. Jakob hat die Brille auf, sieht aus, als würde er schlafen, dabei wartet er nur auf den richtigen Moment, in dem Eva nicht aufpaßt. Der Motor stampft seinen Dreivierteltakt. Felseninseln wachsen daher, wie steinerne Kakteen in einer Wasserwüste ragen sie aus dem Meer. Jakob greift in die Innentasche seines Sakkos, holt die Babypillen heraus, die für Frauen gedacht sind, die schwer zu befruchten sind. Er wird Leben nicht nur retten, auch stiften. Für Evas Hand nimmt er ein Kind in Kauf. Er tauscht die Antibabypillen aus, nimmt die Dose aus Evas Handtasche, und legt seine identisch aussehenden Hormonpräparate hinein.
Eva dreht den Kopf zu ihm. Sein Gesicht ist nicht mehr im Schatten. Er liegt mit dem Haupt auf ihrer Handtasche. Sonnenbrände sind gefährlich, sagt Eva und rückt ihren Schatten nach. Als der nächste Delphin springt, öffnet sie den Mund, aber es kommt kein Laut, sie schnappt zu und schaut allein dem schwimmenden Säugetier nach.

Eva war Klassenbeste und berühmt für ihren Fernsehauftritt als Gewinnerin des Redewettbewerbs über Leben und Mode. Jakob verteufelte in seinem Aufsatz den Einsatz von technischen Geräten in der modernen Medizin, als Ersatz für die menschliche Beziehung zwischen Patienten und Arzt. Und Eva reflektierte über den Identitätswechsel der Flower Power der sechziger Jahre, die

sich in die Businessetage umgetopft hatte, sie behauptete, der Körper brauche ein Gebäude, in dem er sich bewegen könne, maßgeschneiderte Grenzen, die sich mitbewegten und nicht in anarchischen Phantastereien zerfledderten. Jakobs Aufsatz fiel durch, war nichts Neues. Soziales Engagement und keine weitere Raffinesse dahinter. Eva hatte Erfolg, die Frechheit, mit der sie die späten Hippies, darunter Jakob, als Phantasten darstellte, vertuschte ihre biedere Ansicht. Sie lächelte und korrigierte ihren Interviewer, der sie gefragt hatte, was sie werden wolle, und antwortete mit spitzer Zunge, ich bin's doch schon. Gewinner.
Sie war die erste mit Dauerwelle, die erste mit breiten Schultern, die erste mit einem fixen Freund, und Jakob war ihr erster Liebhaber, einen zweiten oder dritten gab es nicht. Er blieb ihr Liebhaber, auch beim zweiten, dritten und vierten Freund diente er als Trampolin, und Eva federte sich hoch auf ihm. Er maturierte und verlor sie aus den Augen. Nach Jahren traf er sie auf der Straße wieder. Jakob war Arzt und Eva ein schillerndes Wesen geworden, mit bunten Federn am Hut, sie interviewte für Vogue und lud Jakob zum Essen ein.

Ihre Wohnung war leer, nackt, reduziert auf das Notwendigste, sie lebte nicht mehr richtig hier, mehr in New York, bei ihrem jetzigen Freund. Jakob wohnte allein, hatte keine Frau auf Abruf bereit. Seine Arbeit fresse das Privatleben auf, sagte er, und sein Sexlife sei verkümmert. In der Neonatologie burnen ihn nur Säuglinge out.
Du hättest Gynäkologe werden sollen, sagte Eva.
Eva war mit berühmten Männern im Geschäft, manch-

mal im Bett, aber die meisten kamen ihr wie Nylonsäcke vor, leer, glatt, manche recyclebar. Sie konnte die Erinnerung an den Staranwalt wachküssen. Wenn sie ihn anrief, knisterte ihr Name noch in seinem Gehirn. Sie konnte ihren Redaktionschef mit ihren neckisch grinsenden Schamlippen auf dem Schreibtisch erquicken, bevor er seinen Lausbuben auspackte und den Rahmen seiner Ehe anknackste, als er das Bild seiner Gattin im Orgasmus auf den Tisch knallte.

Die nächsten Jahre würde Eva die Etagen noch weiter hinaufklettern, und im darauffolgenden Dezennium würde sie keinen Anschluß mehr an die Probleme der Kleinfamilien ihrer Liebhaber finden, weil sie zu alt, zu erfolgreich, zu selbstständig wäre. Eva erreicht ihre beruflichen Ziele, aber mit fünfunddreißig hat sie noch keinen Mann für Bett und Wiege. Nur unverbindliche Zusammenkünfte, die ihr auf die Nerven gehen.

Eva erzählte nichts davon. Sie sei keine gewöhnliche Geschäftsfrau, sagte sie, kein beziehungsverwahrloster Single. Im Hinterstübchen überlegte sie, ob Jakob Abgründe und Spalten aufreißen könnte im gemeinsamen Parkett, damit das Leben spannend bliebe und sich nicht in die Breite treten ließe.

Sie verschaffte sich ein Alibi für ihre Intimsphäre. Sie tischte eine Geschichte mit Enrico Fati auf. Sie wollte Jakobs Appetit anregen, um sich dann selbst auf dem Tablett zu servieren.

Eva hatte Enrico Fati zu Yamamoto interviewt. Dieser Kleidermacher bringe ihn zum Fliegen, hatte er gesagt. Ich schwinge mit den Noten, weil ich in keiner Schablone stecke, wie sie Armani anbietet. Fati hatte große

blaue Augen, aber keinen Blick für Eva, nur den Himmel spiegelte er. Fati war kühl, aber begeistert von Yamamoto und Musik. Die Leichtigkeit gehört der Ewigkeit, sagte er sehnsüchtig.
Warum komponieren Sie nicht, fragte Eva. Ein eigenes Werk wäre doch eine Herausforderung.
Fati schaute sie gereizt an. Wissen Sie, was das heißt? Schmerzen und Opfer, sagte er. Eine Komposition wäre wie die Geburt meines eigenen Kindes, und noch dazu müßte es später Schubert übertreffen.
Fehlt denn der Glaube daran? fragte Eva.
Enrico Fati hielt die Luft an, seine berühmte Ader über der Stirn schwoll an. Sein Markenzeichen pulste. Sie kennen ihre Grenzen nicht, Madame.
Eva gefiel seine Wut, sie hatte ihn an der Wurzel gepackt. Und sie wollte sie ausreißen. Sind Sie in schöpferischer Hinsicht impotent? fragte sie.
Fati richtete sich auf und sagte: Die Suche nach einer Antwort überlasse ich Ihnen. Er schaute sie verachtungsvoll an. Er war Dirigent und schwul. Er hatte sich nicht ausreißen lassen.
Er schickte ihr in die Redaktion rote fleischige Blumen, die erbärmlich nach Pisse rochen.

Eva ließ Homosexualität und Pißblumen aus, sie erzählte Enrico Fati speziell für Jakob, schilderte ein intim harmonisches Leben abseits von Magazinen und Konzertsälen, sie sagte, daß Fati ein Kind von ihr wolle.
Und? fragte Jakob. Was machst du jetzt?
Ich bin keine Mutti, hab ich ihm gesagt.
Du willst keine Kinder?
Soll ich der Evolution eine Spitze aufsetzen?

Du bist ehrgeizig, was?
Beständig, sagte Eva, ich ringe immer um einen Kompromiß.
Und was sagt Fati dazu?
Nichts. Er komponiert für mich.

Sie führte Jakob tiefer in die Wohnung. Die Töne Enrico Fatis füllten die Räume bis in die Küche.
Jakob war nicht größer als Eva, das fiel ihr zum ersten Mal richtig auf, er war schlank, zu klapprig vielleicht, aber er bewegte sich nicht zuviel, seine Glieder arbeiteten nach Plan, bewußt, als wollte er ihr gegenüber fremd sein.
Eva trug ein Kostüm. Die Hände steckten im Teig für die Nachspeise, und sie knetete mit majestätischer Ruhe. Der Kopf gehörte den Tönen, und sie summte nicht dazu, sondern horchte. Eva hatte ihr Schlafzimmer neben der Küche. Jakob konnte es durch den Spalt sehen.
Eva arbeitete mit dem Messer, hackte Gewürze, legte Wachteln aufs Brett und fragte, du magst doch Wachteln? Jakob schüttelte den Kopf. Er ißt kein Gefügel. Die Wachteln erinnern mit ihren gestutzten Flügeln und angezogenen Beinchen an Föten im Gestationsalter von sechsundzwanzig Wochen. Unter den Fotolampen sehen sie in den Brutkästen aus, als lägen sie in einem Griller. Eva legte die Wachteln zurück in den Kühlschrank. Dann gibt es Brot und Wein. Sie holte noch Butter, Lachs und Kapern heraus, überlegte kurz, bevor sie die Kapern den Häppchen punktgenau aufsetzte. Jeder Bissen ein Bild, sagte sie und vollzog das Zeremoniell der Dekoration. Die letzte Kaper hielt sie zwischen den Fingerspitzen und rollte sie hin und her und lächelte ver-

führisch und, fühl mal, wie Nippel, sagte sie. Die Körperlichkeit aus ihrem Mund versteifte Jakob, er saß angespannt und wie gelähmt da, als sie sich herunterbeugte und ihm die Kaper zwischen die Lippen schob. Eva ist Eva geblieben, atemberaubend. Er holte die Kaper mit der Zunge in den Mund, schleckte Evas Fingerspitze ab und spürte den Grat ihres Nagels und die Fingerkuppe. Er schmeckte die Kaper, ihr hartes Fleisch, dann schmeckte er das Salz, und der Speichel weichte ihr Fleisch auf. Evas Finger glitt über sein Kinn. Jakob schluckte, und Eva schenkte Wein nach.
Auf dich, sagte sie.
Auf Enrico, sagte Jakob.

Evas Gesicht sieht unberührt aus, wie bei Schaufensterpuppen, die auf Weite wirken, nur von den Spiegelungen gestreift werden. Das Leben hat noch keinen Kratzer hinterlassen, ist höchstens bis zur Scheibe gekommen und hat sie angeschaut.
Jakob nahm Evas Hand und fuhr die Linien der Innenseite ab. Die Lebenslinie hat einen Knick. Eva beugte sich vor und schaute ihn frech an: Und was bedeutet das?
Andere Umstände, würde ich sagen.
Unsinn.
Wird es nicht Zeit für ein Kind, das die Hüften berechtigt, verständlich macht, und entschuldbar im Vergleich zu den Puppen? Sonst wird ein alterndes Mädchen aus dir.
Und aus dir, sagte Eva, ein alter Junge vielleicht?
Seine Hände strichen über ihr Gewand. Er straffte den Stoff, Evas Figur trat heraus, konturierte die Seide. Sie rauschte ganz nah am Ohr. Fati spielte im Hintergrund.

Jakob hatte Mühe, mit dem Blick auf ihrem Gesicht zu bleiben, er kam sich lächerlich vor. Er machte ihr den Oberkörper frei.
Er fühlte seine Hoden anschwellen, seitlich aus dem Stoff quellen, Eva schaute ohne Regung, ohne Ziel in den Augen, glatt, und jede Grenze an ihr war gesammelt im Reflex, gebündeltes Licht, das ihren Blick lebendig machte und Jakob einen Funken aufsetzte.
Es erregte ihn, Enricos Weibchen nicht zu berühren, sondern von ihm in die Hand genommen zu werden. Er drängte sich durch Evas Fingerring. Enrico war im Ohr, er bäumte sich auf, effektvoll und heftig, mit Gefühl für Interpretation, und Jakob fühlte sich von innen, als streife eine gefiederte Hand seine Organe, kratze sanft mit den gekrausten Spitzen das Skelett, als ginge ein Atem durch ihn, als stoße er an die Grenze der Haut und senke sich wieder, fiele in sich zusammen bis zum nächsten Hauch, als wiege ein Flaum um seine Innereien. Er hörte Fati und spürte seinen Dirigentenstab an der Schädeldecke, als hätte er wilde Hörner im Gehirn. Jakob stöhnte, weil Eva stöhnte, während er sich in sie jagte und Enrico Fati erlegte.
Nach ein paar Tagen fuhr Eva weg. Nach Hause, wie sie sagte und New York meinte. Jakob wartete auf Nachricht. Der Briefkasten blieb leer. Er tauchte trotzdem mit der Hand hinein, tastete die Blechwände nach einem Umschlag ab. Eva meldete sich Wochen später, und Jakob war sprungbereit. Sie lächelte wie Mona Lisa, in sich ruhend und kaum. Jakob wollte näher an sie ran, prüfen, wie klar er sich sehen kann. Eva war eine Frau des bleibenden Augenblicks, päzise und scharf nüchterte sie seine Sehnsucht aus. Rien ne va plus, sagte sie.

Eva spricht gern französisch. Sie liebt die Mundgymnastik und schwört darauf, daß es ihr Puppengesicht um Jahre länger erhalten würde.
Sie dachte produktiv. Sie wehrte Jakob ab und sagte mit geschminkten Lippen, du sollst mich nicht küssen.
Armer Jakob, sagte sie dann und lächelte ihn mitleidig an, weil er gehorchte.
Jakob, Jakob, Jakob, und wieder Jakob, so lange sagte sie Jakob, bis er sich in sinnlose Buchstaben zersetzte.

Sie lenkte vom Thema ab, als er sie fragte, ob Enrico von ihm wisse. Eva streifte die Schuhe von den Füßen, und unendlich langsam lockerte sie den Gürtel des Mantels und ließ den Knautschlack über den Rücken gleiten. Eva trug einen rosa Pullover. Kaschmir, streichelte sie sich über die Schulter.
Ich spreche über uns! sagte Jakob genervt.
Eva schmollte und ging ins Bad. Er hörte es knistern. Sie drückte die Antibabypillen aus der Palette in ihr Döschen, schluckte eine Tablette, klappte das Döschen zu, und wie eine Zicke drehte sie sich weg, als Jakob ihren Kaschmir berührte.
Für den Maestro war Jakob Tabu, er diente Eva als Mätresse. Sie konsumierte Jakobs Hülle, den Einschluß seiner Liebe ließ sie übrig wie Gekröse.
Sie flog um die Welt, und Jakob saß in seiner Neonatologie und hielt die Welt der Säuglinge in der Hand. Die Köpfe der Frühgeburten sind weich und schwer, die Schädelknochen noch nicht zuammengewachsen, sie schwimmen unter der Haut, wie Kontinente im Meer, er liebte dieses Gefühl in seinen Händen und ertappte sich

dabei, die Schädel zu streicheln, als wären die Kinder seine eigenen.

Eva erfuhr in der Redaktion, daß Enrico Fati in New York an einer Inszenierung von Carmen arbeite. Sie wollte mit ihm ein Shooting verabreden. Fati sollte sich in den Klamotten seines spanischen Kostümbildners fotografieren lassen und etwas über die Hitze und das Feuer Bizetscher Musik erzählen. Die exzessive Liebe Spaniens und die Raffinesse französischer Musik als Italoamerikaner analysieren und zum Schluß kommen, daß in jedem von uns ein Feuer brenne, eine unstillbare Gier nach amore.

Enrico Fati war klein und eitel. Er zierte sich beim Anziehen und meckerte über die Maskerade, aber es gefiel ihm, sein fotogenes Gesicht auflagenstark publiziert zu sehen, das war sein Geschäft, und er beherrschte es. Er nahm kaum Notiz von Eva, war beleidigt, benützte sie als Mittel zum Zweck. Nur eine berühmte Journalistin darf Enrico Fati ein zweites Mal belästigen. Er blähte die Brust, zeigte seine Größe, und als es blitzte, lächelte er. Blendend und überzeugend.

Eva wollte mehr aus ihm herausholen. Sie fragte ihn über sein Privatleben aus. Fati sagte, er arbeite immer, und sei er einmal zu Hause, dann seziere er die Geräusche der Stille, wenn der Plattenspieler den Arm hebe, wenn der Wasserhahn tropfe, je ruhiger es werde, desto genauer höre er in sich hinein. Fati schloß die Augen, schlug sie gleich wieder auf und sagte, dann höre ich meine Lider quietschen, und ich konzentriere mich auf das Blutrauschen, höre hindurch, bis in meinem Kopf Glockenschläge erklingen, ich dringe in den Ursprung

der Musik, in ihren kleinsten gemeinsamen Nenner, ich bin verschmolzen mit ihm. Verstehen Sie das?
Eva nickte.
Enrico Fati drehte sich auf seinen hohen Absätzen um und verließ sie mit einem letzten Tip, schildern Sie mich traurig.
Warum das?
Nehmen Sie Anteil an der Hingabe, sie bedeutet Isolierung.

Eva rief Jakob an, sie spielte mit dem Kabel, wickelte es um den Finger. Es schnitt in die Haut. Er war nicht zu Hause. Sie rief in der Klinik an. Jakob hatte keinen Dienst. Sie wollte ihn hören. Er war nicht zu finden. Sie spürte Stiche in der Hand, das Telefonkabel schnürte das Blut ab. Sie lockerte es, der Abdruck wand sich um ihren Finger und verschwand erst mit dem einsickernden Blut. Enrico Fati sollte für Jakob fühlbar sein, ein Dirigentenstab sollte in seinem Bauch glühen, sich aufrichten und ins Herz sticheln, die Eifersucht hineintätowieren.
Jakob sah und las.
Der Maestro stand in seiner Torerouniform vor dem Notenpult, mit erhobenen Armen und dem Kopf im Nacken, er holte zum Todesstoß aus und spießte im nächsten Bild einen Stapel Notenblätter auf. Dann lag er auf einem Sofa, im Gespräch mit Eva. Fati war leidenschaftlich, nachdenklich, gefühlvoll und philosophisch. Kein Wort über Eva ließ er fallen. Sie durfte ihn portraitieren, aber ihre Beziehung blieb für die Öffentlichkeit ein Geheimnis. Eva hatte die Macht, ein Genie zu besitzen, ein Leben mit ihm zu führen, dessen Bedeutung nicht auszuplaudern war.

Jakob betrachtete sich nackt im Spiegel. Er drehte sich um und schaute sich von hinten an. Er strich seitlich über die Backen hinauf, über den Bauch und die Rippen. Sein Atem stieg auf, und er drehte sich wieder um, die Hand strich weiter, und Erregung kam auf und verpuffte, als er sich sein Gesicht streicheln sah. Jakob arbeitete wie ein kaputtes Echolot an sich, er suchte das Genie an sich und erhielt kein Signal, blieb an der Visage hängen, die ihn angrinste und Jakob nur Jakob reflektierte. Er ging unter die Dusche.
Evas Anruf kam überraschend.
Jakob hörte die Sirene, die Geräuschkulisse spielte Evas weite Welt, und sie lockte ihn nach New York. Er tropfte, und seine Füße standen in einem kleinen See. Er trat ans Ufer, setzte dem Boden Wasserflecken auf, als wollte er eine Fährte für sich legen. Um zurückzufinden, befahl er, bitte mich. Eva sagte erst ein paar Sekunden später, überleg's dir noch mal, und legte auf.

Das Schiff plumpst ins Wellental. Eva stemmt die Arme in die Hüften und zeigt die Silhouette durch das Kleid, bin ich fett?
Jakob setzt sich auf.
Hast du geschlafen oder mich angesehen?
Jakob findet das Schiff, das Meer, Eva, die Delphine und die Farben von alledem märchenhaft. Sie weiß, daß er übertreibt. Vielleicht ist es das. Seine verläßliche Art, sie als Prinzessin zu sehen.
Jakob legt die Hände ins Genick. Er fühlt sich wie gerädert, aber der Gedanke an Enrico bringt ihn in Schwung. Jakob hätte Lust auf eine große Geste, wenn er könnte, würde er eine Zigarre guillotinieren.

Eva schwankt und verliert das Gleichgewicht. Sie landet auf Jakob. Sie lacht vergnügt und schaut ihn an. Sie ist das Leben, das spielt. Jakob ist nicht in der Lage, sich zu befreien, und die Zigarren hat er im Taxi liegengelassen.
Eva seufzt neben ihm. Sie denkt an Enrico. Er wird zerspringen vor Wut. Er hat ihr betörende Liebeserklärungen gemacht. Zwischen Dur und Moll ist seine Stimmung geschwankt. Mal wollte er sie heiraten, mal sich umbringen, sagt sie.
Und wie hast du reagiert? fragt Jakob.
Mit Ehrlichkeit! sagt Eva. Er hat mich verflucht dafür.
Unter Schmerzen sollst du gebären, oder was?
So ähnlich.
Das ist nicht schön.
Er wollte mich vergewaltigen. Er wollte mich schwängern.
Übertreib nicht, sagt Jakob.
Er stellt sich Eva mit Enrico vor, wie sie mit ihm in die Ehe trudelt und die Geburtsanzeige des ersten Kindes aufgibt, wie sie am Geländer eines Schiffes steht, ihrer eigenen Yacht vielleicht, und Segel setzt für orchestralen Wind. Eva hat erzählt, daß Fati einen Flipper zu Hause habe, Delphingesänge notiere und sie in eine Sinfonie für Greenpeace verwandle, um der Natur am Ausgang des zwanzigsten Jahrhunderts ein akustisches Denkmal zu setzen. Jakob könnte ihr erzählen, daß er sich mit seinen Genen in das nächste Jahrtausend verpflanzen wird, und Eva der Boden für den Samen sein wird.
Sie holt Wasser vom Schiffsbuffet. Sie nimmt sich das Hormonpräparat aus der Pillendose. Jakob fröstelt.

Ist dir kalt? fragt Eva, legt sich das Clomiphen auf die Zunge und schluckt. Der Eisprung ist in wenigen Tagen garantiert.
Jakob streckt die Füße zu ihr hin, will mit den Zehen die Fesseln berühren, Eva trinkt Wasser nach, und Jakobs Herz klopft aufgeregt, bald wird er sie schwängern, doch bis dahin kann noch viel geschehen.

Eva wohnte in Brooklyn. Auf den ersten Blick wirkte das Appartement desolat, nur frisch lackiert, aber die Aussicht auf Manhattan war mächtiger als die Risse und Spalten im Parkett. Spuren von Enrico waren nicht vorhanden. In den Kästen lag Designerware nach dem Muster einer erfolgreichen Geschäftsfrau. Die Blusen und Pullover waren im Lot aufeinandergestapelt, und die Kostüme hingen in Reih und Glied hinunter. Eva lebte durch und durch in New York. Die Rasterung Manhattans setzte sich bis in ihren Kleiderkasten fort.
Jakob wollte nicht allein in der Wohnung bleiben. Er fuhr mit der Fähre nach Staten Island und gleich wieder zurück. Die Skyline war eine Konstante im Seegang. Das Schiff schwankte, und Jakob schwindelte, aber die Häuserschluchten hielten ihn aufrecht. Das ist der Optimismus dieser Stadt, dachte er sich und griff in die Jakkentasche. Die Hormonpillen waren da. Er hatte sie aus der gynäkologischen Abteilung des Krankenhauses. Er hielt sie fest. Er wollte sie erst austauschen, wenn Eva außerhalb Enricos Reichweite war. Er mußte sie aus New York bringen. Er mußte sichergehen, daß die Schwängerung durch ihn erfolge. Er dachte an einen idyllischen Ort. Keine Dürre sollte ihn umgeben. Er stellte sich eine fruchtbare Insel vor und entschied sich

für subtropisches Klima. Er kaufte die Tickets für Thailand und wollte Eva mit der Reise überraschen.
Sie saß im Dunkeln. Manhattan funkelte hinter dem Vorhang. Eva rauchte. Ein kleiner Leuchtturm zwischen ihren Lippen, woran sich Jakob orientieren konnte.
Er tastete sich heran. Sie hielt die Zigarette aufrecht zwischen den Fingern und trug einen Ring mit einem Türkis. Jakob beugte sich vor, er konnte den Glitzer auf der Haut berühren.
Was willst du? fragte er heiser.
Evas Gesicht blendete auf. Ruhe, rauchte sie aus. Sie überlegte und sah überlegen aus. Jakob legte die Tickets aufs Bett. Eva warf den Blick darauf und hob die Augenbrauen. Ein Sexurlaub?
Jakob spürte die Hitze in seinem Bauch, der Flaum um seine Innereien brannte.
Ich will eine Entscheidung auf neutralem Boden! sagte er. Oder bleibst du im Orchestergraben?
Ich gehe fort, sagte sie.
Und was ist mit Thailand?
Sie dämpfte die Zigarette aus und sagte: Ich werde nach Hongkong versetzt, und bis Thailand ist es dann ein Katzensprung.
Jakobs Laichplatz war akzeptiert.

Eva fühlte sich schwer wie ein Stein und wollte untergehen, am besten in ihrem Wasserbett. Sie ließ sich fallen. Das Haar schlug über ihrem Gesicht zusammen, und Jakob wollte sie sehen, schmachtend und hingegeben. Er packte ihr Haar, als wäre ein Netz einzuholen, und der Fang war ihr Gesicht. Die Haut um die äußeren Augenwinkel legte sich nicht in Falten, nur die Wangen scho-

ben sich zu kleinen Pölstern, als wären sie frisch aufgeschüttelt, wenn sie lachte. Eva flüsterte, und Jakob verstand sie nicht. Eva wiederholte, du kannst nicht bleiben. Was soll das heißen?
Jakob durfte mit ihr schlafen, aber nicht in ihrem Bett bleiben. Er war Evas Bajazzo, ein kleiner Charge in ihrer komischen Oper. Eva hätte Enrico Fati platzen lassen, aber Jakob glaubte zu sehr an ihn. Sie blies den Rauch aus, und dünne Häute zogen durch seine Worte. Jakob war verletzt, und Eva wollte ihn nicht noch mehr enttäuschen. Sie behielt Enrico für ihn und bat Jakob zu gehen. Es ist ein schwerer Schlag für Enrico. Jakob muß verstehen.

Das Meer schäumt noch, als der Motor ausgeht. Dann kommen kleinere Boote hinter den Felsen hervor, wie Gondoliere stehen Thais an den Steuerrudern und knattern mit ihren Booten zum Schiff.
Eva nimmt die rotbraunen Strähnen im Nacken zusammen, dreht sie hoch und fixiert sich einen neuen Hinterkopf mit den Nadeln. Nicht perfekt genug, im Wind löst sich das Haar wieder. Jakob nimmt eine Locke. Eva neigt den Kopf zurück, kommt ihm entgegen, damit er leichter spielt.
Das kleine Boot bringt sie ins Camp. Die Wellen schaukeln Eva auf, und Jakob kommt ihr im nächsten Schwung nach, dazu knattert das Meer, und seitlich zieht die Küste der Insel vorbei. Jakob greift in seine Hosentasche, holt die Antibabypillen heraus und läßt sie hinter Evas Rücken ins Wasser fallen. Dann röstet er unter der Sonne. Eva genießt den Wind, und wenn das Wasser über die Bootswand spritzt, träufelt es in der

Glut. Hinter dem nächsten Felsvorsprung biegt sich die Küste auf, ein Hufeisen mit Palmenstrand, ein karibischer Bortenrand weitet sich aus.
Perfekt, sagt Eva.
Jakob ärgert sich über ihre Stimme, sie kratzt ein himmlisches Kinderbild an. Die Bucht ist ein Dreiklang aus Sand, Stämmen und Palmkronen, der Rundhorizont einer Urlaubswelt. Jakob fühlt sich wie in Kulissen, fehl am Platz, aber überwältigt von der natürlichen Wirkung. Dann löst sich eine Hütte heraus, sie wächst immer größer ins Bild und detailliert sich in Giebeln, verspielt sich in Bambusgeflecht, und das Dach schwingt pagodenhaft mit. Ein blauer kniehoher Teppich ist das Meer. Ein weißer Streifen weht über den Steg, und bunte Menschen spannen ihn glatt.
Welcome to Peepee Island, steht im Wind. Das Ruder schlägt noch ein paarmal aus, und das Boot gleitet die letzten Meter dahin, bis Eva als erste einschreitet, mit den nackten Füßen ins Wasser sticht und vor Jakobs Augen versinkt bis zu den Knien. Ein türkises Stehaufweibchen. Das Kleid bauscht sich um Schenkel und Hüften. Die Sonne bestrahlt ihre Schultern. Jakob steigt ihr nach. Eva gondelt in ihrem Kleid über das Wasser, eine lautlose Glocke, deren Klöppel im Wasser erstickt.
Jakob verliert das Gefühl für den Boden, hält gerade noch die Balance, um das Gepäck trockenzuhalten.
Dann verstreichen die Tage, und Jakob, der Neonatologe, macht sich ans Werk. Der Beischlaf gehört zum gemeinsamen Urlaub. Jakob fühlt den Schwellkörper, praktisch und griffbereit, transportabel und fremd. Er wird seine Gene nicht los. Eva will nicht mit ihm

schlafen. Enrico geistert in ihrem Kopf herum, ein heißer Schatten im Gehirngang.

Eva verteilt das Öl auf der Haut und putzt sich die Finger an Jakobs Rücken ab, dann legt sie sich flach und steckt die Kopfhörer in die Ohren. Aus den Knöpfen kommt Fati. Leise Geräusche, dumpf und Schlag für Schlag, eine Kette von sanften Massakern. Eva singt die Habanera mit. Der Wind peitscht Jakobs Seiten weiter und verblättert die Illustrierte, die zwei Wochen alt ist und lauter Liebesgeschichten in sich hat, lauter Evas und Jakobs, beliebige Namen und immer im gleichen Muster, deshalb keine Ablenkung für Jakob.

Er zieht die Beine an und sieht dem Schatten zu, wie er über die Zehen und das Bein in die Genitalzone klettert und sie teilt in Tag und Nacht. Als trüge Jakob einen Embryo in der Hose, liegt das Geschlecht da, eine kopflose Puppe, die belebt werden will. Er wartet auf Regung, die Sonne ist heiß genug. Er spreizt ein bißchen die Beine.

Eva liegt wie angerichtet da, sie nimmt das Oberteil ab und schwitzt sogar am Brustansatz. Sie atmet ruhig und lautlos, greift in den Sand und schwenkt den Arm über den Bauch und läßt den Sand auf den Nabel rieseln.

Jakob schaut in die Palmen, die Kokosnüsse könnten jederzeit fallen und ihn erschlagen, er überlegt den richtigen Zeitpunkt, Eva einfach zu übermannen.

Er blättert in den wahren Geschichten der Illustrierten, sucht eine Anleitung zur Eroberung.

Eva steht auf. Jakob schaut ihr nach, legt sein Augenmaß an, prüft, ob ihr Becken breit genug ist für eine normale Geburt.

Dann nimmt er das Heft in die Hand, liest über Leute von heute und hält den Atem an. Enrico Fati ist abgebildet. Er lächelt traurig, und schwarze Leisten rahmen sein Foto. Eine kleine Notiz gibt bekannt, der Dirigent ist tot. Jakob liest immer wieder die Zeile. Enrico Fati hat sich umgebracht, und man weiß nicht, warum. Jakob könnte jubeln, aber er hält sich zurück. Ohne Fati ist sein Plan sinnlos.

Eva liegt in den Wellen. Sie treibt bis zum Riff. Am Strand liegen die Handtücher auf, wie die Fenster eines Reihenhauses. Jakob beobachtet Eva, sie taucht unter und mit Schwung wieder auf, das Wasser spritzt wie Scheibensplitter, und das Licht bricht sich darin.

Für Jakob kristallisiert sich ein Dilemma heraus. Wenn er Eva den Artikel zeigt, ist es vorbei mit dem Urlaub. Er könnte Fati zerreißen, aber Jakob will wissen, wie Eva auf seinen Tod reagiert. Sie steigt aus dem Wasser und schleicht sich heran, ihr Schatten schiebt sich über den Sand. Mit einem Satz ist sie auf Jakob, sein Körper zwischen ihren gegrätschten Beinen, sie preßt ihm die Fersen in die Flanken.

Jakob kann sich nicht wehren, sie liegt auf ihm, die Situation ist pikant, unter freiem Himmel, am hellichten Tag, will sie es mit ihm treiben. Jakob versucht sich zurückzuhalten, aber die Beherrschung gelingt ihm nicht, es reicht die geringste Bewegung, und er spritzt den Samen in ihren Unterleib. Wie erschlagen legt er den Kopf zurück und sinkt in den Sand.

Was hätte Enrico auf der Insel getan? fragt Jakob.

Eva schüttelt den Kopf: Wie kannst du jetzt an ihn denken?

Sie peitscht das nasse Haar hin und her, versprengt die Wassertropfen und schreckt Jakobs Sonnenbrand ab.

Du wirst dich häuten wie eine Schlange, sagt sie und steigt ab.
Auch Enrico ist feucht, und Evas Schatten verdunkelt ihn.
Hätte er den Wind studiert? Hätte er sich Partituren mitgebracht? Hättet ihr ein Kind gemacht?
Du spinnst wohl, sagt Eva.
Ich frag ja nur.
Soll ich ihn umbringen, damit du ihn vergißt?
Mach keine Witze.
Er hält ihr die Zeitung hin. Eva liest und wird blaß. Wie eine Musterschülerin sieht sie aus, die zum ersten Mal versagt. Sie bringt keinen Ton heraus. Sie fühlt sich schuldig, dabei möchte sie Gras über Enrico wachsen lassen. Jakob schaut sie neugierig an, als prüfe er ihre Gefühle. Eva muß leiden und bereuen, Tränen treten ihr in die Augen, und sie möchte erklären.
Er konnte Schubert nicht übertreffen.
Jakob ist empört, Eva hat Enrico auf dem Gewissen und sucht läppische Ausreden.
Eva schaut ihn herausfordernd an und sagt: Ich habe ihn deinetwegen verlassen. Dann steht sie auf und läßt Jakob sitzen, als hätte er ein Leben verspielt.
Er könnte ihr nachgehen, sie um Verzeihung bitten, sie trösten. Er müßte ihr gar nicht sagen, was noch passiert ist, er könnte alles bei seiner alten Listigkeit belassen und das Kind als Zufall erklären, aber Jakob ist zu allem zu feig.
Abends hört er die fliegenden Hunde. Wenn sie in den Palmen die Kokosnüsse streifen, schießen diese herunter wie Bomben und brechen nicht auf. Die schwarzen Schatten schwirren wie elektrische Drähte.

Eva sitzt auf der Veranda, das Streichholz brennt gleich wieder ab, die Luft ist zu feucht. Sie wäre am liebsten in New York, aber das Paradies entläßt sie nicht, erst in eineinhalb Wochen geht das nächste Schiff zum Festland zurück.
Bis dahin sitzt sie fest mit Jakob, und Fati bleibt zwischen ihnen. Jetzt kommt Jakob vom Strand zurück. Er stellt sich neben Eva, riecht ihr Salz und die Hitze, die aus dem Boden steigt. Immer wieder gehen Kokosnüsse nieder, harte trockene Detonationen auf der Erde. Er sagt, ich muß etwas beichten.
Vergiß es, sagt Eva.

Eroica

Curt spitzt den Bleistift, Curt sticht New York. Nach Wien muß er blättern und von dort nach Ägypten. Der Maßstab ist eins zu einer Million, Curt zeichnet Curt, der Strich ist dikker als seine Bedeutung. Der Atlas ist neu, und Curt zählt die Längengrade. Es geht um das Beileid, das er der Tochter seines Freundes auszudrücken hat. Sie lebt in New York, jetzt, was ist das für eine Zeit, der Freund ist auf dem Nil verblichen, und kaum zwei Tage ist es her.

Curt ist erschöpft. Er denkt, ich begreife nicht genügend. Es wäre ihm lieber, die Tochter des Freundes wäre tot. Tröstende Worte ließen sich leichter zum plötzlichen Tod einer jungen Frau finden als zum Verscheiden eines älteren Mannes, dessen Leben ohnehin zur Neige ging. Was soll er schreiben, Curt ist ein Schriftsteller, und er muß jetzt schreiben, sonst schreibt sie. Sie ist die Tochter des Toten, lebendig in der Millionenstadt. Was bedeutet der millionste Tod eines Vaters?

Der Tote hatte von ihr gesprochen, von der einzigen Tochter, und dann gleich von der Schuld, die er sich aufgeschrieben hatte. Curt war um den Frieden des Freundes geflogen, Ablaß sollte er anbieten für dessen Geschichte.

Der Leichnam wird von Luxor nach Kairo gebracht, und wegen der Obduktion weiß keiner was, aber der

Arzt hat vermutet: Herzversagen bei einem sechzigjährigen Mann. Der Arzt hat in Deutschland studiert, hatte bei der Leiche eine Nummer gefunden und noch eine, aber ohne Vorwahl, die Polizei sagte, der Arzt soll telefonieren, bevor er die Leiche aufmacht. Die vollständige Nummer war Curts Nummer.
Ehe die Tochter den Brief erhält, wird der Leichnam zu Hause sein. Curt könnte sie anrufen, nur ist es ihm peinlich. Was ist passiert?

Die Tochter war ein häßliches Kind, fett war der Leib, und fett war das Haar, sie konnte das Fett nicht abwaschen, sie produzierte es im Überfluß nach, und selbst die Augen verschlierten, anstatt zu funkeln. Curt wäre guten Willens gewesen, die innere Schönheit zu entdekken, wenn sein Freund, ihr Vater, sich nicht blind gestellt hätte. Curt verstand ja die Vatergefühle, aber.
Die Tochter versteckte sich im Zimmer, wenn jemand kam, selbst Curt, den sie schon immer kannte, der ihre Fettheit absichtlich nicht bemerkte und sich ihr gegenüber ganz normal benahm, die Hälfte ihres Leibes einfach ignorierte. Sie flüchtete hinauf, man konnte es deutlich hören, wie sie davonschlich und raschelte und die Tür schloß, und ob sie lauschte, wußte ihr Vater nicht, aber gefaßt war er auf alles. Eroica schämte sich bis zum Haß auf sich selbst und ihren Vater, weil er geschrieben hatte, nicht über sie, aber einen Roman, der hieß wie sie und der auch nicht schön war.
Buch und Mensch sind Eroica. In diesem Werk wurde ein Mädchen in jungen Jahren getötet vom leiblichen Vater, noch ehe die Tochter selbst wehrfähig war. Eroica strafte den Vater für den Mord auf Papier, den er

nicht klärte und in Gedanken verlor. Sie zeigte ihm ihre Liebe und die Unschuld ihrer Weiblichkeit in der unansehnlichsten Häßlichkeit, die sie ausstellen konnte. Sie war ein verwunschenes Monster, das Curt beobachten konnte, und er wunderte sich über den Vaterstolz des befreundeten Dichters, der sonst jede Abscheulichkeit sah, nur nicht die Häßlichkeit seiner eigenen Tochter. Sie trug die eitrigen Poren zur Schau, daß Curt die Augen schloß und zur Begrüßung die Wange nur anlegte und sie danach heimlich abwischte mit sterilem Tuch. Sie stellte den Aussatz des Vaterromans dar, litt unter dem Familienmord samt der Schändung, schau mich nur an, die Ausgeburt aus seinem Roman. Der Vater stahl sich in Buchstaben davon und schob die Biographie vor, die so unwirklich war im Vergleich zur Geschichte.

Er war ein Unschuldslamm gewesen, und Curt sein Hirte. Beide hatten fürs Theater gedichtet, aber Curt war der bessere Liebhaber und hatte Kontakte. Die Schauspielerin verkehrte den Freund in Curt und Curt in den Freund und dann mit beiden und abwechselnd einem, bis sie sich nicht für Curt entschied. Die Schauspielerin schenkte dem Freund eine Tochter, und dann war sie auf und davon, ohne das lebhafte Andenken am Bein, sie mußte allein auf die Bühne.

Der Freund schrieb ihr, wie er das Geschenk hegte und pflegte, aber er verschwieg, daß er das Kleinkind auch beobachtete, um eine phantastische Grausamkeit auf Papier zu entwickeln. Mit Eroica hatte er doppelt Glück. Er hatte einen Menschen, der ihn liebte und dessen Name einen wunderbaren Titel für sein Skandalbuch hergab.

Du hast mich geschändet, sagte sie.
Also bitte, das ist Literatur! sagte er.
Curt stand dabei.
Sag was, Curt, du bist auch ein Schriftsteller.
Kann er schreiben, was er sich nicht heimlich denkt?
Curt sagt, was soll's. Es ist geschrieben, und alle leben davon.
Du bist ein Schwein, Curt, sagte Eroica, und die Kruste im Mundwinkel bröckelte auf und blutete, auf das Geschmiere kann ich verzichten.
Der Vater schrieb ein Weißbuch nach dem anderen und wäre schön langsam verschwunden aus den Bestsellerlisten, wenn die Tochter ihm nicht Autobiographisches nachgesagt hätte. Eroica konnte klagen, denn überall war sie willkommen, aus Schutz vor dem Vater, der ihr angeblich nachstellte, indem er schrieb, und ihre Geschichten aus dem Schriftstellerhaus waren der Kern seines Erfolgs.
Der Mann in der Vatergeschichte streichelte den weiblichen Säugling. Dieser hielt alles fest, was der Mann in seine Hand legte, der weibliche Säugling hielt eindeutig fest, wollte buchstäblich festhalten. Die Unschuld weckte die Lust, die Brust reichte sich dem weiblichen Säugling, und nicht nur die Brust. Der Säugling schrie gierig. Der Mann ließ sich melken in der Schrift, ein paar Tropfen reichten ihm schon für immer wieder.
Eroica las Zeile für Zeile, sog den Ekel vor dem Erguß des Vaters auf, auch wenn er schwor, er hätte keine Absicht, nur Text gehabt.

Als Eroica in die Schule gekommen war, war sie stolz auf die Fingerdicke des Buches gewesen und zeigte gern her, wie stark sie war. Der Vater bekam es mit der Angst, als Eroica plötzlich Eroica entzifferte, Eroica aus Eroica zusammenstoppelte und mit leuchtenden Augen aufsah. Sie wurde behandelt wie ein überintelligentes Kind, als wäre sie krank, durch das Genie ihres Vaters behindert. Dabei war sie anfangs ein ganz normales Kind. Eroica verändert das Leben, hieß es, und der Vater hopste mit und übertraf sie mit seiner Infantilität.

Die kindliche Fröhlichkeit der beiden war penetrant. Das Mädchen freute sich des Lebens auch bei Curt, und er sollte mitspielen. Er hielt Eroica fern von seinen Verborgenheiten. Er war bereit, aufzupassen auf das Kind, doch wollte er nebenher arbeiten. Überall drang Eroica hin in weniger als zwei Stunden. Curt mußte sich konzentrieren, und die Fröhlichkeit steckte nicht an, als sie sein Manuskript zerriß und keine Ermahnung nutzte. Er packte sie und zog sie zum Fenster, ich werf dich hinaus, und sie lachte. Sie lachte, und er hielt ihr das Buch der Eroica vor, und sagte, so einen Vierkantschädel wirst du haben, wenn du nicht brav bist. Darauf weinte sie und wollte zum Vater. Aber Curts Freund blieb länger aus.

Ich habe kein Buchgesicht, sagte sie, und Curt blätterte es auf, ein Beweis genügte, Eroica ist hier und dort, und ich schlage sie auf, also wirst du dich jetzt gehörig benehmen. Sie kopierte die bockigen Kindergesichter und setzte sich ins Eck und sagte, dann gehört das Buch aber mir.

Gut, sagte Curt, und legte es ihr in den Schoß. Du darfst es behalten.

Eroica war versöhnt, und Curt buchstabierte den Titel. Aber ich will kein Buch sein, weinte sie wieder auf und in die Seiten hinein, und Curt legte die Hand auf ihr Haupt. Dein Vater hat es für seine Eroica geschrieben, beruhigte er sie, und die Tränen trockneten noch einmal von allein. Curt sagte leise, lies weiter, da geschehen viele Abenteuer mit Eroica. Sie verstand nicht, noch nicht, das wußte er, weil er sehen konnte, daß sie die Seiten umblätterte und nur ihren Namen aufspürte. Die Kleine erfreute sich noch eine Zeitlang daran.

Der junge Kritiker hatte das Buch nicht gelesen, aber genug davon gehört, als er kam. Er wollte den Vater interviewen. Die Tochter baute sich vor ihm auf und drehte die Hüften hin und her, stolz und unverschämt biederte sie sich an, mit dem Buch der Eroica im Rücken. Sie fragte, ob der Kritiker wisse, wer sie sei? Sie sei das Kind, über das der Vater geschrieben habe.
So, staunte der Kritiker, wie denn das?
In diesem Buch ist alles aufgeschrieben.
Zeigst du es mir?
In Erwartung dieses Satzes hatte sie das Buch schon hervorgeholt und dem Kritiker hingestreckt.
Das? Der Kritiker wurde rot im Gesicht.
Ja, das bin ich, hüpfte das Mädchen und legte es dem Kritiker auf die Knie, das mußt du lesen, und schaute ihm von unten ins Gesicht.
Der Kritiker sagte, das Buch braucht er nicht, das hat er schon.
Doch, nimm es nur.
Die Tochter wollte es ihm schenken, auch mit Gewalt. Sie drängte ihm das Buch in den Bauch, er wollte zurückweichen, aber das Zimmer war klein, und er

stand mit dem Rücken zur Wand. Wenn du es nicht liest, mußt du es fressen, schrie Eroica.

Was machst du, Eroica, fragte der hereintretende Vater, laß den armen Herrn in Ruh.

Er will die Eroica nicht, flennte das Kind. Der Kritiker schüttelte sie ab.

Das ist ja scheußlich, wie sie ihre Tochter abgerichtet haben, sagte der junge Mann und schrieb eine schlechte Kritik.

Dem Vater war die Tochter peinlich, bei jedem Besuch kam sie anmarschiert, bis jemand sagte, mit dieser Schweinerei gehst du hausieren?

Aus Freundlichkeit kauften ihr manche die Bücher ab, und der Vater trug die Widmung ein, und die Gäste kamen nie wieder, unter anderem, weil die Tochter schwor, das alles sei wahr. Dem Vater fiel das Herz in die Hose vor dem Kritiker, der soviel Werbung nicht ertrug. Wahr ist der Tötungswille des Vaters, der sich zurückhalten mußte in diesem Moment. Und dennoch dachte er sich das Martyrium aus, schweig! sonst!

Er hatte die Tochter benutzt, als Trog der einfallenden Wörter, deren Sinn er ausgeschöpft hatte, wie er sagte, und nur satzmäßig abbildete, was ihm die Sprache aufdrängte. Er sah Eroica noch sitzen vor seinem Schreibtisch und in Gelächter ausbrechen. Ein Kind bricht nicht in Gelächter aus, das Gelächter bricht aus dem Kind heraus und stülpt sich über, das ganze Kind ist dem Lachen unterlegen, und sein Körper wird durchgeschüttelt, bis es gurgelt. Ob es will oder nicht, bricht das Lachen heraus, wenn der Bleistift unter die Tischkante taucht und wieder heraufschaut, und untertaucht, und heraufschaut und immer schneller, bevor der Vater den

Bleistift zwingt und weiterschreibt gegen das reine Kinderlachen, noch, noch, und die Abgründe sucht und die Sauerei der Attentäter, die er aufgespürt hat in seinem Untergrund.
Er legte dem Kind die Finger auf, Eroica fühlte den Druck auf der Schädeldecke, wie die Kuppen tasteten und suchten. Sie stieß die Hand zurück. Die Kippe, von Spiel und Ernst, erfaßte sie instinktiv, nur konnte sie dies nicht deuten.

Eroica war geschwätzig und erzählte ausführlichst über alles, was sie tat den ganzen Tag, und die Gäste nickten, darunter auch Curt. Sie sprach von ihrer Lieblingsspeise, die der Vater im Buch an den Fürzen erroch und ersah an der Farbe des Stuhls. Sie sprach vom Gang durch den Park und hatte ein entzückendes Kleidchen an zu den Zöpfen, und der Vater hatte vom Gebüsch geschrieben, wie er sich mit ihr hinhockte, sie sich anstrengte für den kleinen Tropfen, den er verlangte im Angesicht der Hauptperson des Romans, in einer mehrteiligen Erektion, bis die Unschuld kaputt war. Eroica erzählte frei und fand heraus, daß man ihre Ausführungen lieber ignorierte, als machte sie wahr, was nicht wirklich war.
Die Tante hatte das Buch vor den Augen des Kindes verbrannt und gesagt, diese Gemeinheit, und wollte das Kind dem Vater nehmen, nachdem die Mutter schon auf und davon. Eroica aber lachte hinter dem Rücken der Tante, denn der Vater ist berühmt wie die Mutter, die seine gemarterten Frauen spielte, die er auf ihren Leib zuschneiderte.
Curt begehrte die Schauspielerin, Eroica konnte das nicht verstehen, aber spüren, denn sie störte, wenn die

Mutter da war. Curt konnte die Tochter nicht aus den Augen verlieren. Das Kind kam und fragte, ob es dazwischen liegen dürfe. Curt sagte, sie solle verschwinden, und die Tür wischte Eroica aus dem Gefüge. Die Presse zeigte das Kleeblatt der Eroica, und sie strahlte schon nicht mehr vor Glück.

Erst die Freundin brachte sie darauf, die Eroica zu lesen, hat das dein Vater wirklich mit dir gemacht?
Was?
Und die Freundin sagte, das, was nicht sein darf.
Was?
Das ganze Buch ist voll, sagte die Freundin, und stolz verwies sie auf ihr Eigenheim, für dessen Ordentlichkeit sie sich nicht mehr schämte und den Platz mit der berühmten Dichtertochter nicht mehr tauschen wollte, seit sie den Erstling von Eroicas Vater verschlungen hatte.
Eroica war sein dreihundertseitiges Opfer. Die Worte des Vaters fädelten sie an die Leine, und er führte sie spazieren in die größten Schweinereien. Der Vater hatte sie verfolgt und mißbraucht, schon vom zartesten Kindesalter an, Unschuldigkeiten mit schrecklichen Greueltaten verbunden, selbst eine Pfählung hatte er sich ausgedacht zur Stillegung seines Kindes. Eroica wurde mit jedem Satz häßlicher, das Gesicht wuchs in seinen Einzelteilen, der Nasenknorpel verlor sich in der Masse, die Wangen wurden flaumig, gestockter, blasser Pudding, und die Fontanelle versiegte, wie die Augen, kein Glanz, kein Feuer, nur Fett.
Ihre Absätze hinterließen eine Spur auf dem Asphalt. Sie waren aus gebranntem Ton, es klang zumindest so, und

die Scherben waren da. Weil mit Eroica kein Reden möglich war, ließ der Vater sie essen, daß Curt sich schämte für die Cremeberge, die Eroica in der Konditorei verdrückte. Der Inzest war durch das Buch in die Welt gesetzt, und lebenslang mußte Eroica etwas dagegen unternehmen, bloß nicht ansehnlich sein, daß niemand in ihr die Vorlage erkennen könne, denn das darf nicht sein, wie die Freundin sagte, und den Dichtervater nur mehr anspucken wollte, aber nur in Gedanken, in Wirklichkeit gab sie ihm die Hand und lief danach erst nach Hause.

Der Vater sagte, deine Freundin, die spinnt, komm, fahren wir auf die Alm. Jetzt war die Tochter ein Eiterpinkel und mehr als häßlich, war frustriert, und steigerte sich mit dem Aufstieg in die Höhe der Alm. Curt war dabei.

Die Nacktheit des Vaters hielt Eroica nicht aus, als er neben ihr lag und still war bis in den Morgen und die ganze Nacht nicht herübergriff, wie es im Buche steht, und sie wartete darauf, endlich zu wissen, wie er ist, wenn er mit der Tochter auf der Almhütte ist. Der Vater schlief immer nackt und zeigte, was er hatte, ohne zu schauen, ob sie schaute, seit sie wußte, was der Vater denken konnte. Er schlief, und sie fand keine Ruhe. Der Vater drehte sich um, und der Atem stand ab. Das Kinn fiel hinunter in die Polster und runzelte, die Zähne schauten unter der Oberlippe heraus, er röchelte. Sie stopfte die Zipfel der Decke in die Ohren. Dieser Mann hatte geschrieben, daß Eroica die geilste Stute sei, die er aufgerissen hätte bis zum After und ausgesoffen, wenn sie nicht gestorben wäre. Der Vater wälzte sich, die Behaarung am Körper kratzte lautstark in der Wäsche.

Mit dem Bein schlug er aus und herüber, die Tochter sprang auf.
Sie legte sich auf die Bank um den Ofen und schwor sich, nie mehr mit dem Vater auf die Alm zu gehen und mit Curt noch dazu, der angeblich schnarchte. Der Vater stand auf und schlenkerte die Tür hinaus zum Klo auf der Wiese. Er schloß die Tür nicht, und im Mond schienen die weißen Backen herüber. Der Vater beutelte den Strahl ab und warf die Tür ins Schloß, jetzt, nachdem es vorbei war, und ging über die Alm zur Hütte, seine Scham ließ den Bleistift hängen, mit dem er im Buch onanierte, daß es den Reißverschluß sprengte, bevor ihn die Hand noch aufmachen konnte, und dafür setzte er die Tochter ein. Eroica legte Wert auf Distanz, die gesehen werden konnte, und rückte ab.

Auch bei Curt war es wichtig, den Abstand zu zeigen, diagonal im Raum saß sie zu ihm, als sie mit dem Vater zu Besuch war, nach langem, seit die Schauspielerin einen anderen hatte, der auf der Freundschaft nicht mehr lastete, und das Kleeblatt auf drei reduzierte. An diesen Tag erinnert sich Curt.
Eroica schlich sich hinauf in seine Bibliothek, wo er die handschriftlichen Entwürfe zur Eroica aufbewahrte, aus Sicherheitsgründen waren sie bei Curt versteckt. Und diese Entwürfe fand sie und kam herunter damit und hielt sie über das Feuer.
Was glaubst du, wer du bist, sagte der Vater.
Eroica zerknüllte ein paar Blätter und warf sie dem Vater vor die Füße. Friß, befahl sie, oder soll ich deinen Nachlaß verbrennen. Der Vater sprang auf.
Die erste Seite fing Feuer. Dann ging er in die Knie.

Eroica walzte durch die Straßen der Stadt, und durch die Auslage sah Curt die Tochter stehen und stapelweise Bücher kaufen. Er folgte ihr weiter. Curt durchschaute das Spiegelbild. Was hatte sie hier zu tun? Sie kaufte die Eroica en masse.

Eroica schleppte sich frei. Sie kam nicht nach, für jedes Buch, das sie kaufte, folgte ein anderes nach. Sie erspähte Curt wohl mit dem Rücken, denn unverwandt blieb sie stehen und sagte, was spionierst du mir nach. Curt wurde nicht verlegen, er war gleich hellwach, grüßte und ging vorbei, sie lachte. Curt dachte, warum lacht sie, und eine Ecke weiter war er ihr schon wieder nach. Eroica verschwand im Hinterhof, und dort war eine Hütte und ein kleiner Scheiterhaufen, den sie entzündete. Die Eroica ging in Flammen auf, und Curt ging nach Haus.

Das Buch war in immer größerem Umkreis vergriffen. Eroica arbeitete unermüdlich, ihre rege Nachfrage veranlaßte den Verlag, das Buch neu aufzulegen. Es war nicht möglich, das Buch verschwinden zu lassen. So wandelt sich ein Bild. Als Analphabetin trug Eroica das Buch in die Welt, als Alphabetin schaffte sie es aus der Welt und schürte das Interesse. Der Vater bekam noch einen Preis für das Werk der Vater-Tochter-Beziehung, die er jetzt als dahergeschrieben ansah und zurück auf Wahrheit und Dichtung griff und sich entschuldigte auf seine alten Tage für die reißerische Schrift, was zu Bescheidenheit führte und Sympathie für Autor und Buch.

Curt fraß der Neid, er besaß kein Kind für die Erhaltung seines Werkes, und fiel im Ruhm zurück. Er redete Eroica zu, weit weg solle sie gehen, und sie ging. Die Tochter wanderte aus, und Curt blieb mit ihrem Vater daheim. Dieser ließ ihr die Tantiemen der Eroica zukommen, die sich der Malerei widmete.

Sie trug einen anderen Namen und bemerkte bald, daß sie nur eine Tochter war, ohne Geschichte. Sie fand das Buch in einer Übersetzung vor. Sie las es in dieser fremden Sprache und erfand sich neu. Sie malte das ABC und suchte eine Galerie. Sie trug das Werk des Vaters vor, bildete ihre Buchstaben live dazu ab, die Bedeutung konnte jeder sehen und hören. Ihre Identität erschuf sich von allein, von Ausstellung zu Ausstellung wuchs Eroica zu einer Frau mit Zukunft heran. Der Vater gratulierte ihr, aber sie antwortete nicht. Er telegrafierte ihr, ich lad dich ein nach Ägypten. Die Hieroglyphen bringen dich auf Ideen. Er fuhr allein, sie nahm die Einladung nicht an. Er schickte Curt nach New York, und Curt sollte ihm berichten, wie sie lebt im neuen Land. Curt hatte Pech, er mußte sowieso nach New York und hatte keine Wahl.

Curt steht Eroica gegenüber und ist in Staunen versetzt. Drei Jahre, und die häßliche Ente ist ein geschmeidiger Schwan, der sich entwimmerlt und entfettet hat. Die Figur ist ein Hals, der sich wiegt und brüstet an der richtigen Stelle. Die Zöpfe hat sie aufgemacht und zur Seite geblättert, das ehemalige Buchgesicht im Dreiviertelprofil ist ein Gedicht. Im Gegenlicht wirkt die Haut gefiedert und flimmert wie eine Fata Morgana. Eroica flattert mit einer Boa zum Gruß. Du bist älter geworden, sagt sie, und ihre Stimme ist dunkler als früher, oder ist die Erinnerung falsch? Das neue Geschöpf haucht aus dem Spalt in der Lippenfülle. Die Luft streift Curt, ohne sie in

Worte zu verdichten, nickt er und erfährt nebenbei, daß er zugesagt hat.
Entschuldige, wie bitte?
Er wird bei ihr übernachten.
Sie scharwenzelt um Curt herum, sie ist beliebt und beim Botschafter nicht unbekannt, die kleine Malerin und Tochter des Dichters. Curt wird auch herzlich begrüßt, und seine Schreibkunst hat er zum besten gegeben, dafür gratulieren der Botschafter und eine amerikanische Universität. Curt wird einen Lehrstuhl erhalten für Dichten. Dichten lehren? wird er gefragt, und Curt fragt zurück, Dichten lernen etwa?
Curt sucht Eroica, die hin und wieder mit der Boa vorbeifliegt. Jetzt ist sie weg. Von hinten heißt es plötzlich, kommst du jetzt?
Ihr Atelier liegt an der Grenze zu China Town, aber dorthin geht es noch nicht, und Curt ist aufgeregt wie ein jungfräulicher Mann, und sie ist zeitgenössisch in dieser Stadt, souverän und so schnellebig. Curt fragt, was der Schlüssel an ihrem Hals öffne. Sie lacht und sägt damit auf der Kette hin und her. Dann sagt sie, es ist der Schlüssel zum Lager.
Curt schwört, nichts zu sagen, wie viele Bücher habe sie dort von der Eroica untergebracht?
Genug, sagt sie, eines Tages werde sie dem Vater zeigen, wem er den Ruhm zu verdanken habe.
Woher hast du das Geld?
Es lebt sich gut als Eroica.
Curt fragt sich, für welchen Preis sie zu haben wäre, und fühlt sich schäbig.
Sie läßt das Taxi zum West Broadway fahren, dort ist das Restaurant und eine Art zu Hause. Sie ist willkom-

men als strahlender Gast und stellt Curt als bekannten Schriftsteller vor, der schon längst übersetzt ist, in wie viele Sprachen überhaupt? zwinkert sie und fädelt sich bei Curt ein. Er ist ein sehr alter Freund, sie sagt nicht, ihres Vaters. Curts Lesung war voll, dank ihr, und jeder bekundete seinen Gefallen, obwohl ihn keiner verstand, weil es deutsch war, aber der Rhythmus und die Melodie sagen mehr als tausend Worte, und mehr als die Hälfte des Publikums wollte längst schon Deutsch lernen, weil das so eine Gehirnsprache ist, so eine Rachensprache, die Kehle und Ganglien putzt. Curt verstand sinngemäß.

Eroica wetzt ihre Zunge, wie es ihr Vater beschrieb, als der Eroica im Buch das Sprechen beigebracht wurde mit der Peitsche des Mannes, dieser metaphorischen Zunge, die seinen Samen aufzulecken befahl.

Der Mund kaut pausenlos in Curts Gehör, wenn sie die New Yorker nachahmt. Auf englisch ist sie noch fremder und schwanenhalsiger als auf deutsch. Sie bestellt für ihn, und lässig fährt sie ihm über die Wange.

Du hast ein Pseudonym angenommen, sagt Curt.

Logisch, sagt sie auf deutsch, und auf englisch heißt das, mein Vater hat eine kranke Phantasie und keinen Psychiater. In Europa muß der Schriftsteller krank sein, dreht sie den Finger an der Schläfe ein, dann verkauft er gut, aber bei Curt ist das anders, sagt sie. Was ist anders? hätte er fragen sollen, aber er ist nicht schnell genug, er hört sie schon wieder. Er hat keine kranke Phantasie, er ist einfach ein Lügner.

Curt will aufbegehren, er fabuliert nur autobiographisch.

Eroica ist atemberaubend. Das Shirt ist hauteng und getigert, und der Rücken ist ausgeschnitten für die Wirbelsäule und frei für die Haut links und rechts. Dafür sind die Hände bedeckt. Sie stecken im Stoff der fortgesetzten Ärmel, Fingerhandschuhe, bewegliche Wurzelausläufer, wenn sie nach einer Zigarette fingert. Sie lacht und bestellt Curt einen Drink mit Zitrone, Kaffee und Wodka. Ihre getigerte Handschuhhand berührt Curts nackte Hand, und er will sie festhalten, weil der Stoff ein erregender Abstand ist, durch den er zu den Krallen will, diese Spitzen, die Lust aufs Kratzen machen.

Curt trinkt den Wodka hinunter, damit der Kaffee mit Zitrone vergeht. Sie wirft den Kopf zurück und zeigt die kirschgroßen Mandeln, die sie als Kind schon hätte herausoperieren sollen. Curt widersprach den Ärzten und sagte, die Mandeln hielten Krankheiten ab, je größer sie seien, um so besser, und Eroicas Vater ließ die eitrige Angina vergehen.

Curt will, daß sie den Kopf zurückwirft, deshalb erzählt er einen Witz nach dem anderen.

Eroica hat mindestens zwanzig Jahre zu wenig auf dem Buckel, aber dafür könnte Curt das häßliche Kind vergessen, das sie verloren hat mit den abgenommenen Kilos. Sie will sich amüsieren und lachen und zeigen, daß sie hier ganz anders ist, und es fällt Curt leicht, sie zu erheitern. Schließlich ist sie wieder dran und erzählt von den Arschbacken des Vaters, die weiß sind, wie bei den expressionistischen Irren. Während sie lacht, schlichten die Tigerhände die Haare links und rechts. Im Augenblick denkt Curt an eine Katze und daran, daß Katzen oft Muschi gerufen werden zu Hause.

Sie fragt plötzlich, ob er weiß, warum der Vater sie Eroica genannt hat.

Es ist ein bezaubernder, ungewöhnlicher Name, hätte er dich Erotica nennen sollen?
Sie lacht und sagt, wäre da nicht Mama!
Was meinst du?
Sie klappt ihre Pfoten auseinander und hebt die Augenbrauen und geht eine Frage weiter, wie alt bist du eigentlich? Eigentlich wollte sie ablenken, weil sie in New York andere Themen hatte.
So alt wie dein Vater.
Genau?
Ganz genau drei Wochen älter.
Drei Wochen dauerte das Martyrium im Buch, als das Kindlein starb, als sich der Vater an seinem zahnlosen Mäulchen verging und, zwischen den Mandeln durch, in die Kehle stieß.
Ich habe noch nichts von dir gelesen, sagt sie.
Das macht nichts.
Wer weiß, was du schreibst?
Ist doch unwichtig.
Schließlich kenne ich dich, schaut sie ihn mit dem Muster ihrer verschrobenen Gedanken an.
Was kennst du von mir?
Du vergleichst mich, du willst wissen, ob es möglich ist, was mein Vater schrieb.
Unsinn, sagt Curt und streut Kaffee auf die Zitrone.
Ich stell mir das noch immer vor, hört sie nicht auf.
Was? stellt Curt die Stimme in seine Arglosigkeit, nur sein Blick versteckt, daß er ihr Vater sein könnte.
Na und? schaut Curt weg.
Na eben!
Du verwechselst da etwas! trinkt Curt das Jucken in der Kehle hinunter.

Ich spiele nur aus und stell mir vor, was du machst, anstelle des Vaters.
Hör auf, steht Curt auf –
Ich spreche es sowieso nicht aus!
– und bestellt ein neues Glas.
Auf deutsch dehnt sie Vokale, wie ihr Vater, und der Akzent ist gleich und vertieft die Ähnlichkeit. Sie spricht ausgezeichnet Englisch, das hört Curt, und dennoch weiß er, daß es nicht echt ist, weil er sie mühelos versteht.
Warum sie nicht Schauspielerin werden will, fragt Curt.
Mutter ist nicht zu übertreffen.
Und schreibst du?
Sie lacht auf, schüttelt den Kopf, das Haar ist aus der Ordnung gebracht, ihr Kopf kippt vor, die Tigerhand greift in das Haar, und mit Schwung schleudert sie es aus dem Gesicht. Was soll ich schreiben? Gegen den Ruhm des Vaters anschreiben? Ich male, das ist anders.
Warum erzählst du ihm nicht von deinem Lager, zeigt Curt auf ihren Schlüssel am Hals.
Wozu?
Ich dachte, du wolltest dich rächen.
Verstehst du das?
Sie erwartet eine Verteidigung des Vaters.
Schreib ein Buch, bring ihn um! Die zierliche Tochter im Tigerkleid, die ihren Vater in den Tod treibt und den Freund verführt.
Eine Lolitageschichte? Bei der Kinderschändung hat er nicht an mich gedacht.
Was weißt du? sagt Curt.
Was? beugt sie sich vor.
Curt schweigt und sieht, wie die Neugier öffnet. Eroica

rückt näher heran und legt den Kopf in den Tigerhandschuh.
Er hat dich mit Füßen getreten.
Was meinst du, zeigt sie auf Curt, und ziemlich lautstark will sie wissen, glaubst du, er hat das wirklich mit mir in Verbindung gebracht? Oder bist DU das Schwein?
Curt schüttelt nicht den Kopf, sondern schaut, ob jemand das Wort Schwein versteht, dann erst sagt er wie nebenbei, bestimmt nicht.
Was weißt du von ihm?
Nichts, und Curt weiß, daß ihr Vater nichts als Sätze verwirkte, die er abgeschnorrt hatte und neu zusammenstellte. Er wollte Erfolg und Geld.
Im nachhinein schämen ist leicht, sagt sie.

Curt zahlte, und Eroica winkte ein Taxi heran. New York ist eine ausgestorbene Stadt um diese Zeit, wenn du nicht weißt, wo etwas los ist, irrst du sinnlos herum, zeigte die Tigerin auf die Seitenarme, der Wind pfiff durch die Straßen, und den richtigen Broadway ging es jetzt hinunter. Du mußt wissen, wo du nachts einkaufen kannst, so einfach ist das hier nicht, wie die meisten glauben daheim.
Sie fuhren an der Galerie vorbei, in der ihre Buchstaben hingen, und Curt beugte sich vor und fühlte ihren Atem. Der Chauffeur trug einen Turban, und die Scheibe war hochgefahren, und Eroica saß ein paar Zentimenter weiter und atmete heiß, plötzlich legte sie die Hand auf sein Geschlecht.
Glaubst du, ich habe es mit meinem Vater gemacht?
Nein, sagte Curt.

Sie sagte, es hätte sein können, und nahm die Hand wieder zurück.
Curt spürte die Luft ausgehen und war froh, in seinem Alter die Röte nicht zeigen zu müssen, war froh, daß sie die Hand fortgenommen hatte, bevor sich sein Glied gegen den Willen versteifte. Der Turban schaukelte auf der Bodenwelle. Es regnete, und sie liefen die letzten Meter zum Haus, das Zickzack der Feuerleitern liebt Eroica, die Wege führten über die Häuser hinweg.
Vom Dach aus war die Straße zu sehen, aus der sie den rückenfreien Tiger hatte. Dort gebe es Designerkopien, ob es Curt gefalle, er bejahte und ging als erster ins Bad. Er stellte sich auf und fühlte die Schäbigkeit in seiner Hose. Zuerst hatte er sie gehaßt wegen ihrer Penetranz, später wegen ihrer Häßlichkeit, und jetzt wollte er ihre Schönheit, mit den Zitaten aus der Eroica im Kopf. Die Elfe niederstechen und dem Tiger die Lippen lecken. Wer weiß, was die Kleine vorhat.
Curt legte die Muschel mit Klopapier aus und baute ein Polster hinein, bevor er darauf urinierte, damit das Plätschern seines Strahls nicht durch die Türe drang. Er wollte sie nicht auf Ideen bringen, aber auch nicht jede Idee durch die ordinäre Körperlichkeit ausrinnen lassen. Sie riß die Tür auf, während er seinen Fortsatz schüttelte und das Polster hinunterspülte. Sie holte ihren Bademantel und ging wieder hinaus.
Curt wusch sich genau, für alle Fälle, die er unterbinden mußte, allein um zu zeigen, daß er kein Vatersymbol war, an dem sie sich rächen konnte und einen Vatermord vollziehen. Curt ließ sich Zeit, er war ein reifer Mann. Einen Bademantel für ihn gab es nicht. Er schlug sich das Handtuch um die Lenden und sah aus wie eine

abgegriffene Filmlegende. In der Unterhose war es unmöglich hinauszugehen, sie reichte über den Nabel, und hätte er wenigstens Shorts angehabt, hätte es lässig ausgesehen in der saloppen Bedeckung. Nackt, war nicht denkbar, sie könnte den Vater in Curt sehen, weiß wie die Irren. Curt zog die Socken an. Socken wirken überflüssig und sind trotzdem Bekleidung und Unschuld am nackten Mann. Das Hemd knöpfte er zu. Bieder sah er nicht aus, auch nicht wie ein geiles Monster, das zwischen den Leinwänden der Malerin herumstieg. Er wollte sich nichts vorwerfen lassen, also trat er hinaus und fragte gleich nach einem Pyjama.

Sie saß auf dem Fauteuil neben der Leinwand. Das Tigerkleid lag einen Ausschnitt weiter und klärte die Verbindung zum Bademantel, unter dem sie nichts tragen konnte. Sie stand auf und verschwand im Bad. Sein Bett war eine Matratze auf dem Boden. Curt hätte doch ins Hotel gehen sollen, die Matratze war weich, und Curts Kreuz legte sich in die Mulde, er wußte, daß diese Nacht schmerzen würde. Curt pfiff erwartungsvoll. Kein Freud ohne Leid. Er stellte seine Erwartungen hintenan, war nur neugierig, auf das, was von vorne kam. Was wäre, wenn ich mich gleich in ihr Bett legte?

Curt suchte schnell in der Reisetasche, Gott sei Dank, Shorts, made in USA. Die schmutzige Wäsche stopfte er in den Wäschesack und fühlte sich wie ein kleiner Handelsvertreter. Kindaufwärts kannte er Eroica, und jetzt beeilte er sich, eine Verpackung für seinen Körper zu finden, um für Eroica ein Köder zu sein. Die Tür ging auf, und er stand locker da. Sie kam heraus, ohne Schminke ging sie in das Kindergesicht über, New York trug sie morgens ein. Abends war sie Paris. Sie trug Seide auf purer Haut. Eroica hatte ihm Victoria's Secret gezeigt, das Geschäft lag im Dunklen, und dort hatte Eroica den Fummel aus amerikanischen Filmen her, der französisch aussah und in China aus fleißigen Kinderhändchen geschunden wurde. Eroica stand ungerührt da, mit der Kindheit ist Schluß.

Curt lag auf seiner Matratze und sah unter den Rand des Buches, der Eroica kniehoch anschnitt. Das Hemdchen ging auseinander wie der Eifelturm, und das Gestell ihres Körpers war sichtbar. Ihr Bett war ein Doppelbett hinter den bespannten Rahmen, eine Haut, auf die sie dick auftrug, blutrote Buchstaben schmierte, dazu spielte Ödipus Rex, in Singesilben zerlegte sie Strawinskys Musik, schuf Zwischentöne und Parallelen zu ihrem bildnerischen Manifest. Sie ist durch und durch ein Werk der Krise.

Sie salbte ihre Arme und sagte, eine Amerikanerin rasiert sich auch die Haare auf den Armen.

Beiläufig sagte Curt, ein Gerücht.

Nein, sagte sie überschneidend, ich hab mir deinen Rasierer ausgeborgt.

Kein Problem, erwiderte Curt. Sie trat an sein Bett, und nur eine Kopfbewegung hätte genügt, und er hätte in den Eifelturm gesehen, und hätte, und dann.

Du kannst dir vorstellen, was mein Vater angerichtet hat? sagte sie von oben herab in dem sündigen Leibchen aus unschuldiger Kinderhand, das war ein richtiger Schock.

Was immer er meinte, er meinte eine Möglichkeit, sagte Curt, und im selben Augenblick beugte sich Eroica herab.

Der Ausschnitt hing an Spaghettiträgern, während sie Curt die Wange hinhielt, was er nicht wußte, war, was sie wollte.
Schön, daß du da bist, sagte sie freundlich, und Curt stellte sich den Zungenkuß mit einem Säugling vor, dessen Zunge hilflos auf seiner zerging. Er spürte den Teig, den er um Eroicas Zunge spachteln mochte.
Sie richtete sich auf. Das Hemdchen knisterte. Curt hätte hineingreifen und die biegsamen Teile beiseite schaffen und sich der Kleinen widmen können. Curt schnaufte auf. Eroica grinste. Sie beugte sich abermals herab, und, wußte Curt, was sie wollte? Sie baute ihm ein freundliches Nest aus der Decke, die nackten Tigerhändchen packten die Zipfel. Curt sah bis zu den Höfen. Er schnappte ihre Hand und fuhr auf und wollte, irrwitzig, in den Ausschnitt, in den Hof, in dem Eroica saß und schrie, mit dem Buch ihres Vaters in Flammen, die Säulen schlugen ins Gesicht. Hör auf, warf sie Curt zurück. Stille bis auf den Sirenenlärm, eine Kopfstimme, die auf und ab jaulte.
Eroica tauchte noch einmal in den Ritzen der Leinwände auf und sagte, ein Freund käme noch, dagegen hätte Curt nichts zu haben. Hatte Curt auch nicht.
Hör einmal, wollte er erklären.
Was? drehte sie sich weg.
Eroica, wagte Curt zu sagen. Sie drehte sich um und stach auf ihn zu, mit Absätzen, die Curt etwas anhaben konnten. Curt verstand die Erregung nicht, die schon wieder für diese Frau auferstand.
Eroica stellte sich breitbeinig hin und sagte, die Amerikanerin hat auch die Schamhaare rasiert, wenn sie auf den

Oberschenkeln wuchern, zurechtgestutzt für den amerikanischen Mann.

Curt blieb stumm.

Kann sein, daß dir ein gekräuseltes Haar unterkommt.

Schon gut.

Dann schlafen sie gut, Herr Hauptmann.

Im Buch war der Hauptmann der Übeltäter. Ein Paranoiker, der in jeder Unschuld den Teufel suchte, eine Tarnung für den Vater, die Curt mitausgedacht hatte.

Was wißt ihr schon, was ihr schreibt, ihr hinterfotzigen Klemmer, sagte Eroica.

Curt wurde wütend und sprang auf und riß sie am Fummel zurück. Die Seide war Plastik, dehnte sich, zerriß nicht.

Es läutete.

Eroica stand auf und schlichtete das Hemd, beherrsch dich, bevor sie den Blick von Curt auf die Tür richtete.

Ein hochaufgeschossener Amerikaner kam. Er quatschte schnell, und Curt verstand ihn, es ging um Prozente. Ihr Agent also, für ihre Buchstaben verantwortlich, auf die Eroica selbst ewig hereinfiel. Er verschwand im Bad, ohne Curt zu notieren. Er urinierte, lautstark und lang. Er riß die Tür auf und fragte etwas leiser. Eroica trug das Wort weiter, Curt schaute in die Wand. Eroica fragte, ob der Amerikaner den Rasierer verwenden dürfe. Curt stellte sich schlafend, und sie sagte, it's okay. Bevor zu hören war, daß er naß heraustreten und nach einem Handtuch verlangen würde, drehte sich Curt um, so daß er ihn sehen konnte. Die Waden und Arschbacken waren weißnaß und üppig. Eroica gab ihm einen Klaps und drückte ihren Leib gegen seinen, sein Körper

hinterließ Flecken auf ihr. Er deutete auf Curt und sagte, hey? Er trat heran und tropfte noch über Curt, als er sagte, thank you.
Curt sagte, you are welcome.
Die Nässe des Amerikaners fing das Tuch auf, das Eroica um die Hüften legte. Der Amerikaner hielt das Gesicht über Curt und lächelte hinunter. Die Zähne waren gut gemacht. Er schob die Hand vor, und sie wurde größer. Curt grüßte höflich zurück.
Curt hörte ihn liegen und sie neben ihm. Sie suchten die Plätze, und Curt machte sich gefaßt. Außer dem Kuß hörte er nichts. Diese kleine Hexe verhielt sich ruhig, auch als Curt flüsterte, ich muß mit dir reden. Eroica meldete sich nicht.

Bevor es hell wurde, stand er auf und holte aus dem Wäschesack die Unterhose von gestern, mit dem nassen Handtuch des Amerikaners putzte er sich ab. Bevor er die Wohnung verließ, hörte er Eroica flüstern, ihre niemalige Verzeihung. Wen meinte sie jetzt? Curt oder den Vater? Euch beide.
Also ging Curt. Am Flughafen kaufte er einen Rasierer. Zu Hause erfuhr er vom Tod ihres Vaters. Ein Herzversagen, muß er Eroica schreiben.
Nun ist sie frei, er schickt ihr den Nachlaß, die angesengten Skizzen zur Eroica.
Ich werde das letzte Wort haben, sagt sie.
Du wirst bestimmt einen Verlag finden!
Glaubst Du?
Bei deinem Vater!
Sie kaufen mir alles ab?
Sicher!

Ist es deshalb weniger?
Schreib erst mal.
Die Geschichte des Kindes, das sie nicht war.
Curt teilte sein Beileid schriftlich mit, er wollte nicht hörbar sein. Einen Leichenschmaus wird es nicht geben.
Eroica schreibt, und Curt bekommt ihr Portrait, das sich nachts verändert, als hätte es zwei Gesichter, und keines davon ist wahr.

Brautplan

Mira lacht Tränen, wischt sie mit der Fingerspitze weg und verschmiert den Lidstrich bis in die Schläfe. Hör auf, bitte, mit dein Würstchen.
Mit DeiNEM! sagt Elke. Magst du auch eine Wiener?
Das heißt nicht Wiener, das heißt Frankfurter, sagt Mira.
Elke wackelt mit dem Würstchen und beißt die zitternde Spitze ab. Mira korrigiert die Symmetrie ihrer Schminke und reibt den ausgelachten Lidstrich weg. Sie rundet die Augen beim Blick in den Spiegel und sagt, wenn ein Blinder regieren würde, gäbe es vielleicht keinen Rassismus. Elke schüttelt den Kopf, wer weiß, wenn er keine Farbe kennt, denkt er sie vielleicht und hört die Rasse heraus. Mira bleibt, was sie ist, eine Asiatin, und wenn sie noch so mit dem Kajal die Exotik übermalt.
Trotzdem, optisch Unterschied gäbe es nicht.
Optischen Unterschied. Elke korrigiert immer gründlich, so fern sie der Heimat ist, wo kein sprachlicher Fehler geschieht, denn Elke ist aus Hannover.
Mira greift Elke an, schau dir das an!
Was ist denn?
Das ist ein schöner Mann.
Elke sucht und findet nichts außer dem Kellner. Miras tiefbraune Augen folgen ihm und bekommen einen seidigen Glanz, Vergißmeinnicht aus Manila.

Wo, fragt Elke.
Dahinten.
Also bitte.
Viel schöner, sagt Mira, sind die meisten nichts.
Nicht, sagt Elke.
Nein, nichts, beharrt Mira.
Elke läßt es erst gelten, nachdem sie versteht, daß schönere Männer für Mira kein Interesse zeigten in Wien. Mira ist zwar exotisch, aber nicht schön. Elke ist hübsch, als Deutsche in Wien fällt sie nicht auf, wenn sie jedoch Mandelaugen hätte und Mokka drin, wäre das eine schöne Ablenkung vom Durchschnittsgesicht. Elke ist reinrassig, kann nichts dafür, gewöhnt sich Deutsch gerade ab und lernt die deutschen Fehler in der Wienerstadt. Elke, die groß und tüchtig ist und keinen Dreck am Stecken hat. Elke ist weiß, nicht alpenländisch wie firniger Schnee, sie ist nicht hergeschneit, sie ist in Beziehung in Wien.
Mira, du wirst mir abgehen.
Mira lacht, das sieht hinterhältig aus.

Mira hat gesagt, daß ihr Sohn begeistert war über die schöne Mutter, diese fastweiße Frau im Unterschied zu den Daheimgebliebenen. Dabei fuhr sie über den Unterarm, so weiß war sie nie zuvor, als hätte der Schnee abgefärbt oder die Kälte gebleicht, was die Sonne verbrennt, macht hier die Kälte bleich.
Im Sommer wird Elke Miras Farbe haben, sie freut sich auf die Jahreszeit, in der sie am schönsten ist. Elke legt ihren Arm dazu, einen Balken ungesunder Tonlosigkeit. Eine Haut, wie sie Mira hat, sagt sie sich, und das Leben wäre anders, vielleicht wie es Elke gern hätte, um

eine Eifersucht abzulegen, mit der sie speziell Mira auf den Flughafen gebracht hat.
Im übrigen, ich werde auch heiraten.
Das ist keine Überraschung, ich gratuliere.
Mira strahlt wirklich für Elke, dabei hätte Elke jeden Grund. Elke kennt ihren Mann, Mira kennt ihren noch nicht.
Aus kosmetischen Gründen wäre Elke Miras Farbe lieber gewesen und Mira Elkes, im Grunde ist es beiden egal, aber Gespräch. Auch Miras Sohn hat angeblich eine Haut fast weiß, dabei ist er wirklich kein Mischling, aber er geht nie in die Sonne, und so schaut er zu Hause exotisch aus, weiß, wie ein Stück Styropor unter den Kindern. Er wird keine Probleme haben, sich zu integrieren, weil er farblich zu Amerika paßt, wo es alle coloured schaffen, und gegen die ist er weißer noch. Natürlich wird es auch Mira schaffen, sie braucht nur einen emanzipatorischen Rahmen, der sie einmustert in eine Chance, wie sie sich einmustert in eine neue Welt, die einen intelligenten Zuwachs bekommt.
Heiraten?
Andererseits, ohne Mira, es wäre wohl nie soweit gekommen.
Jawohl, Mira wird es schaffen, obwohl sie am Meer in der Sonne wohnen wird, aber sie hat einen hohen Faktor und macht sich aus Schönwetter nichts.
Elke sagt, es ist ein und dasselbe, ein human being ist ein human being.
Das sagte sie mehr zu sich selber, um sich daran zu erinnern, bevor sie Mira an die Behörden ausgeliefert hätte. Ihre Auslieferung ist nicht aus der humanistischen Einstellung heraus nicht passiert, sondern allein

aus der Unentschiedenheit, wer das Opfer sein sollte. Elke ärgert sich noch im nachhinein und kreist die Hoffnung im Blickfeld für Mira ein, daß auch für sie alles gutgeht.

Mira hat ihre Augen fertig gerichtet und klappt den Spiegel zusammen. Der Kellner gefällt ihr, auch die Nackenhaare. Dieser Schlurf, widerlich, sagt Elke, wie beim ersten Exemplar, das Mira ins Auge faßte. Du mußt dir erst den richtigen Blick verschaffen. Mira verstand Liebe auf den ersten Blick und lernte schnell sondieren unter den einheimischen Gesichtern, die sich auf in die Fremde machten.
Mira gefällt aber das gerade, der Schlurf, der gefällt ihr immer wieder, denn das sind die weiblichen Frisuren der richtigen Männer.
So schaut ein Mantafahrer aus, und ein Mantafahrer ist ein Prolet, flüstert Elke.
Der Kellner sieht herüber und weiß, daß sie über ihn sprechen, im Schnittpunkt ihrer Blickrichtung liegen die Worte auf dem Tisch und das Kichern Miras, das Elke verrät, beim Wegschauen, schnell in der Drehung, die die Lider herunterschraubt, zierlich und fein. Elke wird rot, angesteckt von Mira, und am äußeren Rand des Blickfeldes schüttelt der Kellner seinen Nackenschlurf, aufgeplustert.
Der gefällt sich auch noch – und kommt herüber, als Mira sich vorbeugt und Elke um Fassung bittet, bevor sie sich vollends vor Röte und Gelächter ausschüttet. Der Kellner fragt, ob die Damen denn etwas wünschten. Fragt er wirklich das? Na sicher. Und er hält die Stimmung an.

Mira würde ihm gefallen, wenn sie eine hübsche Philippinin wäre, aber so gefallen ihm beide nicht, weil Elke schon lange nicht mehr aussieht wie eine, die in einen Manta steigt, die nicht einmal aussieht wie eine, die weiß, wie ein Manta aussieht, und das sieht ihr der Mantafahrer an, der deutschen Architektin ohne Pipapo, die hat bestimmt keinen Mann.
Mira weiß, was ein Manta ist, und den Fahrer sieht sie anders, weil nur ein reicher Philippino einen Manta fahren kann, aber Mira ist keine Stoßstange, und deshalb ist sie auch nie eingestiegen, und das weiß auch der Mantafahrer, den Exotenbonus holt er sich anders, bei Frauen der bunteren Art, die er rammen mag.

Mira schüttelt den Kopf über Elkes human being und lacht aus Trotz, daß sie allein am Schalter stand in der amerikanischen Botschaft in diesem weißen Land, und die Fragen beantworten mußte. Laut und deutlich mußte sie durch die Scheibe sagen, mit erhobener Hand, ich schwöre, nach Amerika zu gehen, um zu heiraten, den Mann, der dort auf mich wartet und den Antrag gestellt hat. Mira war die einzige in der Botschaft mit schwarzem Haar und der Zartheit eines Kindes, Mandelaugen, die sie nicht wegschauen kann und mit denen sie den Unterschied sah zu den Leuten, die hinter ihr saßen und auf ein Touristenvisum warteten. Wie ein Kind stand sie da und hatte ihre Absicht beschworen. Auf den Wartestühlen saßen die andern und beobachteten sie und hörten zu. Keiner flüsterte, Mira war raumfüllend mit ihrer Stimme, ja, ich schwöre, ich heirate innerhalb der ersten drei Monate, und wenn nicht, nehme ich zur Kenntnis, daß ich deportiert werden kann. Sie mußte je-

den Schwur unterschreiben und das Ja ankreuzen, und der Botschaftsangestellte bezeugte das hinter Glas, wie die anderen ungefragt im Rücken. Mira schämte sich bis in den Boden. Bei einer Philippinin sieht alles eindeutig aus, wenn sie wohin heiraten will.
Dich hat sowieso keiner verstanden, beruhigte Elke, wenn einer Englisch versteht, ist das hier ein Wunder, und noch dazu Schwüre.
Trotzdem war es eine unangenehme Aufmerksamkeit, weil es das nirgends gibt, daß eine Frau um die Hand eines Mannes anhält, und nicht einmal bei seiner Familie, sondern gleich bei seinem ganzen Land. Es ist außergewöhnlich und dennoch typisch für eine Philippinin. Wie viele sie wohl gern gefragt hätten, was sie bezahlt hat für einen Mann mit amerikanischer Adresse.
Elke liegt die Summe auf der Zunge, peinlich wenig, sie wird rot.

Elke stand am Bahnhof und wartete auf Peter. Mit einer festen Absicht in der einen und der anderen Tasche. Es war nicht leicht, dort zu stehen mit den Worten, die sie sich zurechtgelegt hatte für die begangene Untreue im Falle einer weiteren Treue. Die richtigen Worte würde sie erst aus dem Mund nehmen nach der Entscheidung, die der Blick nach zwei Wochen treffen sollte.
Peter hatte Elkes Auftrag in der Tasche, das wußte sie vom Band neben dem Telefon, der Auftrag ist noch in Paris. Peter ging ihn holen. Paris ist die Stadt für eine Zu-zweit-Karriere.
Elke hatte zuerst die Idee, eine Bibliothek in einer Ellipse, wie der Mensch um den Geist kreist, so die Erde um die Sonne, und die Ellipse steigt aus dem Boden und

bemächtigt sich wie ein Heiligenschein der Place de la Defense, die gegen Osten neu betoniert werden muß.
Der Vertrag heißt Kofferpacken, meine Liebe, jetzt geht es richtig los mit uns, und wie geht es Mira? Bekommt zum Schluß auch einen Kuß.
Elke mit Peter in einem Pariser Büro?
Peter hat nichts kapiert, deshalb wird er nichts behalten, er darf sich nur Mitarbeiter schimpfen. Elke haßte ihn, und doch überhaupt nicht, weil er nicht anders war als sie. Sie wollte es nur genau wissen und seine Vorliebe für zarte Asiatinnen prüfen.
Und zu wissen gibt es nichts! Schluß, aus.
Also beschloß Elke zu wissen, was sie nicht zu wissen hat, und suchte nach raffinierter Rache, die Mira treffen sollte und damit auch Peter, der nie beantwortet hatte, ob er mit Mira hat. Mira zu fragen ist unmöglich, weil Elke keine Unterstellung nötig hat.

Es geht nicht einmal, sich vorzumachen, daß es eine Liebesheirat sein könnte, Mira legt den Kopf schief, nur auf dem Papier bleibt die Möglichkeit offen, weil keine erwähnt wird. Glaubst du, allein der Botschaftsangestellte hätte geglaubt, daß eine Philippinin einen Amerikaner zum Spaß heiratet?
Liebe ist kein Spaß.
Aber natürlich, sonst könnte sich's jeder leisten. Du kannst dich vor dem Schein nicht drücken, und das schlimme ist, aber das schlimmste ist, daß es so aussieht, wie es ist, und du hast kein Recht auf Varianten, weil du eindeutig bist.
Elke nickt. Sie hat ein schlechtes Gewissen, aber Mira wird es nie wissen, oder doch, wenn alles gutgegangen

ist, was Elke nicht verantworten will und doch muß. Sie wird alles zur Sprache bringen. Mira hör zu, ich kenne deinen Amerikaner nicht, aber ich wünsche dir Glück, und komm zurück, meinetwegen sollst du nicht ins Unglück stürzen, aber Elke schweigt.

Die Asiatin ist eine willfährige Frau, die benützt wird wie ein Staubsauger, und das will sie so, sie wird auch jederzeit für einen Witz herhalten, wenn einer über die Sauberkeit erzählt, auch wenn es für die Asiatin spricht und ihre Ehre in der Kippe eines Witzes, sagte Mira in Wut und weiter, es ist nicht leicht zu verstehen, daß ich herhalten muß für einen Spaß, damit andere verstehen, was sie verstehen sollen im Spaß, weil sie im Lachen lieber lernen, was zum Weinen ist.
Elke wurde mulmig in der Erinnerung, weil sie lachte über den bayerischen Witzeerzähler und seine Mai Ling, die auf das Zigarettenholen abgerichtet war. Elke hätte Mira die Platte nie vorgespielt, ließ sie verschwinden, als Mira ins Haus kam. Mira arbeitete schwarz im Büro, sie führte die Pläne in Tusche aus, nachts, denn tags paßte sie auf Kinder von Bekannten auf. Im Büro durfte sie technisch zeichnen, bei den Bekannten Kopffüßer malen mit den Philosophenkindern. Aber wo zum Teufel war diese Platte, wohin hatte sie Elke verschwinden lassen, kannte Mira die Platte, zu der Elke gelacht hatte, bevor Elke Mira aufnahm und ihren Eintritt aus der unterdrückerischen Gesellschaft ins Architekturbüro von Peter ermöglichte? Elke wehrte sich gegen die Dankbarkeit, die sie forderte, auch gegen das Gefühl, das Peter in ihr hervorrief, als er sagte, eine begabte Architektin könne Mira werden, und sich sogar um ihre Arbeitsgenehmigung als

technische Zeichnerin kümmerte, obwohl Elke sie nur als Bürogehilfin verwandte. Mira war nicht verfolgt, ihres Lebens bedroht, sie war eine Frau, alleinstehend, Mutter, allein war sie gekommen und hatte eine Welt gesucht, in der sie das Schulgeld ihres Sohnes verdienen konnte.
Peter hatte keinen Erfolg, die Behörden lehnten den Antrag ab. Elke half anders, was Peter nicht eine Sekunde widerstrebte, obwohl die Wohnung um ein Zimmer schrumpfte, als Mira einzog, und er es normalerweise haßte, wenn Besuch seinen Raum beschnitt. Elke sorgte für Abwechslung mit Mira, in diesem Fall war auch sie überzeugt von Miras Wirken.
Mira sagte, die Sauberkeit ist nicht typisch für die Asiatin und auch nicht ihr Diensteifer. Sie kennt genug faule, schlampige und herrschsüchtige Weiber, die sind nicht anders als ihr hier.
Moment, sagte Elke, das ist eine Unterstellung, ich bin keine faule, schlampige, herrschsüchtige Frau, ich nehme mein Leben in die eigene Hand, mit Eifer.
Mira winkte ab, wenn sie jemanden nicht gemeint habe, dann Elke, denn Elke ist absolut in Ordnung, wie sie auch alles in Ordnung hält.
Das entspricht der deutschen Natur, oder was? war Elke beleidigt.
Peter arbeitete für Paris an Elkes Plänen weiter, berechnete die Statik und ließ die beiden über den Inbegriff von Diensteifer streiten. Mira wollte nicht streiten, um Peter nicht zu stören. Es gehe nicht um die wasserstofflose Dauerwelle, sagte er, das hebe schon das Niveau des Gezankes. Ihm gefiel die Exotik des gebrochenen Deutschs wie auch die Schärfe in den Zischtönen Elkes. Beide Stimmen waren erotisch, rauh, aufgekratzt. Bring

du erst mal meinen Aufriß zum Stehen, sagte Elke. Mira sprach immer leise und Elke laut, obwohl sie ihren Ton zu Hause drosselte, den sie sonst auf der Baustelle aufdrehen mußte.

Dort hat sie Krieg gelernt, Mann gegen Frau, nur diese Hand zählt, die Zentner hebt. Die Arbeiter pfiffen, auf der Baustelle ist es ein Vorteil, Deutsche zu sein, sagte Elke und ging in schweren Stiefeln.

Im übrigen pfeif ich auf eure hübsche Geschichte, sagte Mira nach einer Diskussion über die Unmöglichkeit des künstlerischen Schaffens ohne geschichtlichen Hintergrund.

Das Wehren? Das kommt aus dem Leben, und du mußt stark sein, bevor du kämpfst, und Stärke mußt du dir leisten können, dazu mußt du ganz schön lang leben, um zu überleben. Das hat mit Geschichte nichts zu tun, Architektur hilft einfach beim Überleben.

Aber Architektur ist Geschichte!

Ihr, winkte Mira ab, was wißt ihr noch vom Haus. Dazu sieht mir alles zu außen aus.

Mira schaffte es, Elke und Peter ein paar Nächte länger an die Pläne zu binden, bis sie den Raum neu strukturierten. Mira hatte bereits recht, bevor es ihr die andern geben konnten. Elke sah Peter, vor allem, daß er MIRA sah, die sich herumdrehte und auf das Licht zeigte und das Modell der aufgehenden Sonne nachrückte, ein Aquafix abriß und Räume illustrierte, mit einer Genauigkeit und Zartheit im Strich, der Elkes Ermessen nach nichts zu wünschen übrigließ. Mira brachte ausreichend Tageslicht in die Leseräume der Bibliothek. Und Elke war nur mehr für außen der Chef, fürs Grobe, die Baustelle.

Der Kellner tuschelt mit dem zweiten Kellner hinter der Theke, über ihnen wird eine Verspätung angesagt. Der Kellner mit dem Nackenschlurf fragt, ob das Mira und Elke betrifft, Elke sagt nein, ihr Flug geht nach Paris, und das viel später. Mira sagt ja und winkt mit der Bordkarte.

Was soll es sein, freie Wahl, die Fluglinie lädt ein. Er tippt auf Sekt, das Teuerste, das man gratis erhalten kann, aber Mira schüttelt den Kopf, tea, please.

Sie sagt, da ist natürlich ein Unterschied

In der Mentalität, sagt Elke.

In der Hitze, setzt Mira fort. Ihr müßt euch erhitzen in der Kälte, bei uns wird gekühlt in der Hitze, daß man nicht kocht, und deshalb sieht es mit Emotionen anders aus.

Elke bestellt auch einen Tee.

Eine Müdigkeit, die sie mit Geduld verwechselt, befällt sie jetzt.

Elke lebt mit Peter zusammen, der tut, was sie sagt. Mira will gar nicht so einen Mann.

Das stimmt doch nicht, sagte Elke, wie Peter, der kochte, wenn Mira zum Essen da war.

Wir sind ein gleichberechtigtes Paar, und jeder darf jedem etwas sagen, und ob er tut, was ich sage, oder umgekehrt, sind gemeinsame Interessen im Vergleich zu den eigenen.

Mira stellt sich ihre Ehe anders vor.

No, not a gentleman, but a real man, der weiß zu sein hat und wissen muß, was sie tut, egal, was er tut. Sie will einen richtigen Mann.

Also doch einen Pascha? Und wenn er ein sadistisches Arschloch ist, ist dir das recht?

No! schrie sie auf. Er soll ausstrahlen, er soll eindeutig ein Mann sein, aber so benehmen muß er sich nicht.
Aha, und wo ist die Grenze? fragte sich Elke, als Mira schwärmte und schwärmte über die Wärme, die aus Peter herauskroch, dem Wiener mit dem Führergefühl beim Walzer, links und rechts, das ist wunderschön. Für eine Deutsche auch, sagte Elke und rumpelte in seinem Arm. Ich bin einfach unmusikalisch.
Ein ganz großartiger Mann, mit dem alles möglich ist, schwärmte Mira.
Allerdings, dachte Elke.
Peter tanzte mit Mira, sie einen Kopf kleiner als er, lehnte sich an. Elke wußte, Mira braucht einen Mann, um sich vor Peter zu schützen, der sonst Elke davonfegen könnte.
Sei nicht verrückt, was ist schon dabei, und dennoch.
Das Schweigen zwischen den beiden, wenn sie den Raum betrat, fiel Elke sofort auf, wie auch die Rede und Antwortstellung in der Runde, die sie mit Themen aus der Tageszeitung bevormundete. Elke kam sich unmöglich vor, und Mira sprach sie darauf an, was los sei, warum bist du gereizt?
Bin ich absolut nicht.
Willst du mit Peter sprechen, soll ich gehen?
Aber ich bitte dich, es gibt keine Geheimnisse.
Schrei nicht, sagte Peter dann und mixte Margueritas.
Ich schrei doch nicht, was schreist DU denn?
Mira hielt sich die Ohren zu.
Mira, bitte, sag uns, wer hier schreit von uns.
Mira ist eine solidarische Frau. Mit keinem Wort sagte sie, daß Elke schrie. Mira sagte sehr ruhig: DU, Peter, DU bist sehr laut.

Das tut mir leid, küßte er Elke auf die Wange.
Ich bin kein Insekt, du Chamäleon.
Was ist jetzt schon wieder?
Er setzte sich, genüßlich spitzte er Elke an.
Sie wischte sich die Wange ab, er sollte sie nicht lecken, wenn er küßte.
Peter genoß diesen Satz und fuhr mit der Zunge die Salzspur am Glasrand ab.
Also gut, grinste er und züngelte Mira an.
Elke verdrehte die Augen, und Mira tat, als verstünde sie nicht, und verabschiedete sich. Auch Peter trank schnell aus, also komm, das hat doch keinen Sinn, zog er Elke mit sich. Elke schlug ihn aus und schlief auf der Couch.

Forget the colour.
I know, what I mean, kicherte Mira und sagte, wenn ihr zukünftiger Mann nicht groß ist, dann läßt sie sich deportieren. Er muß sie wie eine Weiße berühren. Das schließt auch einige aus.
Seine Familie wartete schon auf Mira und wollte gerne Weihnachten feiern mit der Christin. Mira war stolz, wenigstens Christin zu sein, und Elke war gerade stolz, aus der Kirche ausgetreten zu sein.
Mira war in die Wohnung gekommen und suchte ein Zeichen des Glaubens. Sie fand Pläne und Auftragspapier.
Der Amerikaner wäre zu Weihnachten nicht in seinem Bungalow gewesen, sondern auf der Baustelle seines zukünftigen Familiensitzes, er ist auch Architekt und baut auf Mira.
Über Weihnachten war Mira aber noch hier und hat mit Elke die Weißheit ihres zukünftigen Mannes bespro-

chen. Miras Verwandte beschimpften den Mann. Das Hurenvolk der Weißen, das sich an der asiatischen Feinheit vergeht, wie ihr auch Elke gesagt hätte, wenn nicht Peter, das Schwein, gewesen wäre.
Peter wollte sie zuerst verkuppeln, dabehalten in greifbarer Nähe.
Mira glaubt an einen Gott, da fährt bei ihr die Eisenbahn drüber und hinterläßt keinen Schaden, Peter konnte sie nicht überreden. Die Mutter Gottes war ihr egal. Wenn Mira betet, dann betet sie gleich zur obersten Stelle, das hat sie auch dem Ami geschrieben, und wenn sie betet, ist das ein Dialog mit ein und derselben Stimme. Sie kicherte und kniff die Augen zusammen. Wenn ich etwas will, wird Gott es mich erreichen lassen. Mit dieser Überzeugung war es bald vorbei, denn die Behörde entschied in zweiter Instanz, Mira mußte mit Jahresende ausreisen, sich selbst deportieren. Mira zuckte mit den Schultern, Elke klopfte darauf, und Peter legte den Arm herum, wir werden schon eine Lösung finden, flüsterte er in ihr Ohr und leckte das Läppchen, so etwas Süßes lassen wir nicht so schnell fort. Elke überschaute die Lage und handelte.
Sie saß nicht lange im Videoraum des Instituts für Partnerschaft. Die Männer stellten sich mit Namen und Alter vor, Beruf und Bildung waren absehbar. Elke ließ im schnellen Vorlauf das Band abspielen. Männer, die Frauen finden könnten, waren kaum dabei, und dennoch schien einer ganz nett, wenn auch leise und fast unverständlich. Ein Amerikaner, der lange bei der Army gedient und Kasernen gebaut hatte. Vielleicht schwieg er in natura noch besser, er sprach schüchtern und klein, er wollte eine Sängerin und liebte die musikalischen Ge-

setze der gotischen Kathedrale. Auf jeden Fall lebte er weit weg.
Elke bezahlte und bekam seine Adresse. Sie schrieb ihm heimlich und erzählte von Mira. Die Deutsche wollte der Philippinin die Deportation polieren, es ist grausam, Elke haßt sich, die Adresse behielt sie erst mal für sich.

Elke kichert zurück, und vielleicht wird er dich überhaupt nicht anrühren, bis du ihn darum bittest.
Mira verdreht die Augen, das erwartet sie sowieso.
Zwischen Elke und Peter gibt es vielleicht auch wieder Bitten.
Mira hört sofort auf zu lachen und sagt, schlagen wird sie sich keinesfalls lassen, denn das ist ihr schon einmal passiert. Obwohl sie schwanger und die Schande groß genug war, das uneheliche Kind auszutragen, hatte ihr Vater gesagt, ich hol dich mit deinem Kind nach Hause, bei diesem Mann bleibst du nicht, und das heißt etwas auf den Philippinen.
Auch hier, sagt Elke.
Diesen Mann wollte Mira nie wieder sehen, und egal, alles ist besser als damals, und wozu hätte sie sich an diesen Mann verschwenden sollen, abgesehen von ihrem ganzen Leben.
Und dein Sohn wird sich leicht tun mit der Umstellung?
The child is waiting! sagt Mira und wird in Amerika als erstes die Papiere auf die Botschaft tragen und versuchen, daß sie wieder zusammenkommen nach diesem Jahr.
Elke nickt. Ein Jahr war Mira das Kindermädchen für das Philosophenkind, dessen Mutter arbeiten ging, um sich freizukaufen von den Lebensumständen einer ver-

heirateten Mutter, und Mira arbeitete, um mit ihrem Kind eines Tages wieder zusammenleben zu können, frei von den Lebensumständen einer unverheirateten philippinischen Mutter. Elkes Philosophin bezahlte für Zeit, und Mira bezahlte mit Zeit.
Elke ist zwei Jahre älter als Mira und noch nicht verheiratet und will es auch nicht unbedingt. Mira muß heiraten, wenn sie nicht der Untergang ihres Kindes sein will. Elke hat kein Kind. Elke schreibt die Kraft in Mira dem Kind aus Mira zu, für das sie bessere Verhältnisse zu schaffen hat.
Eine Hand wäscht die andere, die weiße die gelbe und umgekehrt, und wer bekommt jetzt Miras Hand?
Wenn Elke könnte, sie schluckt und hört Peters Stimme, pack die Koffer und steck ein Brautkleid ein.
Brautkleid?
Verstehst du?
Nein.
Vor allem verstand Peter nicht, daß sie ihn nicht verstehen wollte.

Mira, was ziehst du an?
Mira zuckt mit den Schultern, was soll sie tragen, wenn sie den Mann noch gar nicht kennt, für den sie sich entschieden hat. Nach einem Foto kannst du dich nicht dazupräparieren, ich warte ab, aber sicher ist weiß.
Elke nickt an Mira vorbei, sie hätte gar nicht fragen brauchen.
Woher kennst du John?
Elke schluckt den Tee heiß, damit sie sagen kann, sie hat sich die Zunge verbrannt, und nicht lügen muß, Lügen hat sie für jetzt aus dem Leben verbannt.

Wie lange kennst du ihn schon?
Mira, ich hab mir die Zunge verbrannt.

Es war spät, die Wohnung war dunkel. Elke parkte gegenüber auf derselben Etage.
Die Garage ist gut bewacht, absolut frauensicher auch heute nacht. Elke dreht das Licht ab, bleibt noch im Wagen, schaut hinüber. Niemand da, oder erst recht? Elke denkt, was bin ich für eine mißtrauische Kupplerin. Ein Mann für Mira, warum soll es kein Amerikaner sein. In den Wohnungsfenstern geschieht nichts als Schwärze, Elke steigt aus, leise, sie weiß, man hört jeden Schritt, um diese Zeit sind Schritte auch für Peter interessant. Er hat ein Fernrohr für späte Frauen und frühe Männer. Elke benützt es besonders gern und genießt das Gefühl, ein kleiner Gott zu sein, der alles sehen kann, was Haltung ausdrückt, wenn sich das Leben durchs Parkhaus trägt.
Architekten sind Voyeuristen, sagt Elke, du mußt wissen, was sich abspielt im Leben, wie willst du sonst für ein Leben die Mauern bauen.
Dieses Leben schreit aus dem Haus, Elke hält inne und atmet in die Pause.
Oh, Peter.
Elke spürt die Schlüssel im Fleisch und die Wut auf den amerikanischen Mann, der ihr zu spät vorgespielt worden ist, dafür hat Peter auf ihre Abwesenheit gesetzt und Mira verführt, die das zugelassen hat.
Peter, der Mira insgeheim um ihre Abenteuer beneidete und selbst eines wollte. Deutschland ist nicht weit genug weg. Von einem Naziland ins andere, das ist keine Kunst, geh mal dorthin, wo keiner etwas von dir hält

und du nichts dagegenhalten kannst, wo du erst die Sprache lernst.
Lern Französisch, es wird Zeit.
Gern, mein Schatz.
Anscheinend schafft er jetzt den Sprung in die Fremde.
Aus der Küche kommt Licht. Elke will finden, was sich so leidenschaftlich angehört hat. Die Küche ist leer, die Pfanne auf dem Herd, das Fett ist verbrannt. Es stinkt erbärmlich nach Fisch. Der Tisch ist nicht fertig gedeckt, war es vielleicht, die Teller sind verschoben, es sind drei, nicht auf ihren Plätzen, eher Platz gemacht für eine, für eine halbe Frauenlänge und gespreizte Beine.
Aus dem Bad wieder Peter.
Elke will überraschen, sie will dabeisein, sie will der Täter sein, die Ursache, die Überraschung selbst, die jetzt hereinplatzt und sagt, es stinkt angebrannt.
Mira und Peter sind verblüfft, du erschreckst uns vielleicht, beide sind bleich im Neonlicht und nackt.
Was macht ihr mit der Zitrone?
Waschen, hält Peter die Hand unter den Saft, den Mira ausquetscht.

Eine Ehe würde Elkes Leben nicht verändern, Paris mit Peter, ich weiß nicht. Elke ist eine Frau der ersten Welt.
Du heiratest aus Liebe und ich aus Vernunft, war Miras Geschichte.
Elke schrieb dem Amerikaner, John, ich bin keine Sängerin, aber ich schätze die gotischen Kathedralen und meine musikalische Mira. Er schrieb zurück, und Elke überprüfte seine Daten. Sie dachte, vielleicht ist er auch für mich.
Mira, ich hab einen Freund in den USA.

Einen, gib her.
Na … warte.

Die Ruhe verliert Mira nicht einmal vor der Abreise, sie hat sogar Hunger. Elke ißt das Würstchen mit den Fingern und blickt auf Miras Teller. Mira kichert, weil sie dem Würstchen auf ihrem Teller mit Gabel und Messer nicht zu Leibe rücken kann, es rollt sich unter den Spitzen zur Seite. It's alive, sagt Elke.
Oh God, prustet Mira.
Der Mantafahrer bringt Servietten. Er schnurrt, viel Spaß, und legt noch eine Portion Senf auf den Tisch. Mira will keinen Senf. Elke setzt ihrem Würstchen ein Häubchen auf, ein wenig Würze kann nicht schaden.
Mira will wissen, ob Elke glaubt, daß der Amerikaner ganz und gar zu ihr passe.
Eine Chance mußt du ihm geben, wie ich es mir immer wieder sage.
Hoffentlich passen wir, sagt Mira, deren Englisch für Elkes Englisch herhalten mußte, als diese um Formulierungen fragte, die Mira betrafen, ohne daß Mira wissen durfte, daß mit diesen Vokabeln ihr Schicksal eingefädelt wurde.

Mira, wie sagst du, wenn du ein Kind hast, das sich nirgends und überall zu Hause fühlt auf der Welt?
Mira wunderte sich: Ihn fehlt der Vater.
IHM fehlt der Vater.
Die Deutschen kennen Deutsch.
Und sich.
Was schreibst du?

Peter kam ins Zimmer, beroch seine Hände, nickte mit der Nase von Fingerspitze zu Fingerspitze.
Was denn, was denn?
Elke blieb reglos liegen, absichtlich im Dunkeln mit offenen Augen zur Decke, Peter gab ihr die Hand zum Riechen. Zitrone. Elke drehte sich weg.
Du bist ja noch wach!
Untersteh dich.
Riechst du den Fisch?
Hör auf, du Schwein.
Überhaupt nichts mehr dran.

Elke ging und trank. Elke versetzte sich in Peter, der in Mira versank, und versetzte sich in Mira, die in Peter versank, mit einer Wut auf das philippinische Monster, ohne als Rassistin zu gelten, weil sie auch Peter verfluchte.
Irgendwann kam Elke drauf, daß sie immer das please vergaß, wenn sie etwas anordnete. Das please ist aber wichtig für die Gleichwertigkeit zwischen Sender und Empfänger. Mira führte Elkes Befehle aus und muß sich vorgekommen sein wie ein Sklave. Sie errechnete die Sesselleistenlänge für die Bibliothek in Paris, arbeitete Etage für Etage durch, stellte sich Kilometer Leisten vor, die auf den acht Zwei-mal-ein-Meter-Bögen mit feinem Bleistift einzuzeichnen waren. Danach übertrug sie die Pläne und Maße in Tusche, die nur beim letzten Plan patzte. Zwischendurch putzte sie das Büro und die Wohnung und korrigierte das Verpatzte, mit einer Geduld, die nicht von diesem Kontinent war.
Elke könnte sich jetzt entschuldigen für ihren Plan, den Mira auszuführen hat, aber ihr fällt keine elegante For-

mulierung ein, sie verschiebt das Thema. Mira hat sich ja auch für nichts entschuldigt, wofür sie wieder schuldig wirkte.
Es war der Fisch, riechst du das, der Gestank bleibt tagelang. Dried fish ist eine bestialische Delikatesse.
Elke kehrte zurück, übergab sich in Peters Bett, der erst im zweiten Schwall erwachte, was treibst du, und lief um Wasser für Elke, bevor er Elkes Kotze roch und es ihn übermannte.
Du bist eine Sau, warf er sie zurück.
Du bist eine Sau, lallte sie zurück.
Mira war still in ihrem Zimmer. Sie lauschte. Lauschen war bei ihr nicht Lauschen, sondern Mitsprache ohne Stimme.
Am Tag war Elke besser gelaunt als erwartet. Ihr Schädel war nur mit Leichtigkeit zu tragen, also setzte sie sich zum Tee in die Küche, die Mira vom Geruch des dried fish zu befreien versuchte und mit Ingwer niederkochte.
Diesen Gestank ertragen Europäer nicht!
Elke nahm viel Tee, ich rieche nichts.
Was glaubst du eigentlich? fragte Mira.
Was soll ich glauben? fragte Elke zurück.
Dried Fish stand auf der Packung, die Mira zerknüllte. Mira schüttelte den Kopf über Elke, das kocht man nur bei Nacht. Elke legte den Schädel in die Hand, wie auch immer, und trank Tee.

Es wurde Zeit. Mira wäre bald illegal. Der Anwalt hatte bereits abgewunken, ein Todesurteil, Folterung, Mord in der Verwandtschaft, das ginge durch, nicht jedoch die Diskriminierung einer ledigen Mutter, die nicht mehr eingestellt wurde nach Stand und Verstand. Tut mir leid, die Republik sieht das anders. Also kam der Mann, der wußte, wie er eine Ausländerin aus der dritten Welt im Land behalten könne.

Sein erster Satz war sachlich: Touristen können hier nicht ewig bleiben, und Ausländer sind entweder Touristen oder Ausländer. Er ließ sich Zeit und sagte deutlich, SCHWIERIGKEITEN.

Mira saß daneben, ihre Hände zitterten, als wären sie schuld am Übel dieser Welt.

Er schilderte ihre aussichtslose Zukunft, ohne Mann DEPORTATION, bei einem dementsprechenden Sichtvermerk gibt es keine Einreise mehr. Philippinien, sagte er, Philippinien, weil er dort so oft schon im Urlaub war, daß er sich so heimisch fühlte, ein Stückchen von ihm gehörte dorthin, und zwei Stückchen von dort gehörten zu ihm, und er hat für alles, was er gern hat, einen Kosenamen. Also Philippinien, wer weiß, wie dort die Behörde reagiert auf eine Deportierte. Er verglich Mira mit seiner Frau, die überhaupt keine Aussichten hatte, weil sie aus einer guten, aber armen Familie stammte und servieren durfte in einem Hotel und nicht einmal genug Geld für Kleider hatte. Na, aber nun ist sie hier in diesem Land in seiner Hand. Mit ihrem Englisch hat er seines aufgebaut, so daß er jetzt aufsteigt im beruflichen Leben, und ein bißchen fremdes Leben erweitert den Horizont, den persönlichen und unpersönlichen. Er hat schon die zweite Philippinin.

Er erklärte, daß es mit der zweiten wie bei der ersten war, Papiere und Interviews mit Beamten und dann Standesbeamten und nach ein paar Jahren die Staatsbürgerschaft.

Ihm gegenüber saß Mira und wartete auf seinen Vorschlag, und auf Elkes und Peters Reaktion, bevor ihre Frist abgelaufen war, sollte sie schon verheiratet sein, das würde die Sache vereinfachen, dann erspare sie sich die Ausreise ins eigene Land, und von dort ist das eine schwierige Botschaftsangelegenheit, Beamte, und die sind überall gleich.
Mira griff zur Tasse, der Mann rutschte ins tiefe Wienerisch, sobald seine Ausführungen unangenehm wurden, ihm war nicht klar, was Mira wirklich verstand. Sie verstand alles und goß Tee nach.
Der Mann sah gegen den Himmel, durch das Fenster, hinter dem die Tauben gurrten und ihre Flügel schlugen, wenn Sie jemanden kennen, ist das kein Problem.
Elke war anderer Ansicht, Peter nicht.
Der Mann war ein Riese im Sitzen, eine unförmige Erscheinung, die auf dem Küchenstuhl klemmte wie ein Ei, das nicht richtig in den Becher paßt. Er sagte, es ist ganz gleich, wer der Bräutigam ist, es geht um Papiere. Nichts leichter als das.
Elke schnitt ab und ging das Register in ihrem Gedächtnis durch, Freunde und Feinde, leise. Und noch leiser dachte sie an die Adresse in Amerika, blieb der Idee auf der Spur. Ein Kind, das wäre schön, ich hätte nichts gegen Adoption, ich glaube, ich bin ein guter Vater, schrieb ihr John aus Amerika.

Eine Fleißaufgabe war die Party, die Peter wochenlang organisierte. Er stellte eine Liste zusammen, die ausschließlich Junggesellen erfaßte.
Hallo, rief er an, wir machen ein großes Fest, du bist eingeladen.

Schön, ich komme zu zweit.
Das geht nicht.
Ich darf doch jemanden mitbringen?
Wen denn?
Kennst du nicht. Ernste Sache.
Dein Ernst?
Was hast du dagegen?
Na ja, wie soll ich sagen.
Peter, rück raus mit der Sprache, warum soll ich allein kommen?
Peter sah hilflos zu Elke hinüber, die Kreuze auf der Liste verteilte, gestorben?
Also? Was ist da los bei euch?
Es ist eine Privatangelegenheit, ein familiäres Fest sozusagen.
Das kann ja nur eines bedeuten!
Was meinst du?
Gratuliere, ich komme, allein sozusagen.
Sexparty ist das keine!
Ich hab dich schon verstanden.
Was denn, zum Teufel?
Peter, daß dir das zuerst passiert. Mit einer Deutschen.
Hast du was gegen Elke?
Ich sag ja, gratuliere! Der erste Polterabend, den ich miterlebe. Habt ihr schon eine Liste?

Verdammt, der hat mich total mißverstanden.
Aber er kommt? fragte Elke.
Sicher, aber der denkt sich was dabei.
Mira ist schließlich nicht zu verachten.
Nein, das nicht, er denkt sich etwas mit dir.
Mit mir?

Und mir. Gratuliere. Eine Verlobungsfeier oder so. Na, servas.
Peinlich, was? sagte Elke.
Was tut man nicht alles für den guten Ton.
Warum auch nicht?
Elke und Peter verlobten sich.

Mehr Männer als Frauen, die Frauen ausgesucht häßlich, verplant, vergeben, überflüssig. Auf jeden Fall kam genug Material, und wenn auch im Nest, so doch noch balzbereit.
Elke und Peter hatten ein gutes Gefühl. Doch das Fest blieb ein Erfolg für die andern.
Sie betrachteten die Party als Kollegentreffen, die meisten kannten einander aus der Studienzeit. Sie gratulierten Peter und Elke, und die Paare unter den Gästen erzählten von ihren Haushalten und den ersten Gedanken an ein richtiges Familienleben. Die anderen amüsierten sich miteinander, und manche zeigten sich enttäuscht, weil noch kein Hochzeitstermin für Elke und Peter feststand. Mira ging unter. Elke stellte sie zwar jedem vor, aber sie fand keinen Anschluß, die olympischen Spiele waren interessanter. Mit Mira unterhielt sich kaum jemand. Mira waren die olympischen Spiele egal, und sie gesellte sich zu Peter, der nicht einmal wußte, daß es schon wieder olympische Spiele gab.
Elke legte Musik auf, und der Fernseher lief bereits und zeigte die Medaillenliste. Irgendwo hinter dem Regal hörte sie das Klirren zweier Gläser und entdeckte Mira, na endlich, die anstieß auf etwas. Mira schaute in ihrer immerwährenden Mädchenhaftigkeit und schüttelte das Haar in den Nacken. Sie schüttelte Peter frei, der sie

auf den Hals küßte. Mira erzählte ihm vom Amerikaner, den sie bereits aus Elkes Briefzitaten kannte, sie kicherte, und er kehrte die gute Seite des Österreichers hervor, erhob das Glas auf ihn. Was genau erzählte Mira Peter? Elke rief Mira und wußte nichts weiter zu sagen, als Mira hinter dem Regal auftauchte, can I help you?

Elke schickte sie in den Keller.

Der Keller ist dunkel, und sie wird das Abteil nicht finden, wo der Wein lagert, das ist doch ganz hinten, Peter wollte mit ihr gehen.

Nein, ist nicht nötig, in der Speisekammer ist noch eine Kiste

Es dauerte zwei Stunden, bis die anderen begriffen, daß die Party gelaufen war. Erst als sie allein waren und Mira in ihrem Zimmer, rückte Elke mit ihrer Sicht der Dinge an.

Ich hab diese Typen nicht eingeladen, damit sie dich aufreißt!

Dafür reißt du dir einen Amerikaner auf.

Harmlose Brieffreundschaft.

Es war doch lustig.

Moment mal, was weißt du von John?

Du sollst die Finger von ihm lassen.

Er ist für Mira.

Mira?

Ja! Wenn ich heiraten wollte, würdest du das dämlich finden, und für sie sagst du sogar zu einer Verlobung ja?

Ich versteh sie.

Du Zyniker.

Ich hab mir etwas überlegt.

Was?
Wir lieben uns, oder?
Und?
Ich könnte Mira heiraten, dann wären alle Probleme gelöst.
Elke nahm Miras Stift und schrieb auf die Reinzeichnung, ich hasse dich.
Elke sagte Paris ab. Peter fuhr mit ihrer Vollmacht und bestritt die Präsentation allein. Elke schrieb nach Amerika, pfeif auf Paris. Nach zwei Wochen kam die Antwort. Mira fragte, was los sei.
John hatte gewählt, das sagte Elke nicht. Elke sagte, John will dich.
Was ist mit Peter und dir?
Ist doch egal.
Und Paris? Euer Projekt!
Tu nicht so.
Nach acht weiteren Briefen war die Zeit um.
Paß nur auf, das kann ein Perverser sein. Die Briefe waren Miras Beweis auf der Botschaft. Die Beziehung bestand seit Monaten, Annäherung erfolgte brieflich, telefonisch, sich annähern war möglich. Sie hatten Absprachen getroffen. Vernunft oder Liebe, eins durch das andre, aber was davon gehörte Mira und was Elke?
Und wenn es nicht klappt? fragt Elke.
Miras Flug wird aufgerufen.
Wir geben uns eine Chance, er hat sogar bei meiner Familie um meine Hand angehalten, das ist doch ernsthaft, das macht nicht einmal jeder Philippino.

Amerika ist nicht aus der Welt.
Du bist ganz schön mutig.

Komm nach, wenn dir fad ist.
Paß auf!
Sicher.
Was wird mit deinem Sohn?
Er wird ihn adoptieren.
Dann hat er auch Rechte.
Aber wir sind eine Familie, mit einem Namen, und ich kann leben und frei arbeiten.
Ich hab ein schlechtes Gewissen.
Du schiebst mich ab.
Mira bitte.
Besser als Tourist auf Leibrente.
Bleib.
Wie denn, sei ehrlich.
Vielleicht verkauft er dich.
Ich bin doch nicht blöd.
Schau ihn dir gut an.
Keine Angst.

Der Mantafahrer nimmt kein Trinkgeld von Damen. Mira prägt sich den Ort ein. Die Tassen stehen noch, merk dir das, da gießen wir Glück hinein. Mira gibt Elke die Schlüssel zurück. Elke schenkt ihr Geld zum Schluß, thank you, thank you. Beide, you are welcome, wherever I am. Elke berührt zum ersten Mal Miras Haar, es ist drahtig und mühsam gelockt für den Amerikaner, dem sie in zehn Stunden zum ersten Mal gegenüberstehen wird.
Wenn er dir nicht gefällt, übersiehst du ihn einfach und kommst nach Paris.
Mira schüttelt den Kopf, du Ausländerin, was glaubst du eigentlich?

Elke sieht aus wie immer, eine große, kräftige Deutsche, frisch, fidel und natürlich. Mira schiebt den Paß zur Kontrolle, sie wird immer gepflegte Nägel haben, zugefeilt, lackiert.
Viel Glück, bevor die Tür zugeht, kichert Mira und winkt. Elke geht und kauft einen Briefumschlag, steckt die Schlüssel hinein und schickt sie an Peter zurück. Sie fühlt sich wohl, weil sie das Ende nicht weiß. Das Projekt startet, die Baustelle wartet.
Peter wird vergeblich warten, sie ist längst, wo ihr Plan allein Elke begründet.

Spielplatz

Die Kinder stricken das Gerüst. Die Nabelschnüre werden zur Kugel verknotet, und der Gesang ist rot. Das Flechtwerk ist weiß, jung, zart, klein, rührend und rein. Die Körper klettern im Bauch des Gerüsts, die Kugel ist im Gleichgewicht zwischen männlich und weiblich. Alle Kinder zusammen sind eins, aber rundherum stehen die Mütter, die genau unterscheiden, nur das ist meins. Seitlich stehen die Wagen, die sie zusätzlich besitzen, nur teilen mit dem geborenen Fleisch. Das helle Geschrei hebt ab, und das Kugelgerüst reißt aus dem Boden. Die Kinder verkrallen sich im Geschnür und verteidigen ihren Platz, und einer, der zuviel ist, wird abgestoßen – die Kugel bleibt in der Waage.

Die Mütter rufen, hört auf damit, applaudieren aber gleichzeitig den Kindern, die den Platz behalten haben und sich weiterhangeln. Die abseits stehende Mutter, deren Apfel heruntergefallen ist, oder gestoßen, empört sich über die Rücksichtslosigkeit, die nicht unbestraft bleiben soll. Doch hier herrscht nur der Wille der Kinder, den die Mütter hereinklatschen. Die Mütter regen sich auf. Die Frau regt sich auf. Niemand ist schuld, alle sind schuld, unschuldige Kinder. Das Faustrecht ist altersgerecht. Für den, der aufpaßt, ist das nicht schlimm.

Die Frau kennt noch kein passendes Wort, das die Sprache der Mütter spricht, und es heißt, sie würde selber nichts anderes tun als hinunterstoßen, wenn jemand daherkäme, wenn sie könnte. Die Herde der Glucken wendet sich ab. Die Frau hat sich ihre Rolle selbst erwählt, dazu reicht der Wille, fürs Abseits, und das ist eine Lehre, der sie nicht entkommt, eben.

Die Wagen sind kleine leibliche Rollstühle, Mehrlinge, die sich eineiig nicht voneinander unterscheiden, und doch weiß auch die Abseitige, welcher Wagen der ihres Kindes ist. Sie steht auf dem Spielplatz des Besitzertums und achtet auf Schaufel und Kübel, die im Sand vertrieben sind, während sie denkt, reg dich nicht auf, der Ramsch ist unser und gekennzeichnet, wie auch das Kind, wenn es verlorengeht, trotzdem gestempelt ist mit dem Erbe.

Die Frauen stehen und sitzen ihre Mutterschaft durch. Sie sind stolz auf die eigenen Knirpse im Sand und denken schon an die nächsten. Sie werden die Gelegenheit nützen, um sich weiterhin auszudrücken in der Nachkommenschaft. Der Beutelsack ihrer Leiber sagt, daß sie sich nach Hause schaffen müssen, um sich füllen zu lassen, mehr oder weniger rasch, je nachdem, wie es das Alter verlangt. Eine unter ihnen sieht traurig aus, sie hat es nicht zur Mutter, nur zur Kinderfrau gebracht. Sie hat vergeblich auf den Nikolaus gewartet, der sie mit Nüssen füllt, die sie auf den Spielplatz getragen hätte und in die Gesellschaft gepflanzt, jetzt wirft sie nur ihr Auge darauf.

Eine Familie schreitet über die Brücke, gefolgt von der nächsten und der nächsten, der Abstand ist so groß, daß die Brücke nicht einstürzt, wenn die Kompanie darüberschwingt. Auch die Kinder werden unter der Sonne begraben werden, und sobald sie die Geburtstagskerzen

ausgeblasen haben, werden sie fragen, was sonst habt ihr an uns weitergegeben als den Tod? Diese Frage gehört weggeschoben. Im Gleichschritt der Erziehung pflanzen sich die Eltern fort, weil es alt und richtig ist und sie sich ablenken mit dem neuen Leben, das sie über und über behüten müssen, um sich selbst zu vergessen.
Die Langeweile, die die Mütter wie eine Aura umgibt, zapft ihnen keine Kraft ab, sie verleiht ihnen Ruhe, die sie geben. Sie bestätigen einander, daß sie weiter sind als ihre Vorgängerinnen, weil sie deren künstliche Babynahrung abgeschafft haben und sich wieder aufopfern können. Sie säugen die Kinder, die meistens schon groß genug sind, um die Brüste auspacken zu können. Die Mütter geben die Milch für eine große, starke Bindung und ein unumstürzliches Selbstwertgefühl. Die Kinder werden gesättigt ins Leben entlassen, denn wer weiß, was es noch zum Auskosten bietet.
Die Frauen stecken ihre Köpfe zusammen, die auf den pastelligen Wogen ihrer weiten Kleider treiben wie Bojen. Die kleinen Piraten wollen ein Mutterschiff entern. Früher sind die Begatter eingetaucht in die Unergründlichkeit der Frau, und jetzt wird sie von den geborgenen Schätzen mit Steinen torpediert. Sie versinkt, um ein Wrack zu sein für die Piraten, die den Sand auf den gestrandeten Schoß leeren und ein unschuldiges Lächeln formen.
Verschämt stolz sind die Frauen, wie die Kinder unverschämt ihr Geschlecht verschütten. Das eigene Fleisch und Blut saugt der Frau den Namen aus und tituliert sie wie jede andere auch, der Spielplatz besteht aus Mama hier und Mama dort und gegenüber die Kindernamen, die sich modisch wiederholen. So manche strickt für die

Zukunft ihres Spatzen einen Strumpf zum Sparen, den sie zum Weltspartag fertig hat und glücklich entleert, damit das Kind einen Anfang hat und ein kleines Spielzeug erhält, während sie lächelt und das Kind auf Geheiß danke sagt. Später wird es den Strumpf überziehen und Löcher für die Augen bohren und die Mama erschrecken oder die Bank überfallen, wenn die Mama nicht aufgepaßt hat.
Sie beäugt ihre kleine Welt, die sie zu Hause hat und von niemandem belauern läßt. Sie ist das Oberhaupt, die big sister ohne Krone, die hat sie abgelegt, wie auch den Entwurf ihrer selbst und den Geist, der sie nur in Frage stellt. Sie tröstet sich und dreht den Fernseher an, ihr geht es doch gut im friedlichen Land. Dann dreht sie ab, denn sonst gerät die Welt aus den Fugen, wenn sie in zu madige Kinderaugen schaut.
Sobald der Gatte nach Hause kommt und ihr das Haushaltsgeld übergibt, am Ende des zwanzigsten Jahrhunderts sie nicht schlägt und auch nicht als Besitz anerkennt, sondern als mehr oder weniger abwählbar sieht, glaubt sie, daß sie sich durchgesetzt hat.
Die Mamas haben praktische Frisuren, auf vielfältige Weise, Wechselrahmen für das Einheitsgesicht. Ein Nachmittag gehört umgebracht wie jeder andere auch, die Frauen sind dazu da, daß zufällig wie freiwillig nichts passiert. Sie kennen einander und wissen doch nur die Namen der zugehörigen Kinder. Sie reden miteinander selbstverständlich über die Kinder, und jedes ist gleich, und wenn es noch so das Eigene ist. Die Mamas tauschen die Gewohnheit aus, und gewohnheitsmäßig übertreiben sie ein wenig und teilen einander die kindliche Begabung mit, die jede überbietet und ins Ziel

der Gleichheit schießt, wo lauter besondere Kinder im Fadenkreuz stehen. Das ist der Spielplatz der Mütter, die ein Liedchen anstimmen in ihren Atempausen und freundlich zurechtweisen, wenn das Mamakind dem Mamakind die Schaufel überzieht. Die Kinder stufen die Entwicklung ab und bekommen Alter durch Größe und Sprache. Die Mamas betreten diese Treppe nicht, sie sitzen sowieso am oberen Absatz.

Die Männer unter den Müttern sind rar gesät, ein paar hat der Rollentausch erwischt und auf den Spielplatz gebracht, und hier sitzen sie als beschwanzte Frauen im Tratsch, mancher erlebt sich dadurch als Brüter der eigenen Saat. Die Männer rufen selig ihre Spatzen, die gelaufen kommen, wenn es etwas Süßes gibt, das der Papi reicht und vergnügt in die Schnäbel stopft und selbst verzichtet zugunsten der Brut. Die Mama sieht in ihm sich. So geschlechtslos er für sie ist, ist auch sie für ihn, obwohl – oder weil? – sie Gattinnen sind. Sie schenkt Apfelsaft aus, auch er bekommt einen Becher, den er austrinkt als Vorbild, und eine Kasperlmütze macht er daraus, die er sich aufsetzt und spricht, seid ihr alle da, und die Mama schreit laut ja!, bevor die Kinder dem Kasperl antworten und ihm den Rücken zudrehen. Der Kasperl ist eine Puppe und kein Papa, sondern ein Mann, weil er so abgewandelt wird, und da die Mama das nicht versteht, ist sie dumm.

Die Geschlechtlichkeit der Kinder, die noch nicht ausgetrieben ist, während die andere aufgegeben ist, ein Brief für den Storch, mehr nicht. Die Kinder springen fröhlich auf den Paparücken, der den Saft verschüttet und sich anpatzt, er paßt so um so besser zu den Spatzen und der Frau, die neue Höfe schließt, weil

die Flecken saurer Milch Ränder bekommen auf der Brust.
Darin schlummert ein Herz wie ein eingeringeltes Tier, an das sich die Jungen mit dem Vater drücken und es fressen. Die abseitige Frau sticht mit Blicken und weckt, weil sie sieht, was die andere weiß, aber nicht entdeckt wissen will. Der Papi schämt sich plötzlich und wird rot, ohne daß er sich umdreht, er stellt sich und versteckt sich hinter der Frau, die laut verkündet, eine Mutter paßt sich an und macht keine Extrawürste. Die anderen nikken und schweigen, während die Kinder das Gerüst bevölkern, auf ihrer kleinen Erde toben und ihre kleinen Kriege erproben, die sie im Lauf der Zeit sozialisieren.
Die abseitige Frau wird von Kindern umringt und gefragt, ob sie eine Mama ist oder ein Kind. Sie fragt nach dem Unterschied, und die umseitigen Mamas horchen auf. Die Kinder sind aber stumm und zeigen auf die Mamas im Hintergrund, die den Spielplatz tapezieren. Die abseitige Frau paßt nicht in das Muster, nicht einen Fleck will sie füllen. Die Frau sagt, sie sei eine Mutter und nicht nur das. Die Kinder fragen, was sonst. Alles andere auch. Die Kinder wollen, daß sie mit ihnen spielt, sie aber bleibt abseits und will, daß die Kinder spielen, Vater-Mutter-Kind, allein ihre Stimme verrät, daß sie eine dunkle Vorstellung hat.
Die Mamas und Papas sind erstaunt über die lieben braven Kinderlein, als die Mädchen Saft ausschenken und die Buben trinken und die Mädchen die leeren Flaschen in den Mistkorb schmeißen. Danach sitzen sie nebeneinander und schauen ins Leere und überlegen, woher die Kinder kommen, um sich endlich Beschäftigung zu machen.

Die Eltern sollen die Kinder sein, sagt die abseitige Frau. Die Kinder weisen die Mamas und Papas an, ins Gerüst zu klettern. Sie reden über die Entleerungskünste der Eltern und die Lustlosigkeit beim Essen, wobei sie trotzdem verfetten. Sie schimpfen über die Lästigkeit der Eltern, die sie nicht abstoßen können, weil sie am Rockzipfel hängen und weinten, stieße man sie zurück. Eine Mama sagt, sie muß lulu, und das Kind führt sie hinter den Busch, der Papa stellt sich daneben und schaut zu, wie es funktioniert bei einem Mädchen. Das Kind erklärt, das sei ganz normal und holt den Pimmel heraus und richtet ihn auf den Strauch. Eine andere Mama will nicht begreifen, daß sie nicht davonlaufen darf, diese kleine Ausreißerin. Das Kind setzt ihr nach und schreit vor Vergnügen und patscht auf ihr Händchen. Lustig wird es, wenn die Erwachsenen die Schaufeln erheben und sich in der Sandkiste quälen. Prügeln, im gegenseitigen Einvernehmen, heißt einstecken, um austeilen zu können. Die Kinder haben alle Hände voll zu tun, die erwachsenen Wichte auseinanderzubringen. Die Kinder müssen zwischen die Bälger gehen und die Strümpfe von der Gurgel reißen, die die eigene Mutter der armen Freundin um den Hals gelegt hat.
Ein paar Erwachsene hören zu, wie die Kinder vom schwarzen Mann erzählen, der überall lauert und ihnen die Geschichte über die Augen zieht, man kann ihn deshalb nicht sehen. Der schwarze Mann wird ihnen langweilig, und vor der Langeweile laufen alle davon. Aber auf dem Spielplatz ist eine schwarze Frau, und vor der läuft keiner davon. Sie steht da und betrachtet, man läuft ihr zu und hält nur den Sicherheitsabstand. Sie hebt keine Hand, nur die Lider.

Die Erwachsenen fragen, was sonst können wir spielen als im Gerüst und im Sand, die Kinder sagen, spielt Vater-Mutter-Kind, wenn euch fad ist, hier sind die Puppen. Die Erwachsenen bauen Häuser und Krippen für die Puppen und kämpfen um die Grundsteine. Die Sandkiste hat nicht viel Platz, und sie teilt sich in Hälften zur Nachbarschaft. Die Frauen bringen spielerisch Puppen auf die Welt, sogar die Kinderlose, während die Kinder an der Seite stehen und schauen. Die abseitige Frau sitzt unter ihnen und sagt, seht genau hin, denn jetzt wird sich alles wiederholen.
Aber dann sind wir bald zu viele, sagen Vater-Mutter-Kind.
Ihr werdet weiterspielen und einen Friedhof errichten.
Warum spielst du nicht mit? fragen Vater-Mutter-Kind.
Ich bin der Erfinder des Spiels.
Die Erwachsenen hören ihr Wort, richten sich auf, weil sie ihre Behausung durchschaut, als wäre sie ein Gott, der ein Ende setzt. Sie vereint die Nachbarschaft zu einem einzigen großen Haus, in dem die Elternschaft ausgetragen wird, und die Kinder sind wieder Kinder und müssen sich entfernen. Mit dem Finger zeigt man auf die abseitige Frau und fragt, wo ist denn dein Kind?
Im Gerüst.
So eine Frechheit, heißt es, die hat uns abgelenkt und ausgetrickst. Die Erwachsenen verlassen ihre sandigen Häuser und laufen zum Gerüst, das allein das Kind der abseitigen Frau bewohnt. Sie steinigen es heraus und halten die Frau fest, das ist das Gerüst unserer Kinder, schreien die Erwachsenenkinder.
Das Kind ist schlau und wirft zurück, es lernt in Gesellschaft.

Die Kleinen können die Großen nicht halten, sie brechen aus, sind über den Kopf gewachsen und reißen das fremde Kind aus dem Gerüst. Seid lieb, schreien die Kinder und drängen sich vor und erreichen das Opfer mit dem blutigen Kopf. Sie tragen das verwundete Fremde zur abseitigen Frau. Danach werfen sie Steine ins Gerüst und jagen die Erwachsenen heraus, um selbst wieder einzusteigen in die Kugel, die für sie hergestellt ist, daß sie die artgerechte Bewegung erhalten, die sie in diesem Alter für das nächste brauchen.
Die Erwachsenen schütteln sich den Sand ab und fragen die abseitige Frau, ob dem Kind nicht allzuviel passiert ist im Spiel, eiei, streicheln sie über den Kopf. Und die Abseitige wiederholt, eiei! Der Ton ist nicht richtig, er kommt nicht aus dem Herzen. Die Mamas und Papas brüllen im Chor eiei! zur Korrektur. Körperlich und fruchtbar muß es erklingen, denn der Dotter war nährend für den Keimling, und wir wollen ihn an seine wohlige Herkunft erinnern, als er beschützt und umhäutet war. Sie wuchern vor Wissen und richten die Finger auf die Frau, du kommst uns nicht ins Gehege und zerstörst unser Glück.
Die Frau beugt sich über das Kind, trägt es weg und wieder zurück, läßt es dort sitzen wie ein unbenützter Pfeil für das Ziel. Sie geht in die Hocke und sammelt das Spielzeug ein. Der Sand bröselt, und sie klopft alles ab. Von weitem schimpft eine Stimme nach dem Muster, das gehört aber uns. Die abseitige Frau schüttelt den Kopf und zeigt die Beschriftung auf der Kuchenform her. Der Name ihres Kindes steht drauf. Das kann eine jede schreiben im unbeobachteten Augenblick, sagt die andere Frau und kommt näher, hält zum Beweis eine

gleichfarbige Schaufel in der Hand, alles, was ihr gehört, ist gelb.
Aber die Beschriftung.
Her damit.
Schauen Sie doch, eindeutig ist das ein Name.
Welches Kind kann denn schon lesen, reißt ihr die Kämpferin die Form aus der Hand und streitet weiter, bis ihr Kind angelaufen kommt und sagt, gib sofort die Kuchenform zurück.
Die Kämpferin stampft auf und spuckt, und ob das unsere ist. Wütend schleudert sie die Form in den Sand, dann eben nicht, aber kaufen werde ich keine mehr.

Die Väter kommen langsam aus der Arbeit und erholen sich ein bißchen auf der kinderreichen Grünfläche. Rund um die Sandkiste und vom Gerüst herab werden sie erwartet. Der Mann der abseitigen Frau ist unter ihnen und beugt sich über den Sand mit seinem Kind. Er setzt die Frau ins Bild der mütterlichen Gesellschaft und sieht sich um in der Furcht, sie dort zu finden oder nicht zu finden, er weiß das nicht so genau. Die Wunde des Sohnes heilt schnell, nichts geschieht einem Kind und doch – wenn die eigene Mutter nicht hinter ihm her ist, sondern andere Mütter.
Der Mann legt die Lippen an die Wunde des Kindes und bläst. Mit dem Kind gemeinsam hat er den Abstand, an den sie grenzen. Die abseitige Frau tritt aus dem Hintergrund und könnte in das Bild des Kusses stürzen. Sie bleibt zurück und betrachtet. Bis sich die Worte an sie wenden, fürchtet sie, in das Tapetenmuster zu gehören, und möchte sich davonschleichen. An den Schuhen klebt der Sand, und sie überlegt ein paar

Sekunden, welche Spuren würde ihr Verschwinden hinterlassen?
Der Mann blubbert mit den Lippen und hockt in der Kiste zum Baggern. Als die Frau neben ihn tritt, sagt er, schau, die Mama, mehr zum Kind. Die Frau stolpert aus der Tapete und zerreißt den Flieger aus Zeitungspapier. Sie will gehen, die anderen bleiben. Der Mann hält sie dem Kind zuliebe zurück. Er will mit dem Kind die Rutsche besteigen und laut Bravo rufen, sobald er unten angekommen ist, und das Kind folgt und jauchzt. Der Mann steht in der Reihe der Väter. Nach der Arbeit ist die Familie das Revier des Erfolgs, dessen Früchte automatisch heranreifen.
Seine Hand wird zurückgewiesen, das Kind kann bereits alleine klettern. Die anderen tun es ihm nach, und das Kind ist der Anführer der Zweijährigen-Gruppe, die am liebsten zusammengeknäult hinunterrutscht. Das Kind schreit vor Vergnügen, während die Frau seinen Namen ruft, um nach Hause zu gehen. Sie verliert das eigene Fleisch und Blut aus den Augen und beschließt, allein zu gehen. Die Wagen versperren den Weg, und das Kind brüllt ihr hinterher, daß es ihr Herz zerreißt, wie sie die Buggies zur Seite tritt und sich gleich darauf entschuldigt. Das Kind läuft in ihre Arme und hält sich fest. Sie stößt es nicht fort und klammert sich selbst daran und fragt sich, wer reißt jetzt wen mit sich? Das Kind will mit ihr zurück ins Gerüst und den Sand.
Der Mann rollt über den Weg alles beiseite und folgt der Frau. Er muß schreien, um das schreiende Kind zu überschreien, er kann nicht begreifen, warum sie ausgerechnet jetzt gehen will. Die anderen Kinder winken hinterher, und die Mütter werfen ein bis morgen dazu.

Blende

Hoffentlich schiele ich nicht. Angela hat mir ins Gesicht geschlagen.

Sie hielt unser Kind im Arm, wollte zur Tür hinaus, als ich gerade nach Hause kam. Ihre Augen waren glasklar. Der dunklere Rand ihrer Iris hob sich scharf ab. Die Pupille verengte sich im Streiflicht der geöffneten Tür, fokussierte mich und stach mit Verachtung zu. Ein Schuldgefühl regte sich in mir, das sofort grell zu brennen begann und seinen Widerschein auf Angela warf. Sie flimmerte vor meinen Augen, sah aus, als würde sie vor Wut gleich in Flammen ausschlagen.

Ich mußte mich beherrschen, meinen Blick zusammennehmen, meine Schuld überprüfen. Was habe ich angestellt, und was davon wird mir unterstellt. Der Kopf des Babys lag ruhig auf Angelas Schulter. Ich bekam plötzlich Angst um das Kind, wollte mit einer neutralen Frage die Emotionen abkühlen und spuckte fast außer mir, was ist denn?

Angela hatte mir wortlos ins Gesicht geschlagen. Die Tür donnerte ins Schloß, und die Scheibe bekam einen Sprung. Eine blitzartige Helligkeit schoß plötzlich aus meinem rechten Auge hinaus und sprengte Angelas Silhouette aus dem Milchglas. Ich war gelähmt vor Schreck.

Der stechende Schmerz in meinem Kopf hätte von einem Splitter herrühren können. Ich bin schon mehrere

Male den Boden abgekrochen, habe aber nichts gefunden.

Die gleißende Helligkeit blendete mich für einen Moment. Ich hörte das Kind weinen im Stiegenhaus und dazu das Stakkato von Angelas Absätzen.

Ich kniff die Augen zusammen, um die Helligkeit abzublenden. Ich habe den ganzen Tag gefilmt, ich bin überanstrengt, dachte ich, als auch noch ein Schnalzen zwischen meinen Ohren hin- und herzupeitschen begann. Ich preßte die Hände auf die Ohren, um das Schnalzen zu ersticken.

Ich massierte mit den Fingern vor zu den Schläfen, um den Schmerz hinauszustreichen, neigte den Kopf und öffnete die Augen. Ich sah auf den Boden, den Angela und ich gemeinsam ausgesucht hatten. Auf den Brettern lag ein Auge zu meinen Füßen. Ich hätte draufsteigen, sie sogar vor mir hertreiben können, diese Pupillenkugel, die mit einer Murmel zu verwechseln war. Ich wollte Angela nachlaufen, ihr das Spielzeug bringen, stieß es aber in der Aufregung zur Seite, und es fetzte über den Boden.

Mir wurde schwindlig. Meine Wohnung kippte mich vom Boden und warf mich gegen die Decke und gegen die Wände, als wäre ich in einem Würfel, der über ein Spielbrett rumpelt. Ich tauchte nach Halt, und als ich den Boden unter meinen Füßen fühlte und mich aufrichtete, war ich froh, daß meine Wohnung wieder auf ihrer Grundfläche stand.

Ich dachte an ein Erdbeben und wollte die Wohnung schnell verlassen. Ich hörte die Haustür unten ins Schloß fallen. Angela und das Kind waren schon im Freien. Ich wollte zur Tür, konnte aber mein Gleichgewicht nicht halten, stürzte. Ein Nachbeben konnte jederzeit folgen. Es herrschte Stille. Sie machte mich stutzig. Ich schaute mich um. Die Mäntel an der Garderobe hingen feinsäuberlich da. Zumindest der Luster hätte nach einem solchen Beben noch ausschwingen müssen. Der Durchblick ins Wohnzimmer zeigte: Kein Möbelstück war verrückt, nur ein Videoband lag auf dem Boden. Der Fernseher war eingeschaltet, doch nur Schwarzfilm spielte sich ab.

Ich schwankte, als hätte das Erdbeben ausschießlich mich betroffen. Ich wagte ein paar Schritte, wollte den Fernseher abschalten und mußte bemerken:

Eine Blutspur tupfte den Boden. Ich tropfte aus dem Gesicht. Ich bin doch nicht verletzt, dachte ich. Ich vergaß den Fernseher, wollte zum Spiegel, aber meine Knie wurden weich, ich drohte zu fallen. Ich setzte mich lieber, fühlte mit den Fingern meiner Verletzung nach. Ich schloß die Augen und fuhr über die Lider. Links ließ sich der Apfel problemlos ertasten, rechts war nur eine Mulde. Ich holte Luft und versuchte es noch einmal. Dann öffnete ich die Lider. Der Blick fiel auf das Auge, das in der Ecke mir gegenüber lag. Ich hielt es nicht für das meine. Ich sah räumlich, vielleicht noch aus Gewohnheit? Das Erdbeben ließ keinen Zweifel zu. Es war mein Auge, das über den Boden gekullert war, während ich die Bilder erlebt hatte.

Jetzt lag es da, außerhalb von mir, denkfrei, hirnfrei, ohne Anfang, ohne Ende. Das Auge war aus seiner Höhle gesprungen, und ich blutete aus dieser Höhle. Ich kroch hinüber und schnappte mein Sinnesorgan. Ich sah es neugierig an, es hielt stand und glotzte in meiner Hand. Keine Bilder drin, überhaupt nichts, was auf eine

Erklärung oder eine Reflexion hätte schließen lassen können, ein Auge nur zwischen den Fingern. Es glotzte mich an, und hätte es ein Lid gehabt, hätte es sich geschlossen vielleicht, für einen Kaderstrich, für einen Sekundenbruchteil. Dieses Auge, das Angela aus mir herausgeschlagen hatte, war auf mich gerichtet, wie ich sonst die Kamera auf Angela richtete, mit dem Unterschied, daß ich sie nie verletzt hatte, nur scharf abgebildet.

Ich sah das Auge strafend an, und es sah mich an, und ich entdeckte mich, ein schwacher Schimmer war die Silhouette. Ich wollte, daß es mich erkennt. Ich wartete auf ein Zeichen, eine leichte Bewegung, ein Zucken der Pupille. Nichts geschah. Ich war beunruhigt, weil das Auge seinen Blick nicht unterbrach, eindringlich wirkte, aber mich nicht als seinen Meister ansah. Ich packte es fester, so daß mir die Tränen kamen. Ich kenne dich doch, da steckt mehr in mir drin, ich weiß, daß du genau hinsehen kannst. Dachte mir, ich quetsche dich, ich reibe dich auf, hielt das Auge schon an die Reibe, wie ein Radieschen hätte ich es geraspelt, um es schichtweise meinen Zorn spüren zu lassen, aber das brachte ich nicht übers Herz, denn meine Tränen schieden es von Gemüse.

Ich wusch das Auge lieber, und dann war es kalt, und ich wärmte es in meiner Hand, und es sah mich fragend an, schaute, wie ich ausschaute.

Angela saß in meinem Visier, mehrere Jahre. Wir arbeiten in derselben Fernsehanstalt. Angela machte Reportagen, bevor sie zu den Nachrichten wechselte. Ich wollte mit ihr eine Doku über werdende Mütter drehen, für

die Serie Das Tier Mensch. Angela wollte ein reines Frauenteam, aber meine Filmästhetik war überzeugend feministischer, als es so manche Kamerafrau zusammengebracht hätte. Ich lehne bei Frauen nämlich Brustbilder ab. Ich lehne auch die amerikanische Einstellung ab. Wenn es um geschlechtspolitisch korrekte Aufnahmen geht, dann gibt es nur Close-up oder Totale. Ich erklärte Angela den Sexismus der Bildausschnitte. John Wayne ist amerikanisch gefilmt, von der Mitte der Oberschenkel aufwärts, Colt und Geschlechtszone in einer Linie, darüber der Rest. Primär sind Geschlechtsorgane abgebildet, und daneben steckt das Attribut der Macht im Halfter, es handelt sich also um einen Mann, erst dann um John Wayne. Marilyn Monroe hingegen kennen wir als die geile Animatorin, die mit ihrem Busen, einem sekundären Geschlechtsmerkmal, ins Auge sticht. Als Attribut trägt sie nur eine dünne Bluse mit weitem Ausschnitt unter ihrem Silberblick und dem lasziven Mund, der einladende Nuckelbewegungen macht. Es handelt sich um keine Heldin, die durch die Macht ihrer primären Geschlechtsorgane strotzt.
Auch Marilyn Monroe wurde unter der Gürtellinie gefilmt, sagte Angela.
Dann aber meistens von hinten, sagte ich, ihr Hintern ist ein ziemlich üppiger Blickfang.
Ich will keine primären Eierstöcke filmen, sagte Angela, sondern auf den soziologischen Umgang mit der biologischen Geschlechterdifferenz eingehen.
Und genau diese müsse man in diesem Fall filmisch korrekt behandeln, sagte ich. Auch ich will kein uterales Gehäuse aufnehmen, aber eine Ästhetik befolgen, die die Gleichwertigkeit der Unterschiede visualisiert. Beide Ge-

schlechter bekommen den gleichen Rahmen. Close-up oder Totale, und nichts dazwischen und keine Attribute. Angela sah sich meine Filme an.

Selbst bei Sexszenen oder körperlichen Ritualen, die die Geschlechtszonen betonten, konnte sie nichts Denunziatorisches finden. Ich behandelte jeden Menschen als Menschen und versuchte ihn ganz einzufangen, vermied es, auf eine körperliche Schwäche zu schärfen. Liegt eine Frau mit unbedecktem Oberkörper im Bett, bitte ich den Regisseur, die flachliegende Brust zu bedecken, wenn die Exposition der flachliegenden Brust nicht dramaturgisch begründet ist. Kameramänner haben den pornographischen Blick, feministisch heißt nur, daß sie Film nicht mit der Ablichtung der Realität verwechseln und die Leistung der Darstellerinnen an den Voyeurismus der Produzenten und Regisseure verraten. Filme ich Männer, lasse ich auch keine laschen Hodensäcke zu, die zwischen den Beinen natürlich hängen, sondern versuche, den Mann in eine schonendere Pose zu bringen, und dazu gehört ein wenig Gestaltung. Ich bezweifle, ob Angelas Kamerafrauen dieses Feingefühl hätten. Ihr Blick richtet sich besonders auf männliche Peinlichkeiten, die sie, als natürlich und echt, fanatisch verteidigen. Ein Hängebusen ist ein Hängebusen, ein Hängesack ist ein Hängesack.

Darüber debattierten wir. Ich forderte Gestaltung und sammelte Unterschriften zur Abschaffung des Brustbildes für unsere Programmansagerinnen. Der Director's Board konnte nur einwilligen. Angela forderte mich als Kameramann an, und wir lernten uns kennen, trugen gegenseitig Worte und Bilder ein, die Synapsen konnten uns verknüpfen.

Wir drehten den Bericht über Frauen, die bei Geburten den Mann dabeihaben wollten, und dann einen Bericht über Frauen, die keinen Mann dabeihaben wollten. Bei allen war Angst als wichtiges Motiv vorhanden. Die einen wollten sich nicht gebärend vor ihren Männern blamieren, nicht ihre sexuelle Attraktivität verlieren, die anderen brauchten einen Beschützer in der Wehrlosigkeit. Frauen, die mehrmals geboren hatten, sagten, die Anwesenheit des Mannes erleichtere nichts an der Geburt. Als ich vorschlug, bei einer Geburt mitzufilmen, ging Angela darauf nicht ein.
Man kann nicht alles senden, sagte sie, oder hast du schon mal jemanden beim Sterben gefilmt?
Ich sagte, ja. Irgendwann ist jede Emotion aufgebraucht, und du wartest, bis der Tod ein Ende macht. Licht und Perspektive. Der Tod hakt die Liste der Sinneswahrnehmungen ab, und unterm Strich kommt null heraus.
Sieh mich an, sagte Angela, berührte mein Gesicht und sagte, du hast nicht hingesehen, gib's zu.
Ich hatte die Kamera eingestellt, und wir hatten die Angehörigen einfach herumsitzen lassen, auch ihre weinenden Gesichter gefilmt, und den Sterbenden hatten wir im Profil genommen, wollten das Eintreten des Todes zeigen, die Verwandlung des Körpers in einen anderen Aggregatzustand, ohne den Übergang zu dramatisieren. Wir hatten die Geräusche weggenommen, die Gesichter der Angehörigen im Off gelassen und dem Sterbenden ins Profil gesehen, nicht frontal ins Gesicht.
Ich sah durch die Kamera und wartete auf den letzten Atemzug. Bilder machen mir keine Gefühle. Der Vergleich macht Gefühle. Ich stellte mir mich an seiner Stel-

le vor und hörte seinen Atem nicht mehr. Und ich fühlte Scham in diesem Moment. Der Mann lag schon seit Tagen in den letzten Zügen, und die Spannung war aufgebraucht. Ich dachte, er sei tot, und drehte die Kamera ab. Aber der Alte war zäh wie eine Katze, er schnaufte wieder auf. Ich fühlte mich, ehrlich gesagt, gefoppt und dazu die Scham, und aus dieser Mischung entstand Ratlosigkeit, und ich zuckte mit den Schultern, soll ich die Kamera wieder einschalten, oder was? Der Arzt, der zugleich der Regisseur war, sagte, schon gut, und ich verließ leise den Raum hinter den Rücken der Angehörigen. Ich ging vom Drehort, ich verließ die Szene.
Der Film wurde nicht gesendet. Er polarisierte zu stark. So sieht das Sterben nicht aus, sagten die einen, so sieht das Sterben aus, sagten wir, die wir dabeigewesen waren. Wir sahen einander nicht in die Augen. Vielleicht hast du recht, vielleicht kann man das nicht senden. Aber festhalten kann man es doch.

Nun lag der Glaskörper in meiner Hand. Er war glatt und kalt und nahm langsam meine Temperatur an, zog mir die Hitze aus dem Leib. Ob ich den Krankenwagen rufen soll? überlegte ich. Aber ich war noch nicht soweit. Ich hatte meine Situation noch nicht durchschaut. Ich bemühte mich um einen klaren Kopf. Ich bin nicht lebensgefährlich verletzt, ich will nicht, daß man mich so sieht. Ich legte das Auge auf den Tisch neben die Reibe. Was glaubst du, wer du bist? Hinein mit dir, und ich verschraubte das Rexglas und stellte das Auge in die Speisekammer zu Angelas eingemachter Marmelade. Ich stärkte mich mit Angelas Marmelade. Der Fruchtzucker tut gut, er beruhigt die Nerven.

Ich untersuchte die Stelle, ich tippte auf die Mitte der Mulde. Ich schleckte das Blut von der Fingerspitze, es schmeckte nicht süß, eher blaß. Ich verteilte es kreuz und quer in meinem Mund, hätte ich nicht an mein Blut gedacht, hätte ich wahrscheinlich gar nichts geschmeckt. Das Blut sickerte in die Zungenhaut, ein Film bezog die Papillen, ich schluckte. Leise Bitterkeit blieb im Mund stehen. Der vordergründige Geschmack des Wortes Bitterkeit regte mich auf, und das war schlecht für das kleine Loch in der Mulde. Ich fühlte die Nässe des Blutes. Schnell, schnell, sagte ich mir und spuckte im Laufen, das sind die Körpersäfte, die der Tod dir absaugt. Ich riß das Rexglas auf, fingerte das Auge heraus und steckte es in die Mulde, stoppelte es irgendwie hinein, der Widerstand war mit sanftem Druck zu brechen, und es rastete ein.
Erst vor dem Spiegel atmete ich auf. Schwer war das Lid und naß und rot und ging nicht auf. Wie ein Segel gebläht und nicht zu reffen. Ich drehte den Kopf und sammelte mich. Für einen Augenblick sah ich doppelt, mich und nicht mich, einen Mann und eine Art roten Gegensatz. Es dauerte, bis ich die Bilder ineinanderkopiert hatte. Ich beugte mich vor und kontrollierte die eigenartige Wunde. Das Blut stockte um das eingepfropfte Auge. Ich war beruhigt und sank zurück, dankbar fast, als hätte ich Aufschub erwirkt. Aufschub für was? Es juckte in mir, als wären Wünsche in meinem Untergrund, die sich herauskratzen wollten ans Licht, erfüllt werden oder was? Ich will nur Angela zurück. Imaginierte sie mit aller Kraft. Ich hörte ihre Stimme, hör auf, mich zu filmen.
Dann kam sie mir als Bild in den Sinn. Ein Nabel und glatte Haut rundherum. Ich filmte ihren Bauch in Ein-

zelbildern ab. Wenn das Kind da wäre, würden wir unsere Freude haben. Der Trickfilm würde die Schwangerschaft von vierzig Wochen auf neun Sekunden verkürzen. Ich wollte diese Zahl. Jede Zahl, die man mit neun multipliziert, ergibt in der Quersumme wieder Neun. Die Zahl ist beständig, und sie hat etwas Embryonales, Urtierchenhaftes, wenn man sie anschaut. Ihre Wirbelsäule muß nur mit einem Schwung nach oben ausgeschrieben sein, um die eingekringelte Haltung eines Ungeborenen zu assoziieren. 216 Bilder hätte ich schießen müssen, neun Sekunden Schwangerschaft, die für uns geblieben wären. Bub oder Mädchen. Wir wußten nicht, was uns lieber war, Hauptsache gesund, sagten wir immer.
In der Mitte der Schwangerschaft begann Angelas Phase. Sie lehnte die Kamera ab. Nicht aus Scham, wie sie erklärte, aber ich nicht glaubte. Ich filmte sie im Schlaf und schoß meine Bilder heimlich. Ich ertrage es nicht, ein Werk nicht vollenden zu können. Ich kann Bilder abrufen, habe ein photographisches Gedächtnis, aber ich muß sie erst schaffen, um sie mir einprägen zu können.
Ich lauerte auf die Bewegung des Kindes. Wenn seine Fäuste die Bauchdecke beulten, versuchte ich diese Momente einzufangen, bis Angela sich bewegte und aufzuwachen drohte. Ich schwitzte jede Nacht vor Angst, daß sie mich erwischte. Ich durfte ihren Bauch berühren, aber nicht durch die Kamera betrachten.
Wenn Besuch kam, fühlte sich Angela durch die prüfenden Blicke ausgestellt. Einmal nur erlaubte sie ihrer Schwester, den Bauch zu berühren, nachdem diese mehrmals darum gebeten hatte. Die Schwester legte ihre

Hand auf, schaute erstaunt und sagte, ich hab mir das weich vorgestellt. Von sich aus hätte Angela niemandem angeboten, ihren Bauch zu berühren. Von mir allerdings erwartete sie, daß ich ihn nachts im Bett streichelte und mit ihr erriet, welchen Körperteil des Kindes wir unter der Haut spürten. Ich durfte sie jedoch nicht beobachten, wie sie die Schwangerschaftscreme auf Bauch, Schenkeln und Po verteilte. Angela war nicht körperfeindlich, immerhin durfte ich die Schwangerschaft taktil miterleben und teilhaben an der Veränderung. Ihre Schamhaftigkeit steigerte sich jedoch, als hätten meine Augen eine Enttäuschung an ihr entdecken können.

Ich muß sehen, sonst begreife ich nur Einzelteile, die ich nicht zusammenfügen kann.
Ich ziehe mich aus, und wir stehen uns nackt gegenüber, schlug ich vor.
Untersteh dich, sagte Angela.
Es macht dir aber nichts aus, im Fernsehen betrachtet zu werden, von Perversen vielleicht, die zu deinem Gesicht wichsen.
Das betrifft mich nicht, denn ich weiß, daß ich darstelle.
Und bei mir machst du ein Theater.
Ich bin nicht dein Wundertier.
Du bist feig, und zwar dir selbst gegenüber.

Ein Kribbeln jagt mir durch den Kopf, als ich mich frage, ob Feigheit noch Feigheit ist, wenn sie zur Schau getragen wird. Hitze steigt in mir auf, dampft meine Schleimhäute an, ich kann mich nicht riechen, denke ich mir. Ich sitze mir andächtig gegenüber, einem Kindlein in der Wiege. Da läuft ein Jugendfilm ab, ich erinnere

aber nicht diese Bilder, im Geist bin ich bei Angela, will sie zurück, und warum liege ich dann plötzlich in einer Wiege, warum sehe ich, was nicht war?
Ich wäre bereit, in eine Art Trance zu verfallen, ein Gebet zu sprechen aus lauter Dankbarkeit, wenn mir etwas erspart bliebe dadurch, etwas, das ich heute Tod nennen muß, der in mir schlummert und lauert und nicht aufgespürt werden soll, aber ist. Er lächelt mich frisch fröhlich an, nicht frech, sondern erbarmungswürdig, als Säugling verkleidet, der in meiner Wiege liegt und den ich lieben muß, ob ich will oder nicht.
Ich streiche mir über die Stirn. Ich laufe ab, denke ich. Dabei müßte ich mich nur wegdrehen, um diesen schwarzen Gedanken zu verscheuchen.
Als Kind dachte ich mir, die Welt sei ein Film und ich der Hauptdarsteller darin. Ich verhielt mich. Ich lief über die Wiesen, genoß die Natur, roch pathetisch an den Blumen, als wäre ich in einer Schampoowerbung Gottes und müßte seine Naturprodukte anpreisen. Was mich störte, war mein Schatten, dieses Double, das mich verfolgte. Dunkelheit, der nicht zu entlaufen war. Ich hatte Angst vor der Nacht. Als wollte sie mich verschlingen. Trotzdem zwickte ich auf dem Klo die Hinterbacken zusammen und löschte das Licht, bevor ich mich auf die Brille setzte. Aber die Angst, in der Dunkelheit zu verschwinden, war nicht zu bezwingen, und ich schaltete das Licht wieder ein und schaute betreten auf meinen Schatten, während ich mich vor Gott genierte.
Im Sonnenschein war ich wieder ganz meine Rolle, bis ich kurz vor meinem achten Geburtstag auf einen besseren Darsteller traf. Ein jüngeres Mädchen zog in der Nachbarschaft ein. Ein Adoptivkind, das stolz darauf

war, Adoptivkind zu sein, und mich brutal auf meine Herkunft zurückwarf. Nichts Außergewöhnliches war an mir. Ich war der Sproß einer tragödienlosen Familie, kein Unfall, kein Krebs, keine Seitensprünge. Ich war durch nichts auserwählt, und Gott war passé. Ich verhielt mich nicht mehr als Star, ich verglich mich mit dem Star. Ich erhob mich in die voyeuristische Pose und wünschte mir zum Geburtstag eine Filmkamera.
Ich sehe den Schatten, der meine Kamera trägt und mir das Geburtstagsgeschenk vors Auge hält. Das Objektiv stand weg wie der filternde Rüssel einer Gasmaske, als ich den Kopf zurücklegte und in den Himmel hochschwenkte. Sei nett zu dem Kind, hieß es. Die Welt um mich herum galt nicht mehr mir, ich ließ den Himmel abblenden. Ich suchte das Adoptivkind, stellte mich hinter Bäume und Büsche. Wie heißt du denn? überraschte es mich und tippte mir auf die Schulter.
Klaus, und du?
Sibylle, sagte sie.
Ich sehe Sibylle nicht. Ich sehe das Y von Sibylle. Ich sehe eine Musterzeile aus Ypsilons, lauter gläserne Kelche mit Eiskugeln drin, zum Abschluß einer Hausaufgabe.
Aber wie ich vorher hieß, weiß ich nicht, sagte Sibylle, ich bin nämlich ein Adoptivkind.
Ich grinste und sagte, lüg nicht!
Ich lüge nicht.
Ich weiß, daß du lügst.
Woher willst gerade du das wissen?
Du hast immer schon Sibylle geheißen. Deine wirkliche Mutter hat dich nicht verstoßen, du hast sie umgebracht, weil du zu lange in ihr dringesteckt bist. Deine Geburt hat ihr den Tod gebracht, und weil dein Vater

dich haßte dafür, hat er dich zu fremden Leuten gebracht und gesagt, du heißest Sibylle. Du Hexe.
Das Adoptivkind rannte davon, machte Platz für mich, so lange, bis es zu Hause erzählte von meiner Geschichte und ich ihm öffentlich vor meiner und seiner Familie die Hand reichen mußte und sagen, daß ich gelogen hatte. Ich sehe mich nicht, aber ich weiß, ich genierte mich zu Tode, sah es am Gesicht von Sibylle. Sie wurde rot und zierte sich, als ich ihr einen Kuß auf die Wange drückte. Das ließ Freundschaft für sie empfinden. Wir spielten zwar nie miteinander, aber ich filmte Sibylle die nächsten Jahre. Nie warf sie einen suchenden Blick nach mir, wenn sie sich in meinem Fadenkreuz entkleidete und ein Bad nahm im Gras. Diese Hexe.

Plötzlich schmecke ich Asche. Ich fühle mich nicht wohl. Ich erinnere mich ungern.
Sibylle geht mir nicht aus dem Kopf. Ich trage sie mit ins Bad. Feuer. Ich lösche mein blutrotes Auge und höre, das ist Mord. Ich strecke meine Hände aus, sammle das kalte Wasser in ihrer Schale, meine Finger fühlen sich an wie Tentakeln, sie benetzen mein lädiertes Auge, tupfen es an und schlängeln sich mit dem Wasser über das Gesicht hinunter. Ich sage mir meinen Namen vor, um etwas anderes als Sibylle zu denken. Ein Skelett aus Buchstaben beginnt sich zu formieren und um das Ypsilon zu tanzen. Ich denke schnell an Angela und an unser Baby.
Ich hatte mich über das Kind gebeugt und zu seinen ersten Minuten geweint. Meine Hände zitterten, als ich es berührte. Rührung ist mir peinlich, und als ich die Tränen nicht mehr verbergen konnte, legte ich mein Gesicht

in die Hände. Angela überspielte die Situation und sagte, du bekommst eine Glatze. Ich weiß nicht, wie bewußt ihr war, daß ich weiter als bis ins Alter gekommen war, in einer Zone, in einer Schleife hing. Zur ganzen Welt sagte ich ja.
Das kalte Wasser macht mir bewußt, jetzt bin ich im Bad, und diese Gewißheit hat einen Grund.
Ich versuche mein Auge zu öffnen, schaue in den Spiegel und brülle auf vor Entsetzen, denn ich entdecke, daß ich das Auge verkehrtherum reingesteckt habe.
Es schaut in mich hinein! und bevor ich etwas weiteres denken kann, wird mir schlecht. Die Zunge macht eine große Welle, sie will mich verschlucken, zerdrückt Luft und quetscht sie an den Gaumen. Ich sage meinen Namen, um nicht ohnmächtig zu werden, aber mein Name dient dem Sprechwerkzeug nur als Material, Stickstoff fürs Tannengrün, stimmvoller Beitrag zur Fotosynthese, ich habe kein Eigen mehr, klebe am Ast und brauche Sonne.
Damit gebe ich mich nicht zufrieden, ich Körper und Seelenbesitzer. Ich erfülle doch mehr als eine Funktion. Na los, beweis das, ich mache mir Sorgen, denn ich bin ganz blaß, kann kaum atmen, die Luftröhre sieht aus wie ein Schlauch, der Kehlkopfdeckel geht über seinem Ansatz auf, ungeheuer mechanisch, stümperhaft, provisorisch, wie lang funktioniert das noch?
Du bist ganz schön verletzt, sage ich mir, als stünde ich außer mir und schaute meiner Stimme ins Gesicht, mitten in den Kehlkopf. Die Stimme ist ein körperlicher Spott. So schön sie klingt, so beschämend häßlich sieht sie aus.

Ich bin müde, ich möchte schlafen, aber egal, ob ich wache oder das Lid des gesunden Auges schließe, ist eine rote Höhle da. Organe wie wabernde Brocken dunkelrot glosenden Magmas. Könnte ich explodieren? frage ich mich und merke, daß ich bei diesem Gedanken aufglühe. Ich lege die Hand aufs Herz und beruhige mich so. Ich grinse frech, der Schalk sitzt mir nicht im Nakken, er sitzt mir im Mund, und er zieht die Winkel auseinander, macht sie flacher und biegt sie hoch. Verdammt noch mal. Auch mein Zynismus kennt Grenzen. Die Schadenfreude muß nicht gegen einen selbst gerichtet sein.

Der Körper verliert seinen Körper, wenn man ihn lange genug betrachtet. Ich probiere den Kehlkopf aus, und die Ritze geht auf. Ein zahnloses, dünnhäutig kleines Maul stößt meine Luft aus, leichte Ichs, gewohnt und vertraut. Nur die nackte Prozedur eines Organs. Keine Spur von rarem Glück, das ich mit mir in die Welt brachte, wenn ich zu Angela ich lieb dich sagte.

Ich setze mich und sehe, wie ich mich ins Sitzen schlichte, wie die Organe federn, sich mitverschieben, während die Haut anschmiegsam über den Knochen gleitet und alles mitmacht, was die Knochen entwerfen. Wie Winkellineale konstruieren sie mich ins Stehen, Sitzen, Liegen, und die Haut paßt, sie steht, sitzt und liegt wie ausgegossen, wie ein Handschuh mit Blut drin. An dieses Bild muß ich mich erst gewöhnen.

Jetzt ist Schluß damit, denke ich, du bist Kameramann, aber du übertreibst deine Perspektive. Was hast du gelernt? denke nach und du weißt, wer du bist, also zieh die Schärfe nach und wechsle das Objektiv. Ich gehe der Differenz von Sehen und Empfinden nach. Irgendwo

muß das ja entworfen sein. Muß ich in die Zellen und dort in den Kern?
Wenn ich Menschen betrachte, beschäftigt mich der Vergleich zwischen ihnen und mir. Ich muß die Entscheidung treffen, Bewunderung oder Verachtung, für mein Empfinden.

Wage es nicht, mich zu filmen, sagte Angela.
In Frankreich haben Königinnen öffentlich geboren.
Ich habe nichts zu beweisen.
Du hast ein Problem mit deiner Sexualität.
Wir empfinden im Moment, sagte Angela. Später können wir es nur mehr beschreiben, schauen uns die Geburt unseres Kindes an. Sein Kopf zwischen meinen Beinen, meine Schreie dazu, ich will das nicht sehen, nicht hören.
Das Kind hatte sich gedreht, sich in die richtige Geburtslage gebracht, tektonische Verschiebungen unter der Bauchdecke spielten sich ab. Ich war stolz darauf, diesen Augenblick im Kasten zu haben, das Erlebnis Schwangerschaft sichtbar zu machen. Fühlt man den Körper von innen heraus, nimmt er sich als Schmerz aus. Aber ich filmte einen Ausnahmezustand. Filmte etwas, was ich mir nur vage vorstellen konnte. Ein Körper im Körper, der sich autark bewegte, der sich gegen die Organe stemmte und keine Schmerzen auslöste.
Angela war bei den letzten Bildern aufgewacht, ihr war kalt, ich hatte die Decke zurückgeschlagen. Ich küßte sie auf die Augen, beschäftigte sie mit ein bißchen Geflüster, wollte sie mit meinem Atem zum Wegdrehen bringen. Hör auf zu rauchen, sagte sie, schlug die Augen auf und entdeckte die Kamera. Ich mußte den Film aus der

Kassette nehmen, den belichteten Streifen ins grelle Licht halten und vernichten. Ich hatte keine Wahl, ich mußte es tun, vor Angelas Augen. Sie riß mir den Film aus der Hand. Wickelte ihn von der Spule, trampelte hysterisch auf den Schlaufen am Boden herum. Schwer neurotisch, dachte ich und entschuldigte mich für den Rest der Nacht.

Wir suchten eine Privatklinik mit einer freundlichen Hebamme und einem schönen Kreißsaal. Die Hebamme sagte, daß sie nichts dagegen hätte, wenn der Mann bei der Geburt dabei wäre, im Gegenteil, der Mann könne helfen, der Frau den Rücken massieren und sie beim Pressen unterstützen. Manche würden dieses schöne Erlebnis auch filmen und nicht die Fassung verlieren.
Passiert das oft? fragte ich.
Es gäbe schon Männer, die eine Geburt nicht durchstünden, lächelte die Hebamme, und die müßten dann den Kreißsaal verlassen und sich im Nebenraum hinlegen, damit der Kreislauf nicht versage.
Angela sagte, das wäre ein Grund, mich sofort scheiden zu lassen.
Die Hebamme schaute irritiert auf, und ich wußte nicht, wie ich reagieren sollte, war verlegen und sagte bloß, ich finde so ein Versagen auch arg.
Angela ließ sich den Gebärhocker zeigen, lachte auf und sagte, ich setze mich doch nicht auf den Topf.
Die Hebamme hörte auf zu lächeln, erklärte nicht mehr den Nutzen der Sprossenwand und Seile, an die sich die Menschenweibchen hängen konnten, um mit der Schwerkraft zu gebären, sondern versteinerte und sagte, Sie werden schon sehen, was Sie brauchen.

Nach dem Krankenhaus erwogen wir eine Hausgeburt und borgten uns dazu ein Video aus. Wir machten es uns gemütlich, saßen auf der Couch, legten das Band in den Rekorder und schalteten den Fernseher ein.
Eine hübsche Frau wurde uns vorgestellt. Wir begleiteten sie zur ersten, zweiten und dritten Ultraschalluntersuchung, verfolgten das Wachstum des Kindes, hörten den Erklärungen des Arztes zu, ließen uns die Ultraschallbilder deuten, Großwetterlagen von Satelliten geschossen, weiße Wolken kulminierten zu einem festen Körper.
Unheimlich war der Scan, der das Gesicht des Kindes zeigte. Weißes, feines Gewebe auf schwarzem Untergrund. Die Schichten dünnten bei Augen und Mund aus, erinnerten an das Gesicht auf dem Turiner Leichentuch, und ein elysisches Gefühl von Wunder ergriff uns.
Dann folgten wir der Frau zum Schwangerschaftsturnen. Wir lernten ihren Mann kennen, einen sauberen, sympathischen werdenden Vater, der sich mit der Hebamme zu Hause in seinem Wohnzimmer unterhielt. Er stellte ihr die Frage, wozu braucht man eigentlich kochendes Wasser? In alten Filmen werde bei Geburten Wasser gekocht, Unmengen von Wasser, aber doch unmöglich zum Baden des Kindes? Die Hebamme klärte ihn auf. Auch der werdende Vater könne Wasser kochen, es reiche aber ein kleiner Topf. Sie zeigte eine chirurgische Schere her. Diese gelte es zu desinfizieren, bevor sie die Nabelschnur durchschneide. Heutzutage könne man auch steril verpackte Scheren verwenden, und das Wasserkochen erübrige sich völlig.
Darauf bekamen wir eine kindliche Grafik geliefert, die uns den Geburtsverlauf darstellte. Das hautfarbene

Baby glitt geschmeidig aus der hautfarbenen Frau. Dann folgte der wirkliche Teil. Die Hausgeburt sah aus wie ein Amateurvideo aus dem Pornoladen. Eine Schändung von innen heraus. Die Frau wirkte wie besessen, vom Schmerz zwischen Ekstase und Erschöpfung gepeitscht. Angela war geschockt, und ich auch. Die Hilflosigkeit des Mannes daneben, der sich aus Solidarität sein Hemd ausgezogen hatte und halbnackt dieser nackten Frau zur Seite stand, kam mir lächerlich vor. Er hatte nichts beizutragen, als einzureden auf die Frau und die Worte der Hebamme zu wiederholen, als hätte sich sein Text im Hecheln hinter die Hirnrinde verkrochen. Wie kann man sich so unvorbereitet filmen lassen, fälschte ich meinen Ekel in Sachlichkeit um.

Angela kaufte Bücher, studierte die schreienden Gesichter der Gebärenden, die hervorquellenden, roten Augen in den Preßwehen bei der einen und den geblähten Hals mit den heraustretenden Halsschlagadern bei der anderen. Angela sah in den Schmerz, und ich hatte Angst vor dem Schmerz, der über ihre Kräfte wachsen und sie dadurch erniedrigen konnte. Würde sieht für Angela stoisch aus, und für mich ehrlich gesagt auch.

Versprich mir, du wirst das miterleben. Ich kümmerte mich um die Formalitäten, meldete uns in der Privatklinik an und versicherte mich, daß Angela garantiert ein eigenes Kreißzimmer bekommen würde, zum errechneten Geburtstermin.

Nur in Notfällen sei das nicht möglich, sagte die Hebamme, und ich nickte. Notfälle gehen vor, und mir wurde plötzlich bewußt, daß auch wir ein Notfall sein könnten. Ich fragte die Hebamme, ob das Mitfilmen der

Geburt so normal wäre, daß sie es anböte. Sie zeigte mir die Videoinstallation im Kreißzimmer.
Es sei nicht mehr erlaubt, mit der eigenen Kamera hier herumzuturnen, sagte sie, aber viele Paare wollten eine Erinnerung mitnehmen. Eigentlich sei die Kamera zum Schutze der Patientin da und zur Dokumentation für Versicherungsfälle und Kunstfehler. Aber es sei so gut wie nie nötig, beruhigte sie mich sofort, deshalb die Erinnerungsfilme. Früher wären Privatkliniken in den Verruf geraten, zu häufig Kaiserschnitte durchzuführen. Sie wissen, wegen des Ärztehonorares. Die Klinik stelle also auch dafür die Kamera zur Verfügung, um hinterher die Notwendigkeit eines verordneten Kaiserschnittes zu überprüfen.
Und wer schaut sich das an?
Die Kommission in solch einem Fall.
Und wer sonst?
Die Hebamme sah mich argwöhnisch an. Viele Frauen wollen ihre erbrachte Leistung sehen, mein Herr. Es ist für private Zwecke gedacht! Wenn Sie mitfilmen wollen, dann kreuzen sie hier das Ja an.
Kann ich die Einstellung sehen?
Wozu?
Ich bin Kameramann.
Die Hebamme zuckte um den Mund, musterte mich und hielt meine Augen fest, wanderte mit ihrem Blick hin und her, als hätte sie Gefallen an der Assymetrie meiner Gesichtshälften gefunden.
Ich durfte nicht durch die Kamera sehen, aber ich kreuzte das Ja an. Ich wollte mich fiktionalisieren, Angela und das Kind. Ich wollte eine Geschichte. Als könnten wir uns dadurch retten vor dem Schmerz, oder ich

zumindest mich. Angela würde von der Kamera nichts erfahren. Die Heiligkeit eines Momentes, läßt sich inszenieren. Ästhetik ist machbar, und das wollte ich Angela beweisen. Ich würde mich nicht ausziehen, und ich würde es nicht zulassen, daß sie sich auszog. Die Unantastbarkeit würde uns gehören, oder mir, und ich würde sie Angela schenken.
Ich war voll Vertrauen, aus Angela ein Kunstwerk zu gestalten, indem ich den Schmerz sequenzenweise herausschneiden würde.

Und jetzt sitze ich da und suche mich in mir. Meine Organe sind einfach sie selbst, vegetativ und abgegrenzt.
Ihre Gleichgültigkeit, in welcher Haut sie stecken, birgt eine Gefahr. Sie könnten mich vergessen haben. Ich müßte mich ihnen in Erinnerung rufen. Aber alles von mir ist da. Also verstecken wir uns nicht voreinander. Rückt raus mit mir. Vielleicht liegt meine Identität irgendwo draußen herum. Dann ist es kein Problem sie zu finden. Ich muß nur den Blick von mir wenden. Na also, wenn ich mich konzentriere, schaut das Auge dem Auge zu, es leitet mich ab, sozusagen. Es ergibt sich eine gewohnte Realität. Ein bißchen gekrümmter ist die Welt, rötlicher, aber da. Der Tisch mit seinen Stühlen, und raus aus der Ecke am Klavier vorbei ist die Zimmerflucht zu identifizieren. Hinein in das hinterste Zimmer drängt es mich, dort liegen Requisiten herum, die mir Existenzbeweise verleihen. Ich erspähe mein Bett und ein paar getragene T-Shirts am Boden.
Ich sehe mich auf Angelas Schreibtisch um. Ein Bild von mir steht neben dem Telefon. Ich erkenne mich nicht

deutlich genug. Als lägen mehrere Schichten meines Gesichts übereinander, durchsichtig und in sich verschoben, es hat den Anschein, als würde ich zwischen Auflösung und Kontemplation oszillieren.
Ich spähe, ich schaue, ich luge aus allen Positionen, die mir das gesunde Auge noch vermitteln kann. Das andere Auge macht mit, sozusagen. Zweidimensional sehe ich gestochen scharf.
Ich weiß, Angela hebt auch die Kalender vergangener Jahre auf. Ich kann mich eingetragen sehen, nicht als solipsistischen Akt, sondern eingetragen von jemandem, der etwas für mich empfunden hat. Warum denke ich eigentlich empfunden HAT? Angela liebt mich vielleicht noch immer, und irgendein Mißverständnis liegt vor. Sobald ich wieder funktioniere, mich repariert habe, werde ich mich auf die Suche machen nach ihr. Schießlich hat Angela auch Verantwortung mir gegenüber, und das Auge ist nicht von allein herausgesprungen.
Ich beginne im letzten Jahr zu blättern. 9 Uhr Kamera, steht zum erstenmal im Februar da. Dann folgen zwei Wochen lang täglich Termine mit Kamera, abwechselnd mit dem Symbol für männlich oder weiblich spezifiziert. Ende März war von keiner Kamerafrau mehr die Rede. BRUSTBILDDEBATTE am 7. April. Schau einer an, am 13. Mai steht Klaus in Druckbuchstaben da. Am 13. Mai ist mein Geburtstag, und Angela hat ihn eingetragen, obwohl wir uns damals noch kaum kannten. Darauf folgen mehrere Verabredungen mit mir, einmal nur mit Fragezeichen. Das Tier Mensch. Ein Strich zieht sich quer über zwei Wochen. Dreharbeiten. Mein Name mit Rufzeichen, daneben noch etwas, das durchgestrichen

ist. Rufzeichen, Rufzeichen, Fragezeichen. Vielleicht zersetze ich mich jetzt in Satzzeichen. Fülle mich auf mit Punkten und Strichen und dem Symbol für männlich, das nur am Anfang unserer Beziehung als Merkmal entscheidend war. Ich mit meinem Organarsenal. Umzug in unsere gemeinsame Wohnung. Rufzeichen sind Markierungen für besonders glückliche Tage.
Wäre ich klinisch tot, könnten meine Organe entnommen werden und jemandes Leben verlängern. Meine Organe würden sich einpassen in einen anderen Körper und dort einen Teil von mir entfalten. Ich könnte neu wachsen und mich eines fremden Leibes bemächtigen. Der fremde Körper würde sich gegen mich wehren und kämpfen, und man würde mich niederspritzen, mich gefügig machen, erniedrigen. Ich habe ein gesundes starkes Herz. Würde ich mein Herz jemandem spenden, würde es das fremde Blut in kleinen Stößen mit herzlichen Grüßen durch den Körper skandieren. Wie wäre es mit der Leber? Ein Zentralorgan, das keine schönen Assoziationen erweckt. Dem Wort Reinigen haftet etwas Schmutziges an. Gifte und Schlacken, Stoffwechsel. Mit leberlichen Grüßen. Aber die Leber ist kein Attribut. Ich schenke dir meine Leber. Von ganzer Leber, Klaus. Ließen sich meine Organe ohne weiteres in eine Frau einpflanzen? Würde ein männliches Herz das weibliche Bewußtsein erschlagen? Sind alle Organe vom Geschlecht ihres Besitzers durchsickert? Könnte eine Frau mein männliches Herz zu ihrem Bewußtsein machen? Bemerkte mein Herz, daß es in einem weiblichen Körper ist? Dem Zyklus entsprechend würde es ein bißchen weniger Blut durch den Körper pumpen. Wie sieht es mit Schmerz überhaupt aus, bei der totalen Vereinigung?

Die Rufzeichen sind verschwunden, und die Fragezeichen wiederholen sich. Die eingeringelten Daten bleiben aus. Ich blättere in Angelas Kalender und komme in die Wochen der Schwangerschaft. GYN, am 14. Oktober.
An diesem Tag war ich in einen Unfall verwickelt. Unfälle interessieren mich, ich muß hinschauen, das Unglück heranziehen, um es dann von mir zu weisen. Ich nehme die Intensität des Unglücks anderer zum Maßstab für mich. Wieviel Aufregung verdient ein Unglück, das mir widerfährt, im Vergleich zum Unglück, das andere haben? Für mich stellt sich nicht die Frage, wie erlebe ich die Sache, sondern wie ist sie zu bewerten?
Ein Mann lag auf der Straße. Ich wartete auf Angela im Park, bis sie vom Arzt kam. Der Mann lag auf der Straße im Parkeingang. Ich hätte zu ihm hingehen können, aber es kniete schon ein Polizist neben ihm, mit einem Funkgerät in der Hand. Ich versuchte nicht hinzuschauen, weil ich nichts entwürdigen wollte. Niemand inszenierte hier ein Schauspiel für mich, keine Sensation, ich war auch nicht neugierig auf Blut, das hatte ich oft genug gesehen. Ich überlegte und konstruierte mir das Geschehnis zusammen. Überlegte, ob der Mann in ein Auto hineingelaufen war? Zumindest müßte dann der Autofahrer herumstehen und sein Auto ebenfalls. Der Mann lag aber bloß auf der Straße und war offenbar aus sich heraus verunglückt. Gestolpert vielleicht, Fußbruch oder sonst etwas weniger Schlimmes. Vielleicht auch eine Herzattacke. Dann ist er krank und nicht verunglückt, dachte ich mir. Wollte wissen, wie ich meine Gedanken fortsetzen sollte, um einen Nutzen aus der Situation zu ziehen, um zu lernen, richtig zu reagieren, sollte mich eines Tages das Unglück treffen.

Ich trat hinter die Büsche. Der Mann lag auf seiner Silhouette in der prallen Sonne. Der Polizist machte keinen Schatten für ihn. Er klopfte dem Mann auf die Schulter und sprach in das Funkgerät. Der Mann zitterte am ganzen Körper. Er stützte sich auf seinen abgewinkelten Unterarm, als wollte er sich hochstemmen. Seine Hand zitterte, und er hob sie und senkte sie und hob sie, bevor sie die Straße berührte. Selbst der Kopf zitterte vor Anstrengung, nicht auf die Straße zu sinken. Der Polizist streichelte ihm über die Schulter, und die rechte Hand des Mannes ging auf und ab, synchron zu den Strichen des Polizisten, stereotyp, maschinell und defekt. Die Lippen bebten, der Kopf zitterte, aber senkte sich nicht. Der Polizist steckte sein Funkgerät ein, positionierte sich in die Hocke und sah in die Richtung der heranfahrenden Autos. Der Mann blieb mit den Augen auf dem Polizisten, als dieser sich aufrichtete, seine Beine durchschüttelte und den Krankenwagen heranzuwinken begann. Der Polizist redete mit den Sanitätern und dem Arzt über den Kopf des Mannes hinweg, trat ein paar Schritte zurück, und der Arzt beugte sich über den Kranken. Die Hand des Mannes bewegte sich nun schneller, er reckte auch das Kinn, und die Lippen versuchten etwas zu formulieren. Die Sanitäter fuhren die Bahre aus dem Rettungswagen und stellten sie auf den Boden. Sie hoben den zitternden Mann auf die Bahre. Dabei rutschte sein Sakko auseinander, und das blütenweiße Hemd fiel mir auf, kein Blutstropfen, nichts zu sehen von äußeren Verletzungen. Der Arzt machte ihm das Hemd auf und setzte Dioden auf den behaarten Brustkorb. Die Sanitäter schoben die Bahre in den Wagen. Die Schuhsohlen des Patienten waren messingbeschlagen, und hinter ihnen tauchte immer wieder die winkende Hand auf. Der Polizist hob seine Hand zur Schildkappe und verabschiedete sich dienstgerecht. Mit dieser Hand hatte er auch die Schulter des Mannes gestreichelt, und nun streifte er sie an der Uniformjacke ab. Dann ging er weg, stellte sich an den Straßenrand und wartete noch auf den Abtransport.

Der Moment der Entwürdigung fand im Rettungswagen statt. Der Kopf des Verunglückten kam hoch, und die Lippen bebten den Arzt an. Er tätschelte dem Patienten die zuckende Hand und drückte ihn sanft zurück auf das Kissen mit unglaublicher Professionalität, glatt, nebensächlich und freundlich, wird ja alles gut. Er strich dem Patienten über die Stirn, eine Geste, die besagte, wir sind deine Freunde und Helfer, wir streicheln dich, denn wir sind von Berufs wegen keine Schweine.

Ich sah, daß der Verunglückte sich beruhigte, ergeben zum Arzt aufschaute, ihn sogar anlächelte, nichts für ungut, Herr Doktor. Mich beeindruckte das professionelle Gesicht des Arztes, der gütig nickte. Mich beschämte der hündische Blick des Kranken, untergeben, unterworfen, brachliegend. Hätte er im Blick eine Verachtung gehabt, hätte er seine Distanz und Sachlichkeit behalten im Aufstützen und Aufbegehren und sich nicht ins Kissen drücken lassen, er hätte berührender auf mich gewirkt, er hätte Empörung geweckt. Schäm dich, sagte ich mir und schlug die Augen nieder, trat aus dem Gebüsch und wartete auf ein Mitgefühl, als eine Art Entschuldigung für meinen Voyeurismus vielleicht. Was wußte ich schon von Schmerz.

Angela eröffnete mir die Schwangerschaft. Ein ganzer Tag voller Rufzeichen. Ich freute mich, konnte mir aber unter dieser Freude nichts Wirkliches vorstellen, ein flaues Gefühl im Magen.

Ich muß mir die Szenen der Hausgeburt vorstellen. Ein Voyeur lernt aus Bildern. Ich wußte genau, daß ich meinen Oberkörper nicht freimachen würde. Ein Voyeur findet sich in Beobachtungen ein und lernt Peinlichkeiten an anderen kennen. Er denkt, so werde ich mich nicht verhalten, und muß nur die Szene Bild für Bild studieren, um dazu Alternativen zu entwickeln. Schmerz ist die höchste Gefahr für Gesichtsverlust. Feigheit schlummert unter der abgerissenen Fratze, Trostsucht und der Wunsch nach Erlösung, Begierde.
Deshalb mag ich keine Hunde, weil sie würdelos auf den Gehsteig scheißen, mit einem erbarmungswürdigen Blick appellieren sie an die Kreatur Mensch, daß er sie ausscheißen lasse. Katzen hingegen sind meine Lieblingstiere, ihre Augen täuschen keine Berechenbarkeit vor, ihre Skepsis macht sie elegant in der Bewegung und geschmeidig. Ihre Notdurft verrichtend, schauen sie durch einen durch. Der Blick ist gefährlich in die Weite gerichtet, und man weiß, mit ihren Krallen könnten sie dem Betrachter plötzlich über das Gesicht fahren. Sie beeindrucken mich, weil sie ihren Kot vergraben und dazu eine gute Figur machen.
Es war nicht angenehm, mir Angela gebärend vorzustellen, auf dem Gebärhocker, im Bett. Ich wußte nicht, werde ich ihr in die Augen sehen können? Was könnte mich beeindrucken an ihr? Kein Laut, aber damit war nicht zu rechnen, nachdem ich die Gesichter auf den Bildern und im Film studiert hatte. Angela müßte den Blick des Sterbenden in ihren Augen haben, seine Widerspen-

stigkeit, mit der er mich zurückwies. Ich hielt mich für ein Schwein und stellte mir mich auf der Schlachtbank vor. Ein Bein würde mir bei vollem Bewußtsein amputiert werden müssen.
Ich sah mich heroisch liegen und gegen eine Zeltplane schauen. Ich stellte mir ein Lazarett vor. Als Kriegsberichterstatter von Granatsplittern getroffen. Ich stellte mir sogar Angela vor, wie sie neben mir litt, anstatt mir den Schmerz vorzustellen, würde ich, was ich empfinden hätte müssen, von ihrem Gesicht ablesen. Ich hätte auch Verständnis für Tränen und Schweißausbrüche, vielleicht auch ein Erbrechen ihrerseits, aber ich könnte kein Wort von ihr ertragen und kein Abwenden des Blicks vor Grauen, wobei ich das Geräusch der Knochensäge halluzinierte. Ich würde in den Stoff zwischen meinen Zähnen beißen und zittern und beben, daß man mich festhalten müßte, um mit der Säge glatt durch den Knochen zu kommen und nicht zu verkeilen. Angela müßte durchhalten, mir einen Anblick bieten, der mir die Entwürdigung nähme. Sie müßte meinen Schmerz sichtbar machen und nicht hilflos ihren Oberkörper entblößen, ihr Herz offenbaren und zum Himmel schreien, nehmt mich als Opfer, und dabei fest auf beiden Füßen stehen. Diese Falschheit könnte ich nicht ertragen.
Bei der Geburt mußte sie sich an mir festsaugen mit den Augen und über meinen Ausdruck von ihrem Schmerz erfahren und gelassen auf die Wahrhaftigkeit meines Mitgefühls vertrauen, das ihr den Schmerz nehmen würde dadurch, daß sie beschäftigt war, mich zu trösten und mir zu zeigen, daß es ihr nicht ganz so schlimm ging, wie es auf mich wirkte.

Wie ich dabei aussehen würde, wollte ich wissen, und deshalb kreuzte ich das Ja an und unterschrieb. Ans Kind dachte ich nur als Ausweg, falls es zwischen Angela und mir bei der Geburt schiefging. Die Ankunft des Babys würde unser Versagen kachieren, uns mit seinem Leben beschäftigen, uns mit seiner Gesundheit für das Versagen beschämen. Zumindest für ein, zwei Jahre.
Das Neue Jahr beginnt mit Angelas Wechsel zu den Nachrichten und der ersten Ultraschalluntersuchung. Rufzeichen. Zum Valentinstag findet das erste Schwangerschaftsturnen statt. Die Brustbilddebatte zu Ostern auch in diesem Jahr, aber mit einem großen, sorgfältig gemalten Fragezeichen. Der Director's Board blieb hart, die Nachrichtensprecher sitzen hinter dem Tisch, und die Einstellung bleibt ein frontales Brustbild. Mutterschaftsurlaub. Mein Geburtstag am 13. Mai.
Angelas Schrift ist gestochen scharf, schnörkellos. Ihre Ober- und Unterlängen sind ausgewogen, reichen über die Zeilen hinaus, nicht mit verschwenderischer Ausuferung, sie haken nur das Geschehen in Vergangenheit und Zukunft fest. Der Name der Klinik. Hebamme. Geburtsvorbereitung. Angela bindet die kleinen Buchstaben, nur bei Sibylle, Hebamme Sibylle, steht das Ypsilon isoliert mitten im Wort und sein Stiel reicht weit in den nächsten Tag.
Ich habe das Ypsilon im Auge und ein Stechen im Kopf und Hitze. Ich hatte nicht gewußt, daß die Hebamme Sibylle hieß. Bis zum Geburtstermin kommt ihr Name noch ein paarmal im Kalender vor, Gespräche.
Angela hatte zum Schluß schon ziemlich genug, strich das Warten tageweise durch. Wir gingen fast jeden Abend essen. Die zweite Junihälfte war heiß, und erst

abends waren die Temperaturen erträglich. Die Neugier auf das Baby verbündete uns, wir sprachen nicht mehr über die Optik unseres Verhaltens, die Perspektiven des Miterlebens, wir waren gestaltende Menschen, wir gingen mit unserer Neugier essen, und sie machte uns ruhig zueinander, rückte uns näher zum Unbekannten, dessen Gesicht wir endlich sehen wollten.

Ich sehe aber Sibylle. Das Adoptivkind, das mit dem Feuer spielte und eine Lackdose zum Explodieren brachte und dabei selbst in Flammen aufging. Ich wehre mich gegen diese Bilder, aber ich schmecke die Asche, assoziiere den Geschmack durch die Bilder, oder ruft der Geschmack die Bilder hervor? Mein nach innen gerichtetes Auge flackert, als werfe ein defekter Projektor die Bilder auf meine Sehrinde. Das Adoptivkind wirft sich zu Boden und wälzt sich auf der sandigen Erde über dornige Disteln, erstickt die Flammen, bevor ich auftrete und mit meiner Jacke auf das Adoptivkind einschlage und die letzten Funken lösche. Ich sehe mich von hinten, wie üblich. Ich folge mir aus dem Hinterhalt und weiß, was ich damals erwartete. Einen dankbaren Blick und einen demütigen Lidschlag zu einem Seufzer. Sibylle lag auf dem Rücken, die Augen waren geschlossen, die Jeans schwarz und verkohlt. Sibylle atmete nicht. Ich schaue mir über die Schulter. Ich wälzte sie hin und her, schlug ihr ins Gesicht und schrie. Irgendwer verständigte den Notarzt und die Feuerwehr. Ich höre deutlich die typisch gesetzten Kontrapunkte der Folgetöne. Sibylle atmete flach und unregelmäßig, öffnete aber nicht die Augen. Ihr Gesicht war verrußt und furchtlos in der Bewußtlosigkeit.

Ich sehe das Gesicht meiner Mutter. Verzerrt vor Angst. Mit ihr setzte die Legende ein, daß auch ich hätte verbrennen können. Sibylle wachte angeblich auf dem Weg zum Krankenhaus auf, wurde dort in künstlichen Tiefschlaf versetzt. Die Adoptiveltern waren vor die Entscheidung gestellt, das Kind zu verlieren oder die Beine zu amputieren. Sie entschieden sofort, die Beine nicht amputieren, und saßen an Sibylles Bett.
Ich wurde verhört. Die Adoptiveltern glaubten, daß ich Sibylle angestiftet hätte. Als Augenzeuge wurde ich erst nach mehrmaliger Wiederholung meiner Aussage und fehlender Widersprüche akzeptiert und in das Protokoll als unbescholten aufgenommen. Ich hatte Sibylle gefilmt. Ich hätte die Kamera hinwerfen und ihr die Lackdose aus der Hand reißen müssen, als ich die Zündhölzer sah. Aber ich wollte einen special effect. Von seiner Wirkung war ich selbst überwältigt. Mir fiel die Kamera auf den Boden, der Film quoll aus dem Gehäuse, und das Tageslicht löschte die Aufnahmen.
In der künstlichen Bewußtlosigkeit schlief sich Sibylle gesund und überlebte. Ihr Gesicht hatte ich nachts vor Augen. Ich bewunderte es für seine Schönheit, seine Furchtlosigkeit, die Verweigerung des Schmerzes. Nichts hätte Sibylle rufen können, sogar mein Schock hatte sie kaltgelassen.
Einen Sommer später durfte sie keine kurzen Hosen tragen. Die Beine waren extrem empfindlich und durften nicht der Sonne ausgesetzt werden. Sibylle zeigte mir ihre fleckige Haut. Auf dünnen, rotgefleckten Vogelbeinen stolzierte sie vor mir auf und ab. Sie nahm eine Feder und strich über die Haut, zeigte, daß sie an den verbrannten Beinen keine Gänsehaut mehr bekam. Dann

setzte sie die Feder an meine Beine. Es war keine Mutprobe, aber um Beherrschung ging es doch, und es kitzelte in der Kniekehle, ein zarter Hauch, der über die Oberschenkel hinaufstrich. Zur Hitze meiner Erregung rann mir die Gänsehaut als Kontrastmittel hinunter. Sibylle triumphierte über mich. In ihrem Blick war kein Stolz, dafür die Erkenntnis, daß sie durch die Hölle gegangen war. Ich bewunderte ihre Beherrschung und die Bescheidenheit in ihrem Ausdruck. Ich beneidete sie um die fleckigen, verbrannten Beine, hätte meine Haut gegen die ihre getauscht und preßte ihr überwältigt meine Lippen auf den Mund. Sie stieß mich weg. Ihre Augen waren glasig. Ihre Einsamkeit, das ertragene Leid und das Bewußtsein um ihre Entstellung wandelten ihre Beherrschung in Unverständnis und Klage, und meine Leichtigkeit schlug in eine tragische Stimmung um. Wo hast du deine Augen gehabt? und die Schuld stach in mich.
Ich reckte das Kinn und spürte die Versteifung der Muskeln, meine Augen verengten sich. Ich nahm das Staunen zurück und die Bewunderung, ich blendete Sibylle aus, spürte aber den Stich, als hätte der Sehnerv die Schuld ins Gehirn gebrannt. Ich schloß die Augen für Sekunden, drehte den Kopf weg von Sibylles Gesicht, weg von ihrer Gestalt, weg von ihren Füßen und öffnete die Augen auf den See hinaus. Du hast mit dem Feuer gespielt, sagte ich und ging. Ich verfolgte und beobachtete sie danach nicht mehr, aber manchmal kreuzte sie meine Wege und trug kurze Hosen, damit ich nicht vergäße, daß ich sie aufhalten hätte können. Hätte ich nur weitergedacht, hätte ich nur gehandelt und nicht zugeschaut.

So einfach ist hier keine Schlußrechnung zu ziehen, sage ich mir. Wenn ich alles, was ich sehe, für bare Münze nehme, und hochrechne, was alles mir geschehen könnte, ich würde durchdrehen, mich an die Wirkung der Bilder verlieren. Ich würde mich immer wieder verbrennen und immer wieder zu Hause gebären und immer wieder verunglücken. Ich muß mich distanzieren und betrachten und nur die Möglichkeiten erwägen und wieder ausblenden. Verdiene ich eine Strafe dafür? Soll ich das Auge als Strafe ansehen? Bin ich nicht schon längst in der Schleife. Ich bin kein ekelhafter Kerl, bin von außen passabel anzusehen. Ich sehe mich nur intensiver und bin allein auf meiner Innenwelt, und deshalb geht es mir schlecht, weil ich mir nichts Neues vorspielen kann, nur hin und her kombinieren. Ich liege zitternd auf der Straße, wälze mich auf sandigem Boden und dabei sitze ich in meiner Wohnung, verlassen von Kind und Angela. Das ist nicht weiter peinlich, denke ich mir. Peinlich ist nur, daß mein Körper darauf nicht angemessen reagiert. Angela hat mir ins Gesicht geschlagen und mein Auge ramponiert, und jetzt ergehe ich mich in Selbstbespiegelung, mache die unterste Schublade meiner Bösartigkeit auf und hole meinen Voyeurismus heraus. Schließlich wußte Angela, daß ich Kameramann bin und für meine schönen Bilder muß ich wissen, was schön ist, also muß ich auch analysieren, was zu filmen ist, die Beweise für Schönheit aus der Häßlichkeit filtern.
Angela ist eine schöne Frau, aber natürlich hat sie auch ihre Fehler. Zum Beispiel hängt ihr Po zu weit hinunter, sind ihre Augen zu groß, wenn man ihr zu nahe kommt. Angela wirkt auf Distanz und auf dem Fernsehschirm,

weil ich sie in der Halbnahen nehme. Eine Großaufnahme wäre zuviel für sie. Ihre üppigen Augen würden sich festsaugen am Betrachter, man fühlte sich unangenehm berührt. Peinlich ist mir ihre Neugier, wenn sie im Zoo dem Mandrill beim Wichsen zusieht und plötzlich ihre Augen auf mich richtet. Peinlich ist mir ihre Begleitung, wenn wir ausgehen zum Tanz, und sie wird erkannt als Nachrichtensprecherin. Sie überspielt ihre Bekanntheit, indem sie ihre Augen auf mich heftet, mir aber nicht in die Augen sieht, sondern von den Lippen die Worte abliest und mir dann die Serviette reicht, damit ich mir unauffällig den Brösel aus dem Mundwinkel wische.
Peinlich war ihr meine Neugier. Peinlich war ihr, daß ich an der Hausgeburt nichts Schönes finden konnte, und peinlich war mir, daß ich Angela bei der Geburt unserer Tochter heimlich filmen lassen wollte, um ihr zu beweisen, daß es nichts zu beweisen gebe. Peinlich war mir die Heimlichkeit, mit der ich unsere Scham an ein vordergründiges Triumphgefühl von Harmonie verraten wollte.

Am 3. Juli kam das Kind.
Angela krümmte sich in den Wehen, aber solange sie konnte, ging sie im Gang auf und ab, ohne zu schlurfen.
Die Hebamme, die uns begleitete, war eine andere, uns fremde. Sie sagte, auch sie hätte schon einmal geboren, und es sei nicht so schlimm gewesen. Eine Geburt sei halt kein Kinderspiel.
Angela lächelte süßsauer und sagte, ich werde es überleben.
Als wir wieder allein im Gang waren, sagte Angela, ich halte diese Frau nicht aus. Beim Kasten kam die nächste

Wehe. Angela begann tief durchzuatmen. Ich atmete unwillkürlich mit, hörte aber sofort damit auf. Miterleben bedeutet nicht nachäffen. Die Wehen konnte ich nicht spüren, und ich war überflüssig mit meinem Körper und meinen tiefen Atemzügen neben Angela. Was sollte ich wahrhaft miterleben? Ich fühlte nur einen mächtigen Hunger. Mein Magen knurrte. Die Wehen kamen in immer kürzeren Abständen. Der Seismograph zeichnete in schwarzen, aggressiven Zacken die Spitzen der Schmerzdichte auf.

Das ist noch nicht so richtig, sagte die Hebamme, aber schon ganz schön.

Angela krümmte sich, und die Hebamme lächelte mich aufmunternd an.

Mein Hunger hörte nicht auf. Angela zog das weiße Hemd an, das ihr bis zu den Knien reichte. Barfuß ging sie um das Bett herum. Ich saß in der Zimmerecke und hörte meinen Magen knurren. Er knurrte in Angelas Wehe hinein, und als die Wehe aufhörte, knurrte er in die Stille hinein, daß es nicht mehr zu ignorieren war. Angela hörte das Knurren, und ich grinste verlegen. Sie lachte. In unser beider Bäuchen rumorte es. Hol dir was, sagte Angela, und dankbar lief ich hinaus, durch den Gang die Treppe hinunter zum Buffet und holte mir eine Wurstsemmel und etwas Süßes. Bevor ich zurück ins Kreißzimmer kam, ging ich zur Hebamme und sagte, sie solle auf dem Formular das Mitfilmen streichen, wir wollten keine Aufzeichnung. Die Hebamme sagte, daß sie es ihrer Kollegin mitteilen werde, die sie gleich ablösen würde.

Mit einem guten Gefühl ging ich zu Angela. Sie atmete und stöhnte, hielt sich an der Bettstange fest, stand aber aufrecht. Der Gebärhocker zu ihren Füßen. Ich mit meiner Wurstsemmel in der Hand. Die Hebamme schaute herein und sagte, Angela solle sich nicht durchstrecken, lieber lockerlassen, die Arme baumeln lassen und schön durchatmen. Mir bot sie etwas zu trinken an.

Ich setzte mich aufs Fensterbrett und aß, um mein penetrantes Knurren loszuwerden. Angela keuchte, dann wollte sie frische Luft. Ich machte das Fenster auf, ließ den Wurstgeruch hinaus. Angela setzte sich aufs Bett und sah von dort aus dem Fenster. Ich biß in meine Wurstsemmel und konnte das Geräusch meines Kauens hören, zum Autolärm und dem Geschrei auf der Straße. Die Wurstsemmel schmeckte mir, jeden Bissen kostete ich aus, bis Angela die nächste Wehe bekam. Ich fraß und hoffte, daß diese Wehe kürzer wäre als die anderen und fand meine Hoffnung dämlich. Eine schnelle Geburt bedeutet schnelle Wehenzunahme, um rasch in Preßwehen überzugehen, die das Kind aus seinem Geburtskanal quetschen, als drücke man eine Tube von hinten nach vorne aus.

Geht's noch, fragte ich, als Angela wieder aufrecht saß. Sie zuckte mit den Schultern und sah aus dem Fenster. Ihr Gesicht war blaß, aber nicht verschwitzt.

Du siehst gut aus, sagte ich und lächelte.

Angela schaute mich an. Als hätte sie mich nicht verstanden, fragte sie, schmeckt's?

Dienstwechsel der Hebammen. Die neue Hebamme war endlich unsere. Sie schaltete das Licht ein. Wir hatten noch nicht bemerkt, daß es zu dämmern begonnen hatte. Die Hebamme begrüßte uns mit Handschlag, sie sprach leise und vertraulich. Sie redete Angela mit dem Vornamen an, sagte ihr, daß es bald Zeit für den Einlauf sei. Ich knüllte das Papier meiner Wurstsemmel zusammen, lenkte die anderen mit meinem Lärm von den Gedärmen ab, die mir das Wort Einlauf hochspiegelte. Die Hebamme bereitete die Armschleife für das Kind vor. Bub oder Mädchen? fragte sie mich. Ich war für die sauberen Themen zuständig.

Wissen wir nicht.

Dann lassen wir uns überraschen.

Die Hebamme legte jeweils ein rosa und hellblaues Bändchen neben die Waage und damit meine nebulose Vorstellung von Kind in zwei vorgefertigten Geschlechterrollen fest.

In die Waagschale breitete sie eine Windel, damit der Säugling auf dem Chrom nicht fror. Sie las das Gewicht des Stoffes ab, trug es in das Protokollblatt ein, um später das Kind grammgenau wiegen zu können. Schlagartig wurde mir bewußt, daß ich hier auf mein Kind wartete wie auf einen Besuch, der mich jahrelang in Beschlag nehmen und mein Leben umkrempeln würde.

Die Hebamme kontrollierte die Wehen auf dem Millimeterpapier und nickte mit dem Kopf den Takt der krakeligen Zitate aus Angelas Körper, als wäre der Schmerz ein Hexameter. Dann ging sie das Einlaufgerät holen. Ich fragte, ob wir das Licht ausschalten könnten. Die Hebamme käme gleich wieder und dann. Angela wimmerte vor Schmerzen. Beim Einlauf wollte ich nicht zuschauen. Ich mußte mich beschäftigen. Aber wie? Wegwerfen gehen, dachte ich, das Wurstpapier in der Hand.

Die Hebamme kam mit dem Gerät zurück. Ich sah nicht direkt hin, sah nur schemenhaft ein durchsichtiges, fingerdickes Rohr mit Schlauch dran und einem Gefäß. Ich klammerte mich an der Papierkugel fest, setzte zu meinem Satz an. Die Hebamme kam mir zuvor, zeigte auf den klinisch weißen Kübel unter dem Fußende des Bettes und bat mich, den Raum für ein paar Minuten zu verlassen. Ich atmete auf.

Draußen stand eine Hochschwangere herum. Im Hebammenzimmer zog sich die andere Hebamme gerade ihren Kittel aus. Ich sah sie fragend an, und ihr fiel das Video ein. Sie stieg auf einen Stuhl und streckte sich zum Recorder, der auf einem Schrank stand, hinter dessen gläsernen Türen altertümliches Geburtswerkzeug ausgestellt war.

Das hätte ich beinahe vergessen, mein Herr.

Ich wandte mich wortlos ab.

Die Hochschwangere trug noch ihre persönlichen Kleider. Sie zeigte auf den Kreißsaal und fragte, wie es bei uns ginge.

Ich sagte, Wehen alle eineinhalb Minuten.

Die Schwangere sagte, ach, die Glückliche. Sie selbst warte darauf, daß ihre Wehen endlich begännen, sonst stehe ein Kaiserschnitt ins Haus.

Ich nickte dazu, ohne zu wissen, warum, sagte nur, kann da ihr Mann dabeisein? Darauf lachte die Schwangere und warf ihren Kopf in den Nacken und sagte, mein Mann war beim ersten Kind dabei.

Und?

Er ist hinausgegangen, weil die andern schrien wie die Tiere. Damals war eine Privatklinik nicht drin, und heute will er nicht mehr unnötig herumstehen.

Angela rannte aus dem Kreißsaal über den Gang zu den Toiletten.

Die Glückliche, sagte die Schwangere.

Ich ging Angela nach, wartete vor der Toilette und horchte. Nach fünf Minuten kam sie immer noch nicht heraus. Ich holte die Hebamme. Die Hebamme ging in die Toilette. Ich wartete und plötzlich befiel mich eine Panik und das Bild eines Säuglings drängte sich auf. Was ist, wenn er mit dem Kopf voran im Abfluß steckt? Ich riß die Tür auf.
Alles in Ordnung. Die Hebamme stützte Angela, und auf dem Weg zum Zimmer richtete sich Angela auf. Die Schwangere in ihren persönlichen Kleidern lächelte. Angela wünschte ihr alles Gute, und die Schwangere sagte, Sie Glückliche.
Ich ging Angela nach und wartete vor der Tür. Ich war ausgeschlossen, ein Trottel in dieser Frauengeschichte. Die Schwangere in ihren persönlichen Kleidern fand ich zum Kotzen, die erste Hebamme, die zweite Hebamme, den Hebammenwechsel, die Wehen, meine Wurstsemmel, den Einlauf. Ich fand mich zum Kotzen. Ich klopfte an meinen Kreißsaal. Ich hatte die Schnauze voll und wollte keine Frauengeschichte. Ich hasse das Wort Frau. Frau ist Au. Qual für die Kehle. Hier war das Wort Frau, wie es sich anhörte. Geburtslaute. Es fehlte nur noch ein Kreißstall, mit hunderten Frauen in ihren Boxen. Ich hätte der Schwangeren in ihren persönlichen Kleidern den Bauch aufstechen, ihr Frausein zum Platzen bringen, sie erlösen können.
Die Hebamme kam heraus, alles sauber, sagte sie. Sie können rein.
Blöde Sau, dachte ich mir und ging in den Kreißsaal.
Angela stand am Fenster, ihr Hintern beulte das Nachthemd aus, meine Frau hatte einen Hintern, der das Nachthemd ausbeulte. Frauenhintern, dachte ich mir,

scheußlich, dachte ich mir, Frau. Nicht Angela, dachte ich mir. Angela hat einen knackigen kleinen Arsch, er hängt gar nicht so weit hinunter. Zwischen ihren Beinen wird ein Kind herausplumpsen, dachte ich mir. Es wird das Schambein sprengen, dachte ich mir. Was der Schwanz nicht geschafft, hat er trotzdem angerichtet, dachte ich mir. Parasit, dachte ich mir und ging zu Angela und legte ihr die Arme um die Mitte, hundert Zentimeter.

Ich packte sie um die Mitte und fragte mich, was in dieser Situation den Mann ausmachte, diese ganze Emanzipation gelingt nur, wenn ihr das Wort Frau nicht mit eurer Quälerei gleichmacht. Frau, Wehe, Kreißsaal, warum kreischt Angela nicht? Kind, Parasit, Schwanz. Mein Kind in Angelas Bauch muß raus. Welt ist angesagt. Der Mann ist kein Kampf, kein Schmerz. Mann ist ein gutes Wort. Angela sieht aus dem Fenster, keine Gegenwehr, Angela und ich und das Kind, raus. Atmen und Hecheln, Gebärhocker, Pressen. Frau. Denken Frau. Gebärhocker. Topf. Stange. Frau. Hecheln. Platz. Hände. Mitte. Angela. Wehe. Angela. Im Zimmer ein Auge. Wehe. Nicht sehe. Wehe. Ich mit Angela. Ende. Kein Sehe. Kein Höre. Doch ich höre. Atem. Hecheln. So muß es sein. Schlecht kann Ihnen jetzt nicht mehr sein. Muttermund. Kind. Wunder geschehe. Dort ist das Kind vorbei, wollen Sie greifen, stehen Sie auf, einmal stehen, Kind heraus. Haar. Schwarz. Logisch, kein Licht im Bauch. Einmal stehen, Kind raus. Pause. Angela schläft jetzt, sie ruht sich aus, das ist das Beste für das Kind. Halten Sie den Stoff vor ihren Mund. Zuviel Luft. Ausatmen. Nicht jetzt. Pressen. Angela ist meine Frau. Angela ist nicht meine Frau. Angela ist meine Angela.

Stille. Ich schaute. Sah eine Welle. Vom Bauch durch das Becken. Sah, wie das Schambein sich weitete, wie das Becken sich teilte. Das ist die Mustergeburt. Kein Geschrei. Das Kind kommt. Gott sei dank bin ich keine Frau. Frau heißt Geburt, und Angela ist Angela, und Angela macht jetzt Frau, macht Geburt, das muß sie eines Tages vergessen. Das Kind hat ein Gesicht. Angela hat nicht das Gesicht, das ich kenne. Frau ist ein scheußliches Wort. Gott sei Dank bin ich nicht Angela. Angela hat Pech, Frau sein zu müssen. Welches Geschlecht gehört zum Gesicht des Kindes. Ich bin überflüssig, die Sache ist längst entschieden. Ich erlebe und empöre mich für Angela, als wäre ich eine Frau. Angela ist eine Frau, lüg nicht.
Das Wunder geschah, oder meine Chemie spielte verrückt, ich war überwältigt von diesem zerknautschten Geschöpf, das endlich geboren war. Unser Kind war gesund, stark, laut, und ich behaupte, es war schön vom ersten Augenblick an. Unsere Tochter lag im Arm von Angela, und ich legte mich zu ihnen ins Kreißbett, sobald uns Arzt und Hebamme allein ließen. Angela strahlte mich an und ich sie, und wir beide das Kind, und wir waren wie ausgewechselt und bekundeten uns wortlos die Meisterschaft über unsere Zweifel. Ich hätte die Nacht nicht allein zu Hause verbringen können. Ich wollte bei meiner Familie sein. Die kleine Hand meiner Tochter auf Angelas schlafendem Gesicht, die Ruhe, ich mußte mir dieses Bild nicht einprägen, es hielt mich fest.

Schreie ich jetzt?
Ich schaue in mich hinein. Ich bin nicht überwältigt von Liebe. Da schlummert kein Wesen in mir. Da kommt

kein Gesicht in die geistige Höhe. Trotzdem fühle ich mich wie in einer Ausstellung meiner selbst, wo Gemälde an den Wänden hängen, Selbstbildnisse in überdimensionaler Größe, aufgeblasen zu anzüglichen, monströsen Gesichtern. Augen quellen aus den Knopflöchern dieser zum Platzen gedehnten Haut, von der sie gleich abspringen könnten. Sie betteln um einen anerkennenden Gegenblick, weil sie so erkennend sind und die eigene Erbärmlichkeit ertragen müssen, mit der sie mich belästigen. In jedem Museum hängen Selbstportraits herum, mit gefirnißter Haut. Aus ihren Augen schauen die gefälschten Blicke heraus, die nur gesehen werden wollen. Hinterfotzige Mitleidsheischerei. Würden sich die Hände, die zu diesen jämmerlichen Gesichtern gehören, herausstrecken aus den Bildern, ich würde ihnen nicht aus Mitleid ein paar Groschen zuwerfen, ich würde ihnen das Applaudieren beibringen, damit sie einander Ovationen für den gequältesten Blick entgegenbringen könnten, während sie einander gegenüberhängen. Aber da kommen keine Hände heraus, da schaut bloß ein Auge in mich hinein, und Angela hat diese Selbstbespiegelung provoziert. Mit einer Ohrfeige hat sie es geschafft, und schon kommt der Selbsthaß in Schwung und bringt den Körper in Bewegung, und ich zittere innerlich, als hätten mich meine Selbstbildnisse durch ihren Spalier gewatscht.
Langsam gewöhne ich mich daran, daß mein Körper Funktion und die Wirkungsrichtung der Sinne gestört ist. Wäre ich in Ordnung, würde die Welt in mir kulminieren, anstatt in Perspektiven auseinanderzulaufen. Der Fluchtpunkt läge irgendwo außen, und ich könnte ihn erfassen. Mein nach innen gerichtetes Auge beschert

mir eine fleischige Topographie. Ich bin nicht der Bewohner dieser blutroten Landschaft, ich bin sie. Ich denke mir dazu einen kosmischen Charakter.
Ich könnte mir Schmerzen anschauen, wie Organe kämpfen und wie die Kraft in sich zusammenfällt. Eine Implosion oder so, denn irgendwann hat es sich ausgerieben und aufgerieben. Vielleicht ist mein Auge der Beginn meiner Vertreibung.
Ruhe bewahren, sage ich mir, und ich bemerke, daß ich mit meinem Gehör kompensiere. Alle Geräusche sind kristallklar, ich höre meine Stimme, obwohl ich nicht mit mir rede, ich stelle sie mir nur aus der Erinnerung her, denn sonst sähe ich wieder die Ritze. In mir sind austauschbare Organe, ich nehme sie zusammen und wir gehen zum Spiegel.

Ich gehe durch meine Wohnung. Ich stehe vor meinem Spiegel und will das Auge herauskletzeln. Es sitzt zu gut drin. Ich brauche Geräte. Ich hole einen Löffel, werde es herauslöffeln, gelange aber nicht an den verkrusteten Spalt, treffe immer daneben, mir fehlt nicht das Ziel, nur die Distanz, die zum Ziel führt. Ich kann die Entfernung zu meinem Spiegelbild nicht abschätzen und weiß doch aus Erfahrung, daß sie zwischen uns liegt. Ich vergewissere mich, daß ich noch lächeln kann. Ich versuche auch ein schmutziges Grinsen und prüfe seine Wirkung. Ich könnte mir eine knallen und werfe mir statt dessen schnell ein Küßchen zu, so daß ich mich angenommen, sogar geliebt fühlen könnte. Aber der Spott um den Mund wächst, von welcher Seite ich mich auch betrachte. Ich muß spotten. Dabei würde ich, wenn ich könnte, in Tränen ausbrechen. Doch ich wage es nicht, denn das Salzwasser könnte sich in mich ergießen, eine Überschwemmung anrichten und mich ertränken. Der Löffel taucht vor meinem lädierten Auge auf, vielleicht schaffe ich es noch, aber der Löffel klopft an den Spiegel.

Ich werde fremde Hilfe brauchen. Ich kann meine Hand nicht mehr gegen mich richten. Ich kann mir nicht einmal die Zähne putzen. Es irritiert mich, daß meine Barthaare in den letzten Tagen nicht gesprossen sind. Ich rasiere mich sonst zweimal täglich. Selbst wenn ich tot wäre, hätte mein Bartwuchs weitergemacht. Zumindest einen Millimeter hätte er bis jetzt entwickeln müssen. Vielleicht ist nur die Zeit stehengeblieben. Vielleicht träume ich, daß ich träume, und bewege mich seit Tagen in einer Sekunde. Vielleicht liegt Angela im Bett, ist längst wieder da und schläft.

Ich gehe zum Fenster. Draußen ist es noch hell. Ich bewege mich in meiner Szene. Es ist Körper/innen/Tag. Angela ist nicht hier. Und die Wiege ist leer. Ich suche auf allen vieren den Boden ab. Kein Glassplitter zu finden. Ich versuche ein paarmal noch mit dem Löffel das Auge herauszumanövrieren. Ich schäme mich nicht für mein Mißlingen, mich selbst zu reparieren. Ich empfinde auch kein Mitleid, aber ich gebe zu, daß ich gerne Mitleid empfinden würde, denn das stünde nicht in der Szene, ein Drehbuch beschreibt keine Gefühle, es bewirkt sie erst mit dem fertigen Film. Ich wäre mein Publikum, mit dem Triumph in der Brust, das ich meiner Darstellung entkommen bin.

Jemand wird mich rasieren und füttern müssen. Ich werde die Taten spüren, und ich werde Bewunderung schenken für die mir erteilte Hilfe.

Ich gehe ins Wohnzimmer. Ich möchte hilflos in meinem Fauteuil sitzen. Mein Auge wird operativ entfernt und ordentlich eingesetzt werden müssen. Ich versuche wahrzunehmen, was um mich ist. Ich sehe das Videoband auf dem Boden.
Ich erwische es, wenn ich den Zufall einsetze. Meine Hand taucht im Leeren herum und schnappt sich das Band. Ich begreife, daß es nur die Hülle ist, und schließe, daß das Band noch im Recorder steckt, wenn es sonst nirgends herumliegt. Ich bemerke, daß der Fernseher noch immer nicht abgeschaltet ist. Er fährt doch keinen Schwarzfilm ab, denn auf dem Schirm blitzen weiße Zeilen auf. Ein Standbild das nicht zur Ruhe kommt. Angela hat das Band nicht zurückgespult, bevor sie fluchtartig aus der Wohnung gestürzt ist. Das Band steckt, und hoffentlich ist es nicht kaputt. Ich versuche den Film zurückzuspulen und neu zu starten und schaffe es auch, ich schlage einfach um mich und visiere nicht.
Ich hätte jetzt gern einen schönen Film über mich zur Entspannung. Ich habe einen schönen Körper, und wie viele Schauspielerinnen haben vor mir nicht den Blick gesenkt. Sogar durch die Kamera haben sie geflirtet mit mir. Wer so lange wie ich in ihre Gesichter sieht, sie aufnimmt auf ein paar Quadratmillimeter, die man ohne weiteres auf mehrere Quadratmeter aufblähen kann, ohne daß sie platzen und verzerren, erwirbt sich Vertrauen. Sie dachten, sie wüßten, wie ich sie sehe. Und sie waren zufrieden mit mir. Ich sah die Vordergründigkeit ihres Vertrauens. Die hartherzigen Prinzessinnen sind eitel. Genauso Angela. Die Gier in ihren saftigen Augen, der Appetit ihrer Lippen. Ich habe in zu viele Gesichter

gesehen, um ihre Schmutzigkeit nicht zu entdecken. Ich habe sie nur nie denunziert. Ich habe Angela Sanftheit und Schönheit gegeben. Ich habe sie beleuchtet und gefilmt und ihr das schönste Bild gegeben, das sich eingraben möge in ihr Gehirn, die Zellen langsam durchsikkernd, bis es sich zersetzt mit dem Körper, damit die Erde getränkt werde mit der von mir geschaffenen Schönheit. Ich begnüge mich nicht mit Illusionen.
Auf dem Fernseher springt das Bild an. Es geht mir um Erträglichkeit. Was ertrage ich nicht an mir, was ist mir unzumutbar? Meine Organe sitzen in mir. Angela muß außer sich gewesen sein, als ich nach Hause kam. Es gibt keinen Film, der Angela so aufregen kann. Mein Auge schaut dem Auge zu und liest mit: Tochter Angelika am soundsovielten, Gewicht, Größe, Uhrzeit. Ich gratuliere herzlich im Namen der Privatklinik und meines Teams, Hebamme Sibylle.
Mir stockt das Blut in den Adern, diese Hexen haben mitgefilmt und Angela das Tape geschickt. Wir hoffen, Sie beehren uns bald wieder. Die Titel rollen über Angela hinweg. Sie liegt auf dem Bett. Ich sitze verzerrt auf dem Fensterbrett und esse die Wurstsemmel. Angela im Bett. Wir sehen technisch aus. Organismen, die nebeneinander funktionieren. Ich auf dem Fensterbrett, kauend, Angela in den Wehen, obszön die Beine spreizend und stöhnend. Ich abbeißend. Angela die Hände in den Rükken stemmend. Ich kauend und ihr zuschauend, mit dieser saublöden Wurstsemmel in der Hand. Schmeckt's? Angela kreist um das Bett und macht Töne. Seltsame Töne. Das Knurren meines Magens hört man nicht. Die Menschlichkeit, die uns verbunden hat, ist nicht mitgefilmt. Ich saß und fraß, und Angela krümmte sich.

Ich kann nichts Schlimmes entdecken, nur hören und sehen, daß mein Knurren und meine Bedenken nicht mitgefilmt sind, logischerweise ist dadurch die Aufzeichnung verstümmelt. Mein Lächeln könnte man so als dreckiges Grinsen deuten. Angela hat mich falsch aufgefaßt, vielleicht ist ihre Art zu denken nachzuvollziehen. Denke mal fraulich, sage ich mir. Die Brüste sich vorstellen, ohne daran zu denken, was man damit machen kann. Sie haben und einfach haben. Wissen, daß sie gesehen werden und nicht daran denken, daß sie gesehen werden. Wissen, daß es für das Geschlecht zwischen den Beinen nur obszöne Begriffe gibt, und nicht daran denken, daß man diese Obszönitäten zwischen den Beinen hat, in medizinischen Begriffen einfach daran denken und haben. Das kann nicht so verwirrend sein. Geburt machen und Frau sein. Ich starre mir in den Kehlkopf und beginne zu stöhnen und Geburtslaute zu erzeugen. Den Klang setze ich frei, und es wabert gleichgültig in mir. Keine weiblichen Organe, nur die Analogie in der Kehle, die Laute klingen wie eine läufige Katze, verlassen die Kehle und treiben sich draußen herum. Mein Auge sieht hinein, ein Käfig ohne Vogel darin, und wenn ich Vogel denke, höre ich es flattern in meinem Gehirn. Du spinnst. Eine Puppe ohne Schmetterling, ein Sarg ohne Leiche, ich bin keine Frau ohne die entsprechenden Organe, ich habe entscheidend bequemere. Ich stelle sie nur in Frage. Ich denke ständig an Angela, und tatsächlich denke ich nicht an sie. Ihre Einzelteile laufen wie Ameisen durch die Erinnerungszone, und mich juckt es hinter dem Auge.

Die Hebamme Sibylle kommt ins Zimmer, aber nicht gleich ins Bild. Erst mit dem Einlaufgerät in der Hand.

Ich spiele mit meiner Papierkugel. Ich sehe mir an, daß ich nicht weiß, was ich tun soll. Aber die Szene wirkt anders, als wäre ich gespannt auf das, was nun kommt. Angela legt sich seitlich hin, und die Hebamme schiebt ihr das Hemd über die Hüfte. Dann schaut sie mich an und gibt mir mit dem Kinn ein abfälliges Zeichen, als hätte ich Abfälliges im Sinn. Ich lächle verlegen. Verlassen Sie bitte den Raum. Ich zucke ein bißchen mit der Schulter, werfe meine Papierkugel weg, und, wie ertappt, verlasse ich fluchtartig das Bild. Ich schaue mir die Hebamme in Stehkadern an. Sie stottert in ihrer Bewegung, als sie sich in Zeitlupe zu Angela hinunterbeugt. Dabei hebt sich auch ihre Tracht zuckend über die Kniekehle. Hebamme Sibylle hat hübsche Beine. Die Qualität der Aufzeichnung ist zu schlecht, um etwaige Flecken auf der Haut zu entdecken. Ähnlichkeiten im Gesicht konnte ich auch keine feststellen. Zwischen Hebamme und Adoptivkind liegen immerhin über zwanzig Jahre. Was weiß ich, wie sich Sibylle entwickelt hat?

Die Hebamme beugt sich zu Angela hinab, nestelt an ihrem Nachthemd herum, entblößt ihren Hintern und steckt ihr den Schlauch hinein. Angela stöhnt. Ich weiß, daß sie vor Schmerzen stöhnt. Aber ich kann mir nicht helfen, ich grause mich selber vor mir. Angelas Stöhnen, ihre Pose erregen mich. Ich kann meine Geilheit nicht fassen. Die Szene sieht aus, wie das Liebesspiel zweier Lesben, gedreht für einen Spanner wie mich. Mein Schwanz wird hart. Ich könnte kommen. Der Film reißt ab. Auf Wunsch wurde die Aufzeichnung abgebrochen. Schwarz.

Ich habe Angela filmen lassen. Sie brachte ein Kind zur Welt, und ich kürte sie zur Pornodarstellerin. Aber ich

habe zwischendrin die Filmerei untersagt. Aus freien Stücken. Vielleicht kann diese Tatsache mich eines Tages mit Angela versöhnen.
Mein Auge werde ich schließen. Sobald ich in der Lage bin, es zu töten, werde ich es erschießen. Ich gehe zum Spiegel und schaue hinein und weiß nicht mehr, ob ich mich nur so sehe, organisch, prall, ein aufgerichteter Schlauch. Ich hoffe nur, man sieht es mir eines Tages nicht mehr an.

Glatteis

Ich gehe gewiß nicht zum Begräbnis meiner Mutter. Natürlich hat er alles organisiert, die Formalitäten erledigt, die Traueranzeige aufgegeben, die Parte verschickt, das Grab gekauft. Hätte sie mich, ihren jüngeren Sohn, so geliebt wie ihn, hätte ich das auch für sie getan.

Dabei lebte Paul im Internat. Nur zu Weihnachten und Ostern hatte das Internat geschlossen, und dann kam er nach Hause. Mein Vater mußte Pauls Matratze vom Keller in die Wohnung schleppen, wo er sie an die Wand im Flur lehnte. Die Mutter räumte das Nähzeug zur Seite und stapelte die Stoffe aufeinander. Sie packte die rohgebrannten, glasierten, aber noch unbemalten Schalen und Teller in Schachteln. Die Töpferscheibe wurde zur Seite gestellt, unter das Fenster. Die Schachteln türmte sie auf den Tisch neben die Stoffe. Das Kabinett war seit Pauls Auszug ihr Arbeitszimmer, und sie richtete es notdürftig für ihn her. Ich hatte Pauls Bett bekommen und seine Kindermöbel, die mir langsam zu klein wurden und heute zu kantigen Erinnerungen schrumpfen, an denen ich mich stoße und die ich rauswerfen will. Über Paul und seine Sachen wurde kein Wort verloren, deshalb blieb er Thema. Die Matratze ließ die Mutter im Flur stehen, sie sollte auslüften, bis Paul kam.

Im Auto saß ich auf dem Rücksitz und chauffierte mit einem Spielzeuglenkrad mit, legte mich in die Kurven und kuppelte und quietschte beim Bremsen. Die Fahrt dauerte über vier Stunden, ich jaulte und trat die Pedale, die ich mir in der Rückenlehne des Vaters dachte. Die Tritte haben ihn nicht gestört, aufgerieben hatte ihn die Mutter, die nie den Führerschein gemacht hatte, weil sie Angst hatte vorm Selberfahren. Sie war eine typisch technisch Unversierte.

Im Auto duftete es nach dem Parfum der Mutter. Ich freute mich auf die Fahrten zum Internat. Die Mutter zog dann ihr feines Kleid an, und ich mochte ihr Parfum, das sie sich hinter die Ohrläppchen tupfte. Es roch hell und leicht, paßte zu den kleinen Wiesenblumen auf dem Stoff ihres Kleides. Die Mutter schaute aus dem Fenster. Ihr gefiel die Natur. Dabei war eher Gegend als Natur zu sehen. Die Einfamilienhäuser schossen wie Pilze aus dem Boden, als wäre das Erdreich zwischen zu Hause und Internat vom Myzel der Einfamilie durchzogen. Verhüttelt, verschrebert, Zwergbaum. Verkehrsgünstige Aufgeschlossenheit durch Bundesstraßen, asphaltierte Adern, die sich durch die Dörfer zogen und sie ineinander fließen ließen. Schulkinder am Straßenrand, hin und wieder eine warnende Schilderhand. Bei Kindern gilt nicht der Vertrauensgrundsatz.

Der Vater fuhr langsam und vorsichtig. Mein Vater liebt die Stadt, weil sie so verkehrsgünstig ist, daß man fast kein Auto braucht. Er liebt die Stadt, weil die Stadt nicht lügt. Nicht Gegend als Land und Land nicht als Natur ausgibt. Wohnräume, Arbeitsräume, Verkehrsräume, Grünräume.

Damals sah ich Natur überall dort, wo die Mutter nach Lust und Laune hätte gärtnern können. Weil sie in den städtischen Parkanlagen nicht gärtnern konnte, sehnte ich mich für sie nach dem eigenen Grün vor der Haustür, das sie sonntags auch im Liegestuhl genossen hätte. Ungeteilt wäre ihr Unkraut gewesen, das ich mitausgerupft und kompostiert hätte. Die Nachbarn hätten herübergegrüßt, und sie hätte auch die Nachbarn der Nachbarn gekannt. Ich träumte mit der Mutter von einem idyllischen Landleben. Ich war ihren Vorstellungen ausgeliefert, weil ich sie liebte und ihr gefallen wollte. Dabei war ich schon damals von den Müllschluckern fasziniert, die es in Hochhäusern gibt. Die Mutter wollte einen Garten, der einsichtig ist. Mein Vater wollte Ampeln und geregeltes Überqueren der Straßen. Er wollte, daß es ihn gibt, ohne daß jeder weiß, daß es ihn gibt. Er haßt Klatsch. Und ich wollte, daß ich nicht mehr auf dem Waschbeton unseres kleinen Balkons spielen mußte, sondern in der überschaubaren Wildnis einer um mein Wohl sorgenden Mutter.

Ich glaubte ihr, daß Paul zu gescheit war, um auf eine normale Schule zu gehen und deshalb in einem Internat leben mußte. Ich hielt es für ein Privileg, das seiner Intelligenz zustand. Mein Privileg war es, immer wieder zu hören, daß ich mehr Glück haben sollte im Leben als die Mutter.

Die gefährlichen Landstraßen störten meinen Vater. Er stritt mit der Mutter, weil sie nur vom Sommer auf dem Lande sprach. Schneeschaufeln und Glatteis. Später begriff ich erst, daß mein Vater die Nachteile des Landlebens betonte, damit ich mich nicht benachteiligt fühlte. Jedesmal machte die Mutter meinen Vater aufmerksam auf die schönen Neubauten in den reizenden Siedlungen. Eine Herde Häuser mit beigem Anstrich und dunkelbraunem Holzbalkon, das ist doch hübsch! Hübsch war für mich ein positives Wort. Auch das Kleid meiner Mutter und ihr Duft waren hübsch. Ihr gefiel, was möglichst vielen Menschen gefiel. Wenn mein Vater dagegen hübsch nur hörte. Als Angestellter einer Baumeisterei durfte er banale Häuser bauen und behübschen, mit Firlefanz wie Erker und Wintergärten. Mein Vater schätzte Eigenwilligkeit und Stil, aber die Finanzkraft der Bauherren floß nicht in die Gestaltung individueller Wohnarchitektur, eher in Garagenanbauten für die größer und teurer werdenden Autos, um die sie möglichst viele beneiden sollten.

Ich entdeckte einen Rohbau in der Nähe einer Kirche und freute mich schon mit der Mutter auf das nächste Vorbeifahren, weil dann das Dach bereits gedeckt und die Fenster eingesetzt sein würden und vielleicht die Stores schon hingen. Wir malten uns die beschauliche Häuslichkeit aus, die wir in unserer Genossenschaftswohnung mit rustikalen Möbeln und Vorhangmustern nachzustellen versuchten.

Rotweißrote Bänder wehten auf dem hellhölzigen Dachstuhl. Die Mutter wunderte sich, daß nur die Bänder angebracht waren. Normalerweise wird zur Gleichenfeier ein geschmücktes Bäumchen auf den First gestellt. Wir überlegten, wie wir die Fassade gestalten würden. Die Terrasse wollten wir mit Stiefmütterchen und Pelargonien bepflanzen. Ich war überzeugt davon, daß es sich bei Häusern mit Terrassen um die von reichen Leuten handelte. Mit der Mutter suchte ich um die Wette die Häuser heraus, die schon seit Jahren ohne Anstrich herumstanden. Als schlampige Leute bezeichneten wir die Bewohner, und war das Erdreich rundum nicht planiert und kein Rasen gesät, handelte es sich um

Erdferkel. Wer mehr Erdferkelbauten aufspürte, war der Sieger.
Mein Vater spielte nie mit. Er war ernst und milde, rechnete uns die Kosten der Häuser und Gartenanlagen vor. Sein Galgenhumor schreckte mich nicht, als wir eine Saison später am Bungalow in der Nähe der Kirche vorbeifuhren. Das Dach war zwar gedeckt und die Mauern beige verputzt, aber mit dem Bungalow stimmte etwas nicht. Die Tür war zu breit für einen normalen Eingang. Die Mutter verstand nicht, warum man den Eingang südseitig angelegt und nicht eine ordentliche Terrasse angebaut hatte. Ich bemängelte, daß keine Vorhänge zu sehen waren, unfreundlich und kalt sahen die Fenster aus. Dabei lag das Haus auf einem großen Grund, der von einem schmiedeeisernen Zaun eingefriedet war. Holz hätte mir besser gefallen. Ein paar Sekunden später wunderten wir uns über das wuchtige Kreuz, das am Ostende des Grundstücks in den Himmel ragte. Mein Vater kam als erster drauf: Der Bungalow war eine Leichenhalle. Schmale Kieswege deuteten schon die Einteilung der Gräber an. Auf dem Friedhof könnten wir uns ein paar Quadratmeter leisten, sagte er. Die Mutter schimpfte, mach keine Witze, du jagst ihm Angst ein.
Ich hatte keine Angst. Ich stellte mir Akazien vor, schwarze Flammen links und rechts des breiten Eingangs. Die frühlingshaften Grüntöne des ländlichen Idylls setzte ich in die Morbidezza eines magritteschen Bildes um. Ein halbes Jahr später zählte ich bereits sechs Grabsteine auf dem Friedhof. Mein Vater mußte lachen, weil die Grabsteine auffallend weit entfernt voneinander standen. Da habt ihr eure nachbarschaftliche Nähe, sagte er mit einem wissenden Nicken, als wäre er der

Totengräber der verfeindeten Nachbarn gewesen. Ich sagte, daß wir drei sicher ganz eng beieinanderliegen würden. Die Mutter blickte mich schockiert an. Ich erwartete eine ihrer Beruhigungsfloskeln, etwa, daß der Tod nur alte Leute hole, aber sie fragte mich in einem zurechtweisenden Ton, warum ich Paul nicht mitrechnete?

Ich wurde um so schweigsamer, je näher wir dem Internat kamen. Zwanzig Kilometer davor nahmen nicht nur die Terrassen zu, auch die Anzahl der Swimmingpools. Eine reiche Gegend war das.

Das Internat bezahlte mein Vater. Es hätte billigere gegeben, die näher bei unserer Stadt waren, nur ohne den elitären Ruf. In Pauls Internat herrschte strenge Erziehung. Im Sommer wurden die Zöglinge ins Ausland an Schwesterschulen geschickt. Mein Vater zahlte etwa ein Drittel seines Einkommens für Pauls Ausbildung. Nicht einmal, wenn er gewollt hätte. Wir hätten uns kein Haus leisten können. Die Mutter zählte die Bungalows auf dem sonnseitigen Hügelhang, kein Bauplatz mehr frei nach drei Jahren. Mir war schlecht vom Fahren. Der Mutter gefiel die gerechte Aufteilung der Parzellen. Zum gerasterten Planquadrat fielen mir wieder die Gräber ein.

Ich sah aus dem Fenster, und die Bungalows schauten zurück. Einäuglein, Zweiäuglein, Dreiäuglein. Die Mutter erzählte diese Geschichte, sie hoffte, daß sie mich ablenkte und ich nicht kotzte.

Na bitte, da sind wir. Dieser Satz war immer ihr Satz. Er kam überrascht und erleichtert, als hätte sie die ganze Fahrt über nicht geglaubt, daß wir das Ziel tatsächlich erreichen würden. Sie holte ihr Parfumfläschchen aus der Handtasche und frischte ihren Duft auf. Sie streifte mein Gesicht und das meines Vaters, eine Art Abschied im flüchtigen Blick.

Ich hatte Paul immer als lästiges Anhängsel der Mutter empfunden. Wir brachten ihn bei uns zu Hause unter, waren aber keine Gastgeber, eher Opfer eines parasitären Untermieters, der sich in die Familie drängte. Paul brachte Unfrieden in unsere Verhältnisse. Er schürte meine Eifersucht, und die Mutter ließ ihn schüren. Mein Vater hatte nie den Ersatzvater für Paul gespielt, nie vorgegeben, mehr sein zu können als ein Freund. Pauls Abneigung gegen ihn drückte sich in Arroganz aus, die sich mein Vater lange gefallen ließ, um der Mutter nicht die kurze Zeit mit ihm zu verpatzen. Sie schürte auch unser Mitleid für ihren Erstgeborenen, der sich ganz allein behaupten müsse, sie verzieh ihm den Referatston, in dem er zum Beispiel unsere Tischmanieren bemängelte, weil er keine Serviette bekam und ohne zu patzen essen sollte.

Mein Vater und ich hatten die Mutter hergebracht. Paul wußte, daß sie nicht fahren konnte, und er behandelte uns wie ihr Personal. Er hatte gerade mit Freunden Basketball gespielt, als er die Mutter sah und auf sie losstürmte. Wie ein lang getrenntes Liebespaar liefen sie einander in die Arme und wollten sich nicht mehr loslassen. Erst als seine Freunde fragten, wer wir denn seien, die wir die Mutter chauffierten, begrüßte er uns.

Paul war lang und dünn. Das Haar gescheitelt, die Spitzen ausgewachsen und sich kringelnd, die Sonne schimmerte durch. Paul nahm die gereichte Hand meines Vaters mit peinlich förmlicher Zurückhaltung. Die Distanz

zwischen ihnen wuchs mit der zunehmenden Armlänge Pauls. Immer gleich blieb das Ritual zwischen Paul und mir. Amüsiert hochnäsiges Betrachten bei der Gegenüberstellung, dann Ignoranz meines freundlichen »Wie geht's dir?«
Die Mutter wurde von Pauls Freunden sofort akzeptiert. Sie war beeindruckt, daß Pauls Freunde Diplomatenkinder waren und keine gewöhnlichen Leute. Sie wollte mit ihnen die Sportanlagen besichtigen, und Paul führte sie in das gepflegte Gelände, ohne mich zu berücksichtigen. Er wußte genau, daß ich gern mitgegangen wäre.
Das Internat wurde von Jesuiten geführt. Die Lehrer waren weltlich, die Erzieher geistlich. Ich habe nur die geistlichen Erzieher gesehen. Sehr freundliche Leute, die meinem Vater meist ein Vergehen von Paul berichteten, während er sich mit der Mutter und seinen Freunden herumtrieb. Einmal war er ausgebüxt, und man hatte ihn in der Konditorei des Dorfes erwischt. Mit seinem Taschengeld hatte er sich eine Schaumrolle gegönnt. Die Mutter fand diesen Streich harmlos und sogar entzückend. Sie schmunzelte über Paul, und ich hätte sie gern daran erinnert, was sie mir für eine Szene gemacht hatte, als ich einmal ausbüxen wollte, um mir eine Cremeschnitte zu gönnen. Taschengeld bekam ich nämlich wie Paul, nur nicht zum Vergnügen, ich wurde schon in der Grundschule angehalten, für meine Ausbildung zu sparen. Die Mutter hat mir jährlich eine Sparbüchse getöpfert. Von Jahr zu Jahr war das Gebilde immer deutlicher als Schwein zu erkennen. Jeden Groschen hätte ich hineinstopfen sollen. Als ich einmal ein paar Münzen aus dem Schlitz herausschütteln wollte, um mir

Süßigkeiten zu kaufen, entglitt es mir und zerbarst auf den Fliesen.
Die Mutter schrie vor Wut, steckte das Geld ein und besorgte sich Ton. Die Scherben mußte ich zusammenkleben, und aus dem Ton formte sie Frühstücksgeschirr für Paul und seine Freunde.
Aber der Geistliche hatte das Geschirr an meine Mutter zurückgegeben. Zu allen Mahlzeiten gäbe es Anstaltsgeschirr. Im Internat galten für alle die gleichen Gesetze. Jedes Kind hatte seinen Privatbereich. Pauls Alkoven war nicht schlecht. Im Saal schliefen etwa dreißig Knaben. Die Betten waren durch Vorhänge voneinander getrennt. Mein Vater ging mit mir hinauf, um die gepackte Reisetasche, die jeder Zögling auf dem Bett bereitgestellt hatte, zu holen. Pauls Alkoven war in einer Ecke, dadurch hatte er zwei Wände und mehr Platz für Bilder als die anderen, die Vorhang an Vorhang schliefen und nur über dem Kopfende des Bettes etwas aufhängen konnten. Bei Paul waren Bilder von Ratten und Hausmilben und ein Filmplakat von Jesus Christ Superstar mit Tixo aufgeklebt. Ich hätte zu Hause nichts aufhängen oder aufkleben dürfen, um nicht die Tapete zu verschandeln. Auf Pauls Nachttisch lag der Waschbeutel mit seinem aufgestickten Namen. Alles schon vorbereitet für die Rückkehr. Ein frisches, zusammengefaltetes Handtuch und ein Seifentatzerl. Daneben war das, wonach ich immer Ausschau hielt: das Bild des toten Mannes. Pauls Vater. Und ein weiteres Bild mit mir und der Mutter, noch ziemlich jung, aber auch schon mit Dauerwelle, und einem Blick nach oben, über das Bild hinaus zu dem Toten, obwohl ich, dieses entzückende Baby, in ihrem Arm lag. Es ist das erste Bild von mir. Ich be-

sitze den gleichen Abzug. Von Baby-Paul gibt es keinen festgehaltenen Augenblick.

Der Blick meines Vaters blieb am Foto des toten Mannes hängen. Im Schlafsaal war es still, und die Kälte in Pauls Nische, die von den mächtigen Mauern abstrahlte, ließ auch meinen Vater erschauern. Das Fenster ging in den Garten. Der frühzeitig erblühte Goldregen davor versprühte ein sanftes Licht, das lebhaft über das Arrangement der Bilder spritzte, als der Wind in die Zweige fuhr. Die Fotos waren so zueinander gestellt, daß die abgebildeten Personen zusammengehörten.

Mir wurde plötzlich bewußt, daß es mich nicht gäbe, wäre Pauls Vater nicht ums Leben gekommen und hätte mein Vater nicht meine Mutter aus dem Wrack befreit. Mein Vater war ein unsentimentaler, doch zartfühlender Mensch, er wandte sich in diesem Moment zu mir, und in seinen Gesichtszügen war die Befangenheit zu sehen, die das merkwürdige Arrangement von Pauls papierener Familie auslöste. Meinem Vater erging es wie mir, in diesem Reigen aus Beziehungen und Bezügen, die der Zufall geschaffen hatte, fühlten wir uns überflüssig. Ich verübelte Paul, daß er meinen Vater schlichtweg für nicht würdig genug hielt, um ihn in seine Galerie aufzunehmen. Die Stille, die Kälte, das tanzende Licht, die Mutter im Garten, ihr fröhliches Kleid, ihr amüsiertes Gesicht, das Glück, als sie Hand in Hand mit Paul den Fensterausschnitt durchschritt, ich weiß nicht, was davon mich in jene panikartige Ohnmacht stürzte. Ich riß das Portrait des Toten an mich und zerknüllte es.

Es geschah so schnell, und ich hätte die ganze Privatsphäre Pauls zerfetzt, hätte sich nicht mein Vater auf

mich gestürzt und mich festgehalten. Im nächsten Augenblick hörten wir, daß jemand den Schlafsaal betrat, und erkannten die Stimme der Mutter. Ich wollte mich melden. Ich hätte mich der Mutter gegenüber erklärt, ein Geständnis abgelegt für das zerknitterte Foto, und vor Paul hätte ich mich für meine Wut auf ihn bis in den Boden geniert. Aber mein Vater legte den Zeigefinger auf meine Lippen, wir warteten, bis sich die Tür wieder schloß, dann nahm er das Foto, streifte es mit dem Handrücken glatt, und stellte es an seinen Platz zurück. Wir werden nichts verraten, flüsterte er, wenn Paul zurückkommt, wird er glauben, das Foto wurde vom Reinigungspersonal ramponiert. Dann nahm er mich bei der Hand, packte Pauls Reisetasche, und wir stahlen uns aus dem Saal, machten einen kleinen Umweg durch den Garten, und als wir auf den Parkplatz kamen, taten wir so, als hätten wir die anderen schon auf dem ganzen Gelände gesucht.
Ich hob die Reisetasche auf und schleppte sie nach hinten zum Kofferraum. Paul half mir, sie hineinzuheben, und schlug den Deckel zu, an den ich erst rankam, als Paul die Internatsschule mit ausgezeichnetem Erfolg abschloß. Er schlug den Deckel zu und boxte mir in den Oberarm, und ich boxte zurück, wir sind im Ring, und ich fühlte mich im Vorteil. Paul hatte keine richtige Familie, sein Vater war ausgeschieden, noch ehe Paul geboren wurde, er mußte mit einem Heiligen leben. Ich konnte zurückgreifen auf die sterbliche Hand meines Vaters. Ich genoß seine irdische Liebe und seine väterliche Pflicht, für mich zu kämpfen, Paul nur seine stiefliche, von ihm versorgt zu werden. Damit ich nicht im Hintergrund stünde, umarmte die Mutter auch mich. Sie

tat es nur für ihre Selbstbestätigung, die im Körpergefühl lag, mehrere Leben an sich geschmiedet zu haben. Ich war zwei Köpfe kleiner als Paul, er war fünfzehn, und ich zehn. Ich fand seine zwei Stimmlagen peinlich. Die Mutter küßte Paul anders als mich, nicht dick und naß, Pauls Wange berührte sie mit spitzeren Lippen, er werde bald ein richtiger Mann, dabei war sein Bart noch kein Bart, nur blonder Flaum. Für Paul parfümierte sie sich, auch wenn sie gerade Hausarbeit verrichtete. Wenn sie mit mir alleine war, legte sie keinen Wert auf Düfte. Als sie die Arme hob, um die Vase vom Kasten zu nehmen, lüftete sie ihre Achseln, und ein saurer Geruch mischte sich mit den Rosen, die ich ihr entgegenstreckte.

Wir fahren zurück nach Hause. Ich sitze hinter meinem Vater, Paul hinter der Mutter. Wie es Paul geht, fragt niemand. Die Mutter konstatiert, daß er gewachsen ist, daß er ein bißchen gemästet gehört und ein bißchen gepflegt. Paul kommt morgen zum Friseur, und Schuhe wird er kaufen müssen. Der Vater sagt, daß morgen Palmsonntag ist, und die Mutter läßt die aufmunternd geschürzten Augenbrauen sinken, dann übermorgen. Montags haben die Friseure zu, sagt mein Vater, und sie schweigt. Paul will sich sowieso die Haare wachsen lassen. Vornehm schaust du damit aber nicht aus, sagt die Mutter.
Wozu auch, sagt mein Vater.
Er geht in eine sehr vornehme Schule, da muß er schon dazupassen, sagt die Mutter.
Wir flitzen durch die reiche Gegend, die Fassaden mit ihren Gesichtern, Pauls Pupillen zucken, ich probiere, ob ich das auch kann. Einstöckige Häuser, an denen der

Blick von Holzbalkon zu Holzbalkon für Zehntelsekunden hängenbleibt und weiterhüpft zum nächsten. Mir wird schlecht davon, und ich sollte vorne hinausschauen, mich auf die Straße konzentrieren.
Es gibt ein Haus, das der Mutter nicht gefällt. Man sieht es nur auf der Rückfahrt, weil es, von der anderen Seite kommend, hinter Bäumen versteckt ist. Dieses Haus bezeichnet die Mutter als Stall, weil es ein halbbogenförmiges Dach hat und kein einfältiges Satteldach wie alle anderen. Stall, weil die Ställe der Hühnerfarm in der Nähe unserer Stadt aus Wellblech sind, bunt angemalt und wie kleine Regenbögen auf der Erde stehen, in kurzen Intervallen hintereinandergereiht. Der Begriff Hühnerfarm hatte etwas Putziges für mich. Als ich als Erwachsener einmal in die Nähe dieser Hühnerfarm geraten bin, hat sich der Graus in der Putzigkeit aufgetan.
Meinem Vater gefällt das Haus mit dem Halbbogen. Eine schwierige Konstruktion, sagt er. Die Höhe, die Biegung, eigentlich fast eine Kuppel, ein durchdachtes System von Entlastungsbögen stecke dahinter. Eine Raumschale, nicht nur für ein Zimmer, sondern für ein Klima. Das sei mal was anderes als diese Kerker mit Erker und Holzbalkon.
Unter Raum stelle ich mir Weltraum vor. Und unter Raumgefühl Schwerelosigkeit. Unter Klima einen kleinen Kreislauf von Wetter, Wasser, Pflanzen, Stein, Wärme. Stelle mir einen Wolkenregler vor, eine Art Thermostat, der die feuchte Luft unter diesem Dach sammelt und genau auf die Pflanzen regnen läßt. Vielleicht Gewitter? Schnee? Gemäßigtes Klima, Wohntemperatur. Kein Schnee, und nur Spaßgewitter. Ich bekomme Lust hineinzugehen und mir das anzuschauen.

Dieses Haus taucht jetzt am Scheitelpunkt der Kurve mit dem größten Radius auf. Darauf folgen viele kleine Kurven, und ich lasse meine Übelkeit aufsteigen, bis sie nicht mehr zurückzuhalten ist. Mein Vater hält am Straßenrand vor dem Stall. Ich springe aus dem Wagen und muß mich übergeben.
In eine Hecke von Tujen kotze ich. Mein Vater steht neben dem Auto, die Mutter neben mir, und Paul klappt den Rücksitz vor und steigt aus. Ich entleere in nicht aufhören wollenden Kontraktionen meinen Magen. Mein Hals ist trocken, und der Geschmack im Mund bringt mich schon wieder zum Würgen.
Wasser, ächze ich.
Die Mutter hat nur Limonade mitgenommen. Paul bietet mir Schulmilch an. Ich könnte gleich wieder kotzen. Mein Vater tritt an die Hecke und späht hinüber auf den Grund. Die Mutter ist plötzlich beeindruckt von dem Haus. Jetzt so nah davor bekreuzigt sie sich fast. Die Fassade ist nicht schmutziggrau, nicht bloß Beton, sondern schlichter Stein. Der glattgeschliffene Risalit betont den gestreckten Mittelteil des Gebäudes, den der Rundbogen abschließt. Der Stall hat sich in einen renaissancehaften Dom verwandelt, der jeglicher Schmuckform entbehrt. Die Fenster des Hauses sind im oberen Geschoß nur stärker profiliert, nicht aufgesetzt, eher hineingeschnitten in den Stein, wie auch die dreifache Arkatur vor dem Eingang kein einfacher Windfang ist, sondern eine Loggia, die dem erhabenen Baukörper aus Haustein einen angemessenen Zutritt verleiht.
Vielleicht eine umgebaute Kirche, vermutet die Mutter andächtig.

Der Architekt hat von Palladio abgekupfert, sagt mein Vater in aller Sachlichkeit.
Ein Hund bellt und läuft auf die Hecke zu, läuft dahinter auf und ab und knurrt gefährlich. Jemand kommt aus dem Haus und ruft den Hund zurück. Mein Vater ruft hinüber und bittet um ein Glas Wasser. Die Person ist eine Frau mit tiefer Stimme. Sie legt den Hund an die Kette, dann kommt sie zur Hecke. Die Mutter beginnt plötzlich Gras auszurupfen und bestreut meine Kotzflecken, daß die Hecke sauber aussieht, als die Frau an die Tujen tritt. Sie sagt, wir könnten soviel Wasser haben, wie wir wollten, und läßt uns auf ihr Grundstück. Der Vater bleibt beim Auto, und die Mutter nimmt mich bei der Hand. Auch Paul geht mit.
Wir kommen zur Haustür, und die Mutter möchte gleich mit hineingehen. Die Frau dreht sich abrupt um und sagt, warten Sie hier. Die Frau ist nicht vom Schlage meiner Mutter. Die Mutter hätte sie in ihr Haus gebeten und bewirtet. Eine Wildfremde hätte sie behandelt, als wäre sie hoher Besuch. Die Verbindlichkeit der Hausfrau. Diese Frau ist zwar behilflich, aber nicht verbindlich. Sie ist keine Hausfrau, sondern eine Hausherrin. Wir sind dahergelaufene Leute, deren Wasservorräte man auffüllt, bevor sie weiterziehen.
Sie kommt mit zwei Glas Wasser heraus. Sie reicht mir ein Glas, und ich trinke gierig. Wie sagt man? sagt die Mutter und beschämt mich mit ihrer Ermahnung. Paul bekommt auch ein Glas Wasser, aber er lehnt dankend ab. Die Mutter nimmt es. Sie trinkt in kleinen Schlucken, nicht so, wie ich es von ihr kenne, sie schüttet es sonst in einem Zug hinunter, weil man dann keine Luft schluckt und nicht rülpsen, sich nur räuspern muß.

Sie trinkt das Wasser vornehm, ich warte ab, ob dann der unvornehme Teil folgt. Tut man das? könnte ich sie dann fragen. Die Hälfte des Wassers läßt sie im Glas zurück. Ich will es austrinken und verlange danach. Die Mutter sagt, jetzt sei nicht so gierig. Gerade deshalb trinke ich gierig.
Durch die Haustür sehe ich, daß es keinen Flur und kein Vorzimmer gibt. Eine Halle, und Treppen führen hinauf, wohin hinauf? Ich muß aufs Klo, sage ich der Mutter, und sie lächelt pikiert, wir sind eh gleich zu Haus. Die Fahrt dauert aber noch mindestens zwei Stunden, sage ich. Wir können ja unterwegs anhalten, sagt die Mutter und gibt die Gläser der Frau zurück.
Ich muß aber groß, sage ich, will die Mutter vor der Frau blamieren dafür, daß sie mich beschämt hat.
Die Mutter schweigt verlegen. Die Frau läßt mich ins Haus. Ich überlege mir, ob ich die Schuhe ausziehen soll. Der gut erzogene Paul hätte es getan, ich unterlasse es, auch weil ich nicht weiß, welche Socken ich heute früh angezogen habe.
Im Haus gibt es keine Türen und keinen Weltraum, sondern Ebenen, durch die die einzelnen Räume abgegrenzt sind. Die Küche und das Speisezimmer und die Bibliothek, kein Klumpert, keine Püppchen, ein Bastkorb für den Hund, neben dem Sekretär vor dem Fenster. Auf dem Sekretär ein Computer und Zettelwerk. Neben dem Eingang gibt es eine Trennwand, dahinter befinden sich die Naßräume, aber der Hund hat das Klopapier zerfetzt, und es sieht furchtbar aus, also gehe ich mit der Hausherrin aufwärts, und dort sind der Raum und das Klima. Das Dach hebt sich tatsächlich wie eine Kuppel ab. Es ist mit Kassetten verschalt, die sich radial zu einer

Öffnung in der Mitte verkleinern. Die Kassetten sind stuckiert und ziehen den Raum in die Höhe. Ich werde aufgesaugt von diesem Gefühl Schweben, über mir ein himmlisches Auge, dessen Fenster bei diesem herrlichen Wetter geöffnet ist. Ich wünschte, hier warten zu können, bis Wolken aufziehen. Die Frau zeigt mir das Klo, es ist hinter der halbrunden Wand versteckt, wie unten im Erdgeschoß.

Ich gehe auf die Toilette, urwaldartige Pflanzen stehen auf einer Konsole, die entlang der Wand bis zum Fenster mitläuft. Die üppigen Blüten verströmen einen süßen Duft, natürliche Geruchs- und Fleischfresser in einem, für Mief und Mücken. Ich setze mich auf die Muschel und lausche. Das Haus ist ruhig. Nur von draußen höre ich die Frau durch das Fenster. Sie spricht mit Paul. Er nennt stolz den Namen des Internats, und sie sagt, daß die Schule sehr bekannt sei, für zwei Nobelpreisträger, die dort herangebildet worden seien.

Ich lasse es rauschen, nachdem ich glaube, genug Zeit für einen Schiß verbracht zu haben.

Nein, sagt die Mutter, der Kleine wird in ein neusprachliches Gymnasium gehen.

Der Kleine, so nannte sie mich. Ich war zwar jung, aber nicht klein, reif genug, um nicht in ein neusprachliches Gymnasium zu wollen. Sprachen waren mir egal, ich wollte etwas Handfestes errichten, damit mich die Mutter weder übersehen noch überhören konnte, sobald Paul auftauchte und das Maul aufmachte.

Ich wasche mir die Hände und trockne sie mit dem Gästehandtuch ab. Bevor ich aus dem Klo gehe, ruft die Frau von unten herauf und sagt, ich möge bitte das Fenster kippen. Ich versuche es, schaffe es aber nicht. Dann

will ich zur Tür hinaus, kann aber den Drehverschluß nicht öffnen, er klemmt. Ich komme aus dem Klo nicht heraus. Ich versuche es noch einige Male. Die Frau kommt an die Klotür und klopft, und ich sage, daß ich es nicht hinausschaffe.
Die Frau geht zur Mutter hinunter und sagt, daß ich nicht herauskäme, sie solle mal hoch zu mir. Die Mutter kommt, stellt sich an die Klotür, und sie sagt, jetzt mach. Es gelingt mir nicht. Streng dich an, sonst bleibst du hier! Ihr Ton ist hart und unerbittlich. Ich verzweifle fast. Ich will nur hinaus. Paul erzählt unterdessen, daß er nicht nur Klassenbester, sogar Schulbester sei und deshalb Chancen hätte, zum Schulsprecher gewählt zu werden. Die Mutter geht hinunter und schickt Paul den Vater holen.
Die Frau geht in ihr Pantheon, sie tippt eine Nummer und telefoniert mit ihrem Mann. Jemand hat sich im Klo eingesperrt und sitzt fest. Dann höre ich sie murmeln und sagen, irgendwelche Leute.
Die Mutter steht unter dem Fenster und ruft mir zu, daß der Vater schon komme. Mein Vater ist gleich an der Tür und läßt sich einen Schraubenzieher bringen. Er weiß sich sofort zu helfen und damit mir.
Machen sie nur keine Schrammen, sagt die Frau.
Mein Vater kann das Schloß von außen nicht öffnen, weil die Schraube abgebrochen ist.
Wie kann das passieren?
Materialermüdung.
Aber wir belasten kein Material.
Ich soll noch einmal zurück zum Fenster. Mein Vater läßt sich eine Leiter bringen, und weil ich das Fenster nicht öffnen kann, stellt er die Frau vor die Entschei-

dung, entweder das Fenster einzuschlagen oder die Tür aufzubrechen. Die Frau sagt, das ist ein schlechter Witz. Mein Vater bleibt kühl und reserviert, gibt ihr die Visitenkarte seiner Firma. Er werde dafür sorgen, daß man alles reparieren komme.

Das werde ich mir nicht entgehen lassen, sagt die Frau.

Die Mutter entschuldigt sich demütig und sagt, der Bub hätte wirklich auch woanders können. Vielleicht könne die Frau nochmals ihren Mann anrufen, vielleicht wisse der einen Trick.

Paul soll meinem Vater die Leiter halten. Sein Gesicht im Fenster beruhigt mich. Paul steht unten und spricht auf idiotisch anbiedernde Weise mit dem Hund, der brav in einer Ecke sitzt und nicht bellt.

Magst du Hunde? fragt die Frau.

Paul sagt, ja, weil es gelehrige Tiere sind.

Unser Newton muß noch viel lernen, sagt sie, er kommt erst in die Hundeschule.

Mein Vater rüttelt am Fenster, aber es tut sich nichts. Die Mutter entschuldigt sich bei der Frau schon wieder und bietet ihr an, Treppen und Böden aufzuwischen, weil mein Vater und ich hineingegangen sind, ohne die Schuhe auszuziehen.

Die Frau sagt, daß ihre Bedienerin das besser erledige, weil sie die Sitten des Hauses kenne.

Der obergescheite Paul sagt, daß wir die Polizei rufen sollten, um die Tür öffnen zu lassen, die wüßten, wie man einbreche.

Mein vernünftiger Vater sagt, so ein Theater ist nicht nötig. Er steigt die Leiter hinab, geht wieder ins Haus und rüttelt an der Tür. Er bittet alle zu kommen, man könne die Tür gemeinsam lockern. Er rüttelt, Paul klemmt einen Schraubenzieher in die Nähe des Bolzens, und die Frau sagt, ich bitte Sie, hören Sie auf damit. Ich muß jetzt vor Anstrengung und Aufregung wirklich aufs Klo und bin mit dem Wischen noch gar nicht fertig, als mein Vater die Tür aufreißt. Hinter ihm stehen Paul und die Frau. Die Mutter kniet auf dem Boden, erniedrigt sich in ihrem schönsten Kleid zur Putzfrau, und wischt mit einem Taschentuch die Schuhspuren auf. Paul beginnt herzhaft zu lachen, als er mich auf der Klomuschel sitzen sieht. Die Mutter rümpft die Nase und erklärt, daß sie auch die Toilette reinigen könne. Die Frau sagt, mir ist lieber, Sie gehen dann. Ich könnte mich selbst hinunterspülen vor Scham. Mein Vater schließt die Tür und sagt, ohne peinlich berührt zu sein, wir gehen, sobald mein Sohn fertig ist.

Wenn etwas kaputt sein sollte, rufe ich Sie an, sagt die Frau.

Jederzeit, sagt mein Vater.

Ich trete hinaus. Die Mutter und Paul sind glücklicherweise schon hinuntergegangen. Die Frau begleitet mich und meinen Vater zur Tür. Sie dreht seine Visitenkarte um, liest den Namen der Baumeisterei und fragt, ob man dort auch eine originelle Markisenkonstruktion entwerfen könne. Mein Vater sagt, für etwas Ausgefallenes bin ich immer zu haben. Die Frau lächelt, oder ich bilde mir ihr Lächeln nur ein. Jedenfalls gibt sie meinem Vater und sogar mir zum Abschied die Hand.

Die Mutter schimpft, ich hätte die Tür nicht zusperren sollen, die Frau würde sich jetzt was denken.

Mein Vater sagt, ist doch scheißegal.
Die Mutter lacht und meint, ich hab ja immer gesagt, das ist ein Stall.
Paul weist sie zurecht, die Frau war sehr freundlich.
Ich sage, eine eingebildete Kuh war das.
Paul streicht sich die Haare aus dem Gesicht, sein Scheitel kommt klar heraus, und er lehnt sich zurück und sagt mit durchgehend tiefer Stimme, diesen Ton bin ich nicht gewohnt.
Du bist ja auch was Besonderes, sagt mein Vater, noch bevor mir eine passende Antwort einfallen kann.
Das läßt sich kaum abstreiten, sagt Paul.
Mein Vater bremst und sagt, du kannst jederzeit aussteigen und zurückgehen.
Laß mich raus, sagt Paul zur Mutter.
Die Mutter legt ihre Hände auf den Bauch. Sie bekommt Krämpfe, wenn einer von uns mit Paul streitet.
Hab ich das verdient, dieses Großmaul zu stopfen? sagt mein Vater.
Paul lehnt sich wieder zurück, natürlich wird er nicht aussteigen, er streckt seine langen Beine aus. Das bist du mir schuldig! sagt er.
Mein Vater dreht sich zu ihm um und sagt ernst, ohne meine Großzügigkeit sähe dein Leben anders aus.
Deines aber auch, sagt Paul.
Ich erwarte mir Dankbarkeit, sagt mein Vater.
Pech, daß man sich die nicht kaufen kann.
Mein Vater schüttelt den Kopf. Mit deinem Sohn ist nicht zu reden.
Die Mutter sieht zu den Einfamilienhäusern, ihre Dauerwellen haben sie schon als junge Frau alt gemacht. Sie jammert auf ihrem Vordersitz und krümmt sich. Paul

hält den Mund, und ich finde, daß mein Vater viel zu geduldig auf Pauls Frechheiten reagiert hat.

Der Mief in der Wohnung kommt von der Matratze. Der Essiggeruch aus den Einweckgläsern der Mutter hat sich in das Roßhaar gefressen. Im Nähzimmer der Mutter wird Pauls Lager errichtet. Trotz der blütenduftigen Wäsche setzt sich der Essiggeruch durch. Paul will sich nicht auf die Matratze legen. Die Mutter versteht ihn, nie hat er ein eigenes Zimmer, und sie will mir klarmachen, daß ich Paul meines überlassen soll. Ich weigere mich, will mich gegen Paul durchsetzen, und mein Vater übernachtet im Nähzimmer.
Paul wird zur Mutter ins Ehebett schlüpfen. Sie trägt ihr feinstes Nachthemd, das sie eigentlich für eventuelle Krankenhausbesuche aufgespart hat. In diesem spitzenbesetzten Traum sieht sie wie eine Tänzerin aus, und ich will sie nicht an meinen Halbbruder verlieren. Bevor Paul zu Bett geht, liege ich schon in seiner Hälfte und stelle mich schlafend. Er versucht mich wachzurütteln und holt die Mutter. Sie macht ihm nicht mal den Vorschlag, in mein Zimmer zu gehen. Sie will mich rüberschleppen, aber ich bin ihr zu schwer. Ich spiele den gerade Erwachten und sage schlaftrunken, daß ich nun doch bereit wäre, für diese Nacht mein Zimmer zu räumen. Die Entscheidung liegt bei der Mutter, die die Augen verdreht und um diese Zeit keine Diskussion haben will. Ich klammere mich an sie, und Paul verhält sich raffiniert. Er senkt den Kopf, und die blonden Locken fallen ihm ins Gesicht. Es sieht aus, als schämte er sich für die Tränen, die in seine Augen treten. Die Mutter läßt ihr Herz erweichen und ihre Schale wird hart. Sie spannt die

Muskeln an und versteift sich gegen mich, schiebt mich weg und sagt, daß ich ein andermal zu ihr ins Bett kriechen könne. Daß sie dann aber wieder ihre verwaschenen Flanellhemden tragen und keinen Duft versprühen wird, sagt sie nicht. Paul grinst mir hämisch nach. Von Tränen ist keine Rede. Er hat mehr Macht über die Gefühle der Mutter.

Ich ziehe beleidigt ab. Ich kann mich nicht in den Schlaf locken, weil mich die Tatsache, daß Paul mit meiner wunderschönen Mutter in einem Bett liegt, quält. Ich stehe auf und gehe ins Nähzimmer, kuschle mich an meinen Vater.

Beim Essen sitzen wir zu viert um den Tisch. Mir fällt auf, wie klein unsere Wohnung ist. Paul ist zwar dünn, doch lang. Für seine Beine braucht er Platz. Wie Lineale vermessen sie das Zimmer, wenn er sie ausstreckt. Sie ragen unterm Tisch hervor, und ich kann seine Flossen neben meinen Füßen nicht leiden. Wenn sich Paul auf die Zehen stellt und sich streckt, berührt er mühelos mit den Fingerspitzen die Decke. Im Internat ist mehr Luft. Er vergleicht alles mit dem Internat, und die Mutter versucht, auch die Internatsküche zu schaffen.

Paul legt sogar zu Hause Studierstunden ein. Mein Vater sieht sich ein Skirennen an. Den Fernseher hört man durch die ganze Wohnung. Die Mutter überreicht Paul ein Geschenk. Eine Bettwäsche hat sie genäht für Pauls Alkoven. Paul nimmt sie nicht an, so was hat man bei uns nicht, sagt er.

Die Bettwäsche gefiele mir. Sie ist aus einem Stoff mit Bubenmuster, Kolonnen von bunten Autos. Paul ist die Wäsche zu kindisch. Das hört mein Vater. Er befiehlt der Mutter, die Bettwäsche zusammenzupacken und sie

einem armen Kind zu schenken, das keine Mutter hätte, und niemanden, der sich bemühe, ihm eine Freude zu bereiten. Ich bewundere Vaters Ruhe, sie ist klar und wahr. Soll die Mutter die Bettwäsche einem armen Kind schenken und es glücklich machen. Die Mutter bittet Paul, sich noch mal zu überlegen, ob er ihr Geschenk nicht doch annehmen wolle. Mein Vater verbietet ihr, sich zum Narren zu machen und packt die Bettwäsche zurück in das Seidenpapier und den Karton des teuren Stoffgeschäftes, wo man die Kartons mit Firmenaufdruck auch extra kaufen kann. Paul setzt ungerührt seine Studierstunde fort.
Zum ersten Mal ist die Mutter böse auf Paul. Sie spricht nicht mit ihm. Ihre Enttäuschung erstreckt sich über mehrere Tage. Sie geht mit ihm nicht zum Friseur und nicht neue Schuhe kaufen, trotzdem darf er bei ihr schlafen.

Abends kam mein Vater nicht nach Hause. Er war wegen einer Vermessung unterwegs. Wir aßen zu dritt und wollten danach gemütlich fernsehen. Als die Ansagerin den letzten Tango von Paris ankündigte, sprang die Mutter wie von einer Tarantel gestochen auf und drehte ab. Paul wollte sich den Film aber nicht entgehen lassen. Die Mutter war zu keiner weiteren Erklärung bereit, als daß sie uns keinen Sexfilm anschauen lasse. Ich mischte mich ein und sagte, ich wisse auch schon längst alles, worauf ich als erster ins Bett mußte. Paul durfte aufbleiben und der Mutter helfen, das Geschirr wegzuräumen.
Ich schlich aus dem Zimmer, wollte mir die Zeitung holen, um im Programm die Filmbeschreibung nachzule-

sen. Durch den Türspalt sah ich in die Küche. Die Mutter flüsterte aufgeregt mit Paul. Das Radio war laut aufgedreht, sie hätten normal sprechen können, ich hätte ohnehin kein Wort verstehen können. Aber sie tuschelten, und Paul wirkte überrascht. Welches Geheimnis hatten die beiden? Ich verschwand in meinem Zimmer. Der letzte Tango wurde als Erotikthriller beschrieben, mehr war darüber nicht zu erfahren. Die Nacht verbrachte ich wachend auf dem Flur. Setzte mich vor das Elternschlafzimmer und horchte. Jedes Wort, das unverständlich durch die Tür an mein Ohr drang, versuchte ich zu deuten, und letztlich fragte ich mich, wann es soweit wäre, daß mich die Mutter verstoßen würde, in ein Internat schicken, und Paul nach Hause holen dafür. In der Früh fand sie mich zusammengerollt auf dem Boden.

Nachmittags wollten Paul und sie mit mir spielen. Wir bauten Hochhäuser, und ich bestimmte, daß sie abgeschlossene Welten sein mußten, die wir mit allem versorgten, weil die Bewohner nicht rauskönnten. Zum Schluß gab es Krieg zwischen den Häusern. Ich gewann, besetzte die Häuser, und Paul kassierte Trost von der Mutter.

Als die Mutter am Karfreitag doch zum Friseur gehen wollte, sträubte sich Paul. Der Vater wurde durch das Geschrei geweckt und stürmte aus dem Nähzimmer. Die Mutter kreischte, Paul aber war ruhig und gelassen und argumentierte. Mein Vater fuhr die Mutter an, daß sie sich nicht benehmen solle wie ein kleines Kind, wenn sie mit ihrem Sohn nicht fertig würde. Paul stellte sich vor die Mutter und sagte, daß sich mein Vater nicht einmischen solle. Mein Vater lachte verächtlich und sagte,

wenn du unseren Frieden störst, bring ich dich zu deinen Mönchen zurück.
Da fahr ich lieber allein, als daß ich mich von dir chauffieren lasse, sagte Paul. Er war fast so groß wie mein Vater und studierte ungeniert sein rot anlaufendes Gesicht. Ich konnte sehen, daß mein Vater die Hände zu Fäusten ballte. Paul grinste ihn an, schlag nur fest genug zu, sagte er, dann bist du mich für immer los.
Mein Vater biß die Zähne zusammen, ich konnte die Stränge der angespannten Kiefermuskeln aus den Wangen treten sehen. Sein Zorn brach nicht aus, dafür aber meiner. Ich boxte Paul in die Magengrube, und er ging zu Boden. Das Kreischen der Mutter und die Ohrfeigen, die sie mir versetzte, konnten mich weder erreichen noch verletzen. Mein Vater packte einen Koffer, und ohne ein Wort zu verlieren, entzog er mich den Haßtiraden der Mutter, der ihre Strafandrohungen im Hals steckenblieben, als wir sie wie einen dumm dreinglotzenden Fisch, dem leere Luftblasen aus dem Maul stiegen, in unserem Sankt-Pauls-Aquarium zurückließen.
Später riefen wir zu Hause an und sagten, daß wir erst am Ostersonntag wiederkämen. Wir blieben in einem Hotel, wo sonst die Bauherren meines Vaters untergebracht waren. In diesem Hotel wurde mein Vater mit Namen begrüßt, und ich bemerkte die gehobene Stellung, die ich als sein Sohn einnahm. Abends lag ich im Ehebett neben meinem Vater und hatte bereits geschlafen, als das Zimmertelefon klingelte. Mein Vater stand auf. Ich tat, als wäre ich nicht wach geworden. Er ging. Ich vermutete, daß die Mutter gekommen war, um sich mit ihm zu versöhnen. Als er gegen Mitternacht noch nicht zurückgekehrt war, hielt ich das Warten nicht

mehr aus, dachte mir, sie hätte ihn dazu gebracht, mich hier im Hotel zu lassen, mich wegzulegen wie Paul, und mit ihr durchzubrennen. Ich lief im Pyjama aus dem Zimmer und raste hinunter in die Bar. Bis zu den Knöcheln versank ich im Teppich.
In schweren Fauteuils saßen Damen und Herren, dunkle Gestalten mit dunklen Stimmen, Tangomusik. Eine Mondlandschaft aus sandfarbenem Plüsch, rote und gelbe Lichter, Gestirne und Außerirdische, die mich anstarrten. Ich konnte meinen Vater nicht finden. Hinter der Bar befand sich ein schwarz glänzender Tanzboden. Ein Paar bewegte sich darüber. Die Oberkörper waren steif, aufrecht, doch klebten sie aneinander. Abweisend streng waren die Gesichter. Das Paar schritt in schnellem Tempo dahin, als wären sie im Kampf miteinander, der aus der Hüfte geführt und mit Knie und Schenkeln ausgetragen wurde. Die Beine verfolgten sich und schoben sich in die Schritte des anderen, als versuchte ein Partner den anderen zu stoppen oder gar zum Stolpern zu bringen. Doch wie in geheimer Absprache der Körper spielten sie nur mit der Gefahr und trieben sie immer schneller werdend auf die Spitze, bis mir allein vom Zusehen schwindlig war. Plötzlich hielt das Paar inne, und wie erfroren stand es für Sekunden da.
Ich erkannte meinen Vater. Entschlossen erfaßte er Besitz von der Frau, umschlang sie noch enger, und der Schlitz ihres Kleides klaffte auseinander, als ihr netzbestrumpftes Bein an den schwarzen Hosen meines Vaters entlangkroch, hinauf zu seinen Hüften, wo sich Knie und Schenkel an ihn preßten. Die Hand meines Vaters glitt die schwarzen Netzstrümpfe hinab, und seine Finger schlossen sich um die schlanke Fessel. Die Frau bog sich

zurück, und mein Vater strich mit gespreizten Fingern das Bein wieder hinauf, ernst und konzentriert, als wäre beim kleinsten Fehler alles verloren, wonach sein Körper und der Körper dieser Frau im Tanz verlangten.

Mich entdeckte er nicht, obwohl ich am Rand der Tanzfläche stand. Der Barkeeper nahm sich meiner an und drehte die Musik zurück. Mein Vater blickte verwirrt auf. Ich sah seine schwarzen Augen, die zu versunken waren, um mich gleich zu erkennen. Erst als ich ihn anrief mit tränenerstickter Stimme, kam er zu sich und löste sich. Er sagte der Frau etwas ins Ohr. Ihr schwarzes Kleid war eng und schulterfrei. Sie drehte sich nicht um, ging nur leicht nickend von der Tanzfläche ab. Mein Vater führte mich ins Zimmer zurück. Ich roch den Dunst von Rauch und das fremde Parfum an ihm. Er wartete vielleicht eine halbe Stunde, dann zog er sich leise wieder das Sakko an und flüsterte mir zu, daß er nur noch mal kurz hinunterwolle. Ich wagte es nicht mehr, ihn beim Tanzen zu stören, ich vertraute auf seine versprochene Rückkehr und schlief irgendwann ein.

Zum Frühstück trat die Frau an unseren Tisch. Ich erkannte sie erst jetzt. Es war die Frau aus dem Stall. Sie roch nach Moschus und Zimt. Sie trug ein Kostüm und nicht ihr hochgeschlitztes Kleid. Sie versuchte mit mir ein Gespräch anzuzetteln. Das Drehschloß sei längst repariert. Ich könne jederzeit wieder vorbeikommen. Mein Vater bat sie, Platz zu nehmen. Er verriet das Verhältnis mit ihr, sie hätten sich gestern zufällig in der Bar getroffen. Er habe lange nicht mehr so ausgiebig getanzt, es sei daher sehr spät geworden. Sie fühlte sich auch ganz zerknittert. Mein Vater behandelte sie nicht wie eine eingebildete Kuh, sondern wie eine Geliebte, sie

sei aufregend, sagte er. Ich wollte seine Schmeichelei gar nicht hören, sie offenbar auch nicht, mit mir am Tisch. Sie schob sein Kompliment der berauschenden Wirkung des Tangos zu. Sie redeten über Tango und spezielle Kurse.
Hin und wieder wurde ich ins Gespräch mit einbezogen. Die Frau verwechselte mich mit Paul, ich gehe nicht ins Internat, sagte ich und wußte, daß sie an nichts interessiert war außer an meinem Vater. Ich gönnte ihm dieses Gefühl, schließlich hatte er nicht mich betrogen, sondern die Mutter. Er vergaß, mir eine Semmel zu streichen. Als ich selber Hand anlegte, stieß ich, weil die Butter steinhart war und ich mit aller Kraft die Hebelwirkung meines gewinkelten Armes einsetzen mußte, den Kakao um. Ich schämte mich, aber gleichzeitig war ich erleichtert, denn mein Mißgeschick lenkte die beiden von ihrem Tango ab. Mein Vater schnippte nach dem Ober. Er sollte das Malheur wegwischen. Die Hausherrin sprang auf, der Kakao war auf ihren Schoß getropft. Auch sie schimpfte nicht.
Als der Ober alles aufgeräumt hatte, langweilte ich mich nur noch am Tisch der beiden Erwachsenen. Endlich verabschiedete sie sich. Später langweilte ich mich an der Geistesabwesenheit meines Vaters, auch im Zoo und sogar im Kino, aber ich fühlte mich seiner sicher.

Am Ostersonntag waren wir zu Hause. Die Mutter und Paul empfingen uns freundlich, und beide waren vorsichtig. Am Nachmittag fuhren wir in die städtische Parkanlage, zum Spaziergang und zur Osternestsuche. Mein Vater fütterte mit Paul und mir die Bläßhühner. Die Mutter versteckte derweil die Geschenke. Paul hatte

einen neuen Haarschnitt und neue Schuhe. Die Mutter kam zurück, und wir setzten den Spaziergang fort. Mein Vater langweilte sich mit der Mutter, die eingehängt neben ihm ging, wortlos, die Augen auf uns gerichtet. Wir schwärmten aus und suchten die Osternester. Paul langweilte sich mit mir und mit der blöden Osternestsuche und ich mich an dem Bild, das ich mir von unserer Familie als idyllische Dekormalerei auf der Teeschale meiner Mutter machte. Paul fand sein Osternest zuerst. Ein Ei aus Pappmaché war mit Geld ausgestopft. Er würde sich selbst etwas kaufen. Schon kurz darauf entdeckte auch ich mein Nest. Die Schachtel war von weitem zu sehen. Ich war das Kind, dem Pauls Mutter Freude mit einem abgelehnten Geschenk bereiten wollte.
Am nächsten Tag brachten wir Paul in seine Eliteschule zurück. Auf der Rückfahrt ging es der Mutter schlecht. Im Auto war es heiß. Auf der Höhe des Stalls sah ich hinaus und wünschte mich in die Erhabenheit des Raums, ich müßte nur die Hausherrin vertreiben.
Mein Vater blieb im Nähzimmer, kehrte nicht mehr ins Schlafzimmer der Mutter zurück. Immer öfter ging er abends aus. Sie stellte keine Fragen, sie gab sich mit der Vorstellung zufrieden, daß mein Vater an seinem beruflichen Aufstieg arbeite und deshalb gesellschaftlichen Verpflichtungen nachkommen müsse. Ich ahnte, daß er Tanzkurse besuchte. Die Mutter schrubbte die Böden und schamponierte die Spannteppiche ein. Sie schwitzte, und die fetten Haarsträhnen wischte sie aus dem Gesicht. Ich dachte an die Frau aus dem Stall und verstand, weshalb die Mutter in Schürze und mit dieser schlampigen Frisur meinen Vater abstoßen mußte. Ich stand im Flur und roch ihren Fleiß, der mich anwiderte. Auf allen

vieren kroch sie über den Boden, wie ein behäbiges Rüsseltier.
Warum lernst du nicht tanzen? fragte ich sie.
Was redest du da? Sie starrte mich an und bemerkte nicht, daß sie mit der Hand einen Takt auf den Boden zu schlagen begann, als wollte sie den Rhythmus von Rückzug und Vorstoß angeben.
Warum machst du nichts aus dir?
Sie richtete sich auf und kam auf mich zu, schwerfällig in ihren Pantoffeln. Sie zupfte die Plastikhandschuhe von den Fingern, ließ mich nicht aus den Augen, als wollte sie mich verführen, mit dem Strip einer Putze.
Glaubst du, ich kann nicht tanzen?
Ich grinste verächtlich. Ich traute ihr keinen eleganten Schritt zu. Sie schlüpfte aus den Pantoffeln, und die wenigen Meter, die mich von ihr trennten, glitt sie auf ihren Zehenspitzen herüber, schnell und leichtfüßig und nur für mich. Ich war angetan von ihr, vergab ihr den Schweißgeruch, als sie mich schnappte, die Arme um mich legte, mich an sich preßte und mitdrehte.
Welches Geheimnis hast du mit Paul? fragte ich sie, bereit zu aller Offenheit und Vergebung. Sie blieb abrupt stehen, schleuderte mich regelrecht weg.
Mit Paul würdest du weitertanzen, fauchte ich sie an.
Nein, keinen Schritt mehr! sagte sie kalt, und genauso kalt erzählte ich ihr vom Tango, den mein Vater getanzt hatte, und die Mutter verfluchte ihn dafür.

Die Scheidung wurde hinter meinem Rücken vorbereitet. Die Hausherrin wurde nicht die neue Frau meines Vaters, die neue Frau ist die Prokuristin der Baumeisterei. Ich kenne sie. Er hat sie nicht geheimgehalten vor mir. Hin und wieder sind wir gemeinsam Eis essen gegangen, es waren unverfängliche Treffen, aber für die Mutter waren sie quälend. Ich schwärmte für Vaters Freundin, dabei interessierte sie mich nicht besonders. Ich wußte nicht mal, ob sie Tango tanzen konnte. Wir behandeln uns respektvoll.

Es gab keinen Krach zwischen meinen Eltern, dafür veränderte sich der Charakter ihres Schweigens. Mein Vater ließ sich davon nicht abhalten, sein Leben auswärts zu genießen. Eines Tages stellte er mir frei, mit ihm oder der Mutter zu leben. Ich wollte auf eigenen Füßen stehen. Er schickte mich an eine Höhere Technische Lehranstalt, die ich mir selbst aussuchen durfte. Ich wurde extern in einer privaten Wohneinheit für Schüler untergebracht. Die geschenkte Freiheit nützte ich nicht aus. Ich erbrachte hervorragende Leistungen in darstellender Geometrie, in den anderen Fächern war ich durchschnittlich bis gut. Mein Vater wartete meine Eingewöhnungsphase in die neuen Verhältnisse ab und trennte sich dann offiziell von der Mutter.

Sie hatte mir nie verziehen, daß ich freiwillig weg von ihr wollte.

Sie kümmerte sich immer intensiver um Paul, hat sich im Besucherzimmer des Internats regelrecht einquartiert. Nach Pauls ausgezeichneter Matura kehrte sie mit ihm in unsere Wohnung zurück, und er begann zu studieren. Ein paar Semester Wirtschaft, dann brach er das Studium ab. Mein Vater verachtete Paul für diese Enttäuschung. Soviel Geld hatte er in den Burschen gesteckt, und jetzt versagte er. Die Mutter reagierte kühl, Paul braucht ordentliche Verhältnisse.

Ich kam mit der Freiheit meines Studentenlebens sehr gut zurecht. Als Zivildienstler wohnte Paul bei der Mutter. Darauf begann er in einer Bank zu arbeiten und wurde Leiter einer ziemlich großen Filiale, die Mutter war stolz auf ihren Direktor. Während ich Architektur studierte und an Wettbewerben mitarbeitete, erfuhr ich über meinen Vater, daß Paul ein Fertighaus baute für seine geplante Familie.

Die Mutter erkrankte, Paul betreute sie aufopfernd, und meine seltenen Anrufe und Genesungswünsche wurden durch ihn an sie weitergeleitet. Für Besuche hatte ich im Semester keine Zeit und wollte mir auch keine nehmen. Mein Vater zahlte ihr mehr, als von den Rechtsanwälten ausgehandelt worden war. Er hat sich nie lumpen lassen, und ich schätze diese Großzügigkeit an ihm. Ich konnte sie auf mich ummünzen, verzichtete auf meinen Anteil, verdiente selbst mein Geld und konnte mich besten Gewissens absentieren. Letzte Weihnachten jedoch fuhr ich nach Hause, quartierte mich in Vaters Wohnung ein, weil er mit seiner neuen Frau auf Urlaub war, und hatte alle Räume für mich allein. Ich schnüffelte nicht herum. Das Privatleben meines Vaters steht mir offen, wenn ich etwas in Erfahrung bringen will, kann ich ihn jederzeit persönlich befragen.
Die Mutter war aus dem Spital direkt zu Paul ins Fertighaus gezogen, um sich dort über die Feiertage zu erholen. Die körperliche Nähe zu ihr war mir angenehm, sie trug ihr Parfum. Die Krankheit sah man ihr nicht an, und sie begann auch nicht mit ihren Leidensgeschichten den Abend zu belasten. Die Einsamkeit, die sie ausstrahlte, stimmte mich versöhnlich, auch der Duft, nur

ein molliger Ton ihres Mundgeruchs drang zu meiner empfindlichen Nase durch. Alle paar Sekunden führte sie ihr Taschentuch zum Mund, um sich Speichel aus den Winkeln zu tupfen.

Die Vorstellung, in ihrem Körper eingelagert gewesen zu sein, war mir mit einem Mal derart zuwider, daß ich mich von ihr wegsetzen mußte. Ich mußte mich zwingen, meinen Blick nicht dauernd auf das Häuflein ihres bespeichelten Taschentuchs zu richten. Wie die vergilbende Blüte einer geköpften Nelke lag es auf ihrem Schoß, wo sie das Taschentuch deponierte, um das Likörglas zu nehmen. Mir war, als füllte sich der Raum mit ihrem Atem, fauliges Wasser, in dem Blumenstengel verwesten. Vielleicht wäre ich ihr gnädiger gesinnt gewesen, wenn ich gewußt hätte, wie ernst ihre Krankheit war.

Pauls Freundin arbeitete beim Radio als Redakteurin und hatte eine Sendung über Städteplanung gemacht. Wir hätten darüber sprechen können, doch Paul verkündete, daß er und seine Freundin Nachwuchs erwarteten.

Was sagte man darauf? Hätte ich gratulieren sollen? Zu was? Das Kind war noch nicht da, und war es erst geboren, konnte man ihm nur Glück wünschen, daß es nicht so abgestoßen würde von seiner Mutter wie ich. Die Aussicht, Großmutter zu werden, rührte sie und weckte ihre Geschichte. Sie wollte gleich den Hochzeitstermin wissen. Pauls Freundin sagte, das ist doch zweitrangig. Die Mutter schüttelte verständnislos den Kopf. Noch ehe sie heiraten konnte, starb Pauls Vater bei einem Autounfall. Nicht nur die Trauer über den Verlust ihrer Lebensliebe, sondern auch noch die Zukunft für zwei ganz allein zu bewältigen, hatten sie fast

gebrochen. Schwarzmalerei kann ich nicht ausstehen und entgegnete ihr, daß die segensreiche Hilfe meines Vaters sie doch aufgerichtet hätte. Pauls Freundin bemerkte, daß Paul und ich die gleichen Hände hätten. Ich hasse meine Hände. Sie sind zu klein geraten und haben dadurch einen verweichlichten Touch.
Dann wollte Pauls Freundin alles genauer wissen, vor allem wie sein Vater gewesen war.
In Pauls Album klebten keine Fotos von meiner Familie, sondern Ansichten, die er sich zusammengesammelt hatte. Es gab keine Babyfotos von Paul, dafür die eines romantischen Liebespaares, von der Tanzschule bis in den ersten und letzten gemeinsamen Urlaub war Mutter zu sehen, mit seinem Vater. Ich wurde stutzig, sie trug Tangoschuhe auf dem Foto. Pauls Vater lehnte lässig an einem Pfeiler, den Arm hatte er um seine herzlich hübsche Verlobte gelegt. Zwei arglos romantische Seelen unter irgendeiner Pariser Brücke. Die Einzigartigkeit dieses Mannes lag im Pech, das ihn zufällig ereilte. In unserem Album, das zu Hause zwischen Fernseher und Kasten klemmt, das die Antenne ableitet und somit das Bild gerade rückt, sieht die Mutter zum verwechseln glücklich aus, nur daß sie an der Seite meines Vaters keine Tangoschuhe trägt. Er wirkt elegant, nicht geschleckt, kein Seitenscheitel und kein pomadisiertes Haar, und er belagert ihre Schultern nicht, sie sitzt auf seinem Schoß.
Mein Vater trug zur Hochzeit einen dunklen Anzug, wie auch Pauls Vater am Tag seines tödlichen Unfalls. Pauls Vater hatte in diesem Anzug sein Vorstellungsgespräch im Finanzministerium bestreiten wollen. Er hätte den Job sicher bekommen, er war genügend qualifiziert und

protegiert. Doch auf der Fahrt in die Hauptstadt geschah das Unglück. Es herrschte Glatteis, und er verlor die Kontrolle über das Steuer.
Je mehr die Mutter von ihrer Tragödie erzählte, desto berechtigter erschien mir das Bedauern meines Vaters. Welchen Stand hatte er bei ihr? Er war zum Unfall hinzugekommen und hatte sie aus dem Wagen gezerrt. Nie hatte er geprahlt damit. Nie hatte er gebührenden Dank eingefordert. Die Ärzte hatten ihm erklärt, daß sie dank seiner Courage zwei Leben hätten retten können, und mein Vater kümmerte sich um Mutter und Kind von der ersten Stunde an. Durch beide geriet er in finanzielle Belastungen und hatte gegen einen toten und einen lebendigen Geliebten zu kämpfen, die nichts vertreiben konnte, nicht einmal ich. Noch dazu hatte das Stiefkind den Namen seines verunglückten Erzeugers bekommen. Mein Vater mußte die Mutter wahnsinnig geliebt haben, um sich so demütigen zu lassen. Kein Wunder, daß er sie eines Tages verließ.
Mein Halbbruder weiß alles über die Liebesgeschichte seiner Eltern. Wenn ich sie danach fragte, hörte ich bloß, wir haben uns halt zufällig kennengelernt. Es gab keine romantischen Ausschmückungen, nur eine lapidare Formulierung der Anerkennung für ihn. Er war da und hat geholfen. Dabei ist mein Vater der wirkliche Engel.
Weihnachten vollzog ich nur für die Mutter, weil ich nach langer Trennung mehr Einsicht erwartet hatte, auch Erkennen ihrer eigenen Fehler. Mein Vater hatte wenigstens gestanden, daß er sie und sich betrogen hatte, indem er sich zutraute, Paul mit lieben zu können. Die Mutter sagte, daß mein Vater kein Familienmensch sei,

zu aufbrausend und ungeduldig. Ich habe ihn nur beherrscht erlebt. Pauls Vater war angeblich ein richtiger Familienmensch. Ich konnte mir diesen Familienmenschen vorstellen, mit Haus und Terrasse. Das Haus wäre wenigstens aus Ziegeln gebaut gewesen und nicht aus diesen Faltpapierwänden, die Paul aufgestellt hatte für seine werdende Mutterkuh.

Sie schaute sich Pauls Vater genau an und fand ihn hübsch, sieht ein wenig wie Humphrey Bogart aus. Ich konnte keinen Humphrey Bogart entdecken, eher einen Serienpolizisten, der besser auf den Verkehr hätte achten sollen, bevor es ihn erwischte.

Die Mutter sagte, daß sich Paul und mein Vater gekannt hätten. Ihre Luft verpestete mir den guten Willen, den ich brauchte, um ihre Ausführungen zu ertragen. In der Tanzschule hätten beide ein Auge auf sie geworfen, weil sie die beste Tangotänzerin gewesen sei. Ich konnte sie mir in Netzstrümpfen und einem hochgeschlitzten Kleid vorstellen, ein verführerisches Gör, das sich zwischen Pauls und meinem Vater nicht entscheiden wollte. Sie sagte, daß sie sogar einen Tangowettbewerb gewonnen hätte.

Mit dem unschlagbaren Paul? fragte ich.

Die Mutter verneinte. Sie hätte zwar sicher mit Pauls Vater gewonnen, aber den Wettbewerb hatte sie mit meinem Vater getanzt.

Du gibst ihm wohl an allem die Schuld, sagte ich spöttisch.

Es hat ihm selbst leid getan, und er hat sich geschämt für seinen Sieg, sagte sie ruhig. Es war allen klar, daß Paul der bessere Tänzer war. Auch dein Vater wußte es, aber er setzte alles daran, mit mir vor der Jury zu tanzen, und forderte Paul zum Duell heraus. Der Boden hatte sich

geworfen, und die Männer tanzten um mich. Paul hatte Pech. Er knickte um, und der Knöchel schwoll sofort an. Ich bin also mit deinem Vater angetreten, aber danach haben wir nie wieder Tango getanzt.
Weil sich Pauls Vater den Fuß verstaucht hat? fragte ich.
Jetzt tanzt dein Vater ja wieder, sagte die Mutter.
Ach komm, du wirfst ihm die Tolpatschigkeit deines Ex-Geliebten vor.
Paul hatte sich eine Sehne gerissen.
Vielleicht hat mein Vater den Boden präpariert, vielleicht hat er sogar am Glatteis herummanipuliert? schlug ich vor.
Paß auf, was du sagst, fuhr mir mein Halbbruder ins Wort.
Die Mutter schwieg, und leise setzte sie an: Er hat die Gehschritte immer knapper angesetzt, mich abrupt nach hinten fallen lassen. Er hat mich zwar aufgefangen, aber die halsbrecherische Akrobatik glich eher einer Todesspirale beim Eiskunstlauf als einer Tangowiege. Pauls Vater war geschmeidig in den Promenaden und hat mich nie in Gefahr gebracht. Wer weiß, zu welchen Siegen ein Leben mit ihm geführt hätte. Auf jeden Fall hätte er Paul nie ins Internat gesteckt.
Das ist ja wohl die Höhe, platzte ich heraus.
Die Mutter versank im Foto ihres ersten Begatters. Der Tote war und blieb ihr Held.
Paul hatte sein Bild nächtelang angestarrt. Nun reichte es dazu, die Einsamkeit in seinem Alkoven nicht vergessen zu lassen und erneut die Wut auf mich zu wecken, daß ich im Kreis einer Familie aufgewachsen war und er nicht. Mir genügten die Knitter, um die Rivalität und meine Verzweiflung wachzurufen, die meine Mutter

aufgestachelt hatte mit ihrer Hinwendung zu Paul. Ich habe ihn um ihre Liebe beneidet und er mich um ihre ständige Fürsorge. Was davon der gröbere Schlamassel war? Weiß der Teufel.
Wie süß dieses Kind ist, sagte die Mutter zu dem Säugling in ihrem Arm. Sie verblüffte mich. Sie behauptete, das sei Paul. Ich sagte ihr, daß ich das sei. Paul wollte weiterblättern, aber die Mutter hielt sich das Foto noch vor Augen. Eine Dreifaltigkeit in der Komposition, als hätte sie Raffael konstruiert, mit dem toten Mann im Herrgottswinkel. Die Mutter war sich nicht sicher, welches Kind in ihrem Arm lag. Es machte für sie auch keinen Unterschied, sie hatte uns ohnehin gleich lieb. Wie unangreifbar sich diese Kindsweglegerin machte! Bevor ich die Weihnachtsstimmung endgültig vereisen konnte, kam Pauls Freundin schon auf die Idee, ich kann nicht verstehen, wie du Paul weggeben konntest?
Es war das Beste, sagte die Mutter.
Für dich? fragte ich und grinste.
Paul blickte mich durchdringend an, als flehte er um das Leben der Mutter, das verwelkend dahockte.
Wie konnte dein Vater das von ihr verlangen? sagte die Freundin zu mir.
Was kann sich jemand erwarten, fragte ich zurück, der zu einem Duell herausfordern läßt?
Er war ein Verbrecher, sagt Paul.
Weil er dir humanstische Bildung zukommen lassen hat?
Er hat mein Leben zerstört!
Weil er es gerettet hat? fragte ich und kostete mein Pathos aus. Ein wenig Fairneß wäre schon angebracht, meinst du nicht?

Er hat getan, was er konnte, sagte die Mutter.
Und darum geht es dir so beschissen, schrie Paul.
Wem geht es hier beschissen? sagte ich. Diesen Ton kannst du dir sparen.
Du sollst es endlich erfahren, keuchte Paul.
Scheidungen gibt es zu Tausenden, und dein Vater ist nicht der einzige Tote auf dieser Welt.
Hört auf zu streiten.
Er hätte euch alle verrecken lassen können, überleg dir das mal.
Paul rang nach Atem.
Genug, sprach die Mutter ihre letzten Worte zu mir, geh jetzt, das ist besser für dich.
Ich verschwand aus ihrem Leben, das sie ohnehin für Paul reserviert hatte.

Als Paul heiratete, wurde ich nicht eingeladen. Dafür schickte ich ihm ein sehr persönliches Hochzeitsgeschenk, die Liebesgeschichte meiner Eltern. Die Mutter war eine dauergewellte Kokotte, obwohl sie die Trauer und Paul schon gehabt haben mußte, saß sie lasziv auf den Schenkeln meines anbetungswürdigen Vaters. So tief konnte die Tragödie ihres Leben nicht greifen, daß sie nicht ihr falsches Witwenherz an seine Brust legte und lächelnd unter der Seufzerbrücke durchgondelte. Die Wirkung von Heuchelei und Selbstbetrug sollte Paul eine Erleuchtung sein.
Er antwortete mit einem Brief, daß es der Mutter schlechtgehe und ich endlich zur Besinnung kommen solle.
In den letzten Monaten habe ich mehrmals versucht, Kontakt mit meinem Vater aufzunehmen. Er rief hin

und wieder zurück, aber ein Treffen hat sich nicht ergeben. Meistens war er einfach zu müde, seine junge Frau strengt an. Solche Aussagen finde ich eben verbündend, schon gut, alter Mann.

Ich arbeitete an einem Hochhaus. Die Balkone unterteilten den sich nach oben verjüngenden Bau. Er sah wie ein Metronom aus und sollte einmal in einer Metropole stehen und den Takt angeben. Ein Kameramann wird das Modell filmen und in eine fiktive Wirklichkeit setzen, irgendein Wettbewerb wird sich dafür schon finden. Die Fertigteile lagen parat.

Der Anruf aus dem Krankenhaus. Ich wußte, daß sie am Ende war. Sie rief mich nicht an ihr Sterbebett, Paul war ja bei ihr, und nun war meine Mutter tot. Ich spürte Panik und eine Euphorie, die ich mir nicht erklären konnte. Ich versuchte Paul zu erreichen, er hatte als Zivildienstler im Altersheim gearbeitet und war daher im Umgang mit Verstorbenen geübt. Er war sachlich. Er sagte sofort, du mußt dich um nichts kümmern. Ich wollte sie sehen, ins Krankenhaus fahren, aber Paul fragte, warum rufen sie dich an?

Ich blieb stumm, denn alles, was ich zum Tod meiner Mutter dachte, ging ihn nichts an. Der Vater war mein Ansprechpartner. Das Band lief, und seine Stimme gab bekannt, daß er verreist sei. Die Ansage hat sich nicht verändert.

Ich packte ein paar Kleidungsstücke ein und hatte vor, etwas für mein Leben zu unternehmen, die Architekturbiennale lief zur Zeit. Ich tauchte nicht ab. Meine Entscheidung hing vom Vater ab. Ginge er zum Begräbnis, wäre auch ich dort. Aber er war nicht im Lande. Ich zeichnete die ganze Nacht an meinen Plänen und rief Angela an, eine Schulkollegin, die meine Mutter gemocht hat, zumindest ihre Stimme, die sie vom Telefon kannte. Angela kam auch, und sie hörte sich meine Geschichte an. Angela fand meine Ausführungen schlüssig, aber dann kam sie auf eigene Ideen, die meine Mutter autarker sahen. Sie hatte ihr Kind weggelegt und gelitten darunter, Angela lachte über die Auswirkung eines schlechten Gewissens. Im Krebs sah sie die Ironie meiner Mutter. Ihre Todesart war unerbittlich komischer Ausdruck der Tragik ihres Lebens. Natürlich hatte sie gelitten darunter.

Das Wort Ironie konnte ich im Zusammenhang mit meiner Mutter nicht gelten lassen. Angela ging schließlich, ich hätte sie gerne dabehalten, aber sie war nicht auf meine Seite zu ziehen. Mein Vater hat sich auch am Morgen nicht gemeldet, und selbst jetzt, zur Stunde der Beerdigung meiner Mutter, läuft das Band.

Ich bin gespannt, ob ich es ohne schlechtes Gewissen schaffe. Ich arbeite wie gewöhnlich. Warum nicht ein Metronom als Kulturinstitut?

Ich brauche das Begräbnis nicht, und das Begräbnis braucht mich nicht. Mein Vater denkt genauso. Vorbei ist vorbei. Man lebt. Er im Urlaub, ich in meinem Hochhaus.

Den Rest erzählen. Abgehakte Episoden verketten. Mein Halbbruder stand in der Tür. Er hatte mir zu helle Augen, durchsichtig, geisterhaft, still, aber nicht tief, destilliertes Wasser, nichts drin, das man herausfiltern

konnte. Ich erfaßte die Kränkung, die er mit der Trauerkleidung ausstrahlte.
Die letzte Ehre hättest du ihr erweisen können.
Komm mir nicht so.
Sie hat dich vermißt.
Wen hat diese Frau nicht vermißt?
Sogar dein Vater war da.
Ich schluckte meine Überraschung hinunter.
Er ist gekommen, und er hat ihren Sarg mitgetragen.
Was soll das?
Paul mit Grabesstimme, ganz Extrakt meiner Mutter. Jetzt kann ich es dir ja sagen, dein Vater war nicht zufällig beim Unfall. Er hat sich angeboten, meine Eltern in die Stadt zu fahren, er wollte ihnen nicht ein zweites Mal die Chance verpatzen. Die Mutter hat das Glatteis nur für dich erfunden.
Du willst mir das Leben vermiesen.
Mein Vater hatte ein Gipsbein wegen der gerissenen Sehne, er wäre mit dem Zug nicht rechtzeitig zu seinem Vorstellungsgespräch gekommen. Dein Vater saß am Steuer und hat die Kontrolle über den Wagen verloren.
Am liebsten hätte ich Paul erschlagen.

Harmonielehre

Ich habe das Fest für Kraiger ganz in Hellblau ausgerichtet, als feierten wir männlichen Nachwuchs und nicht seinen fünfzigsten Geburtstag. In Wahrheit ist die Feier ein Ablenkungsmanöver, damit er nicht verrückt wird. Kraigers Vater ist in der Nacht seines fünfzigsten Geburtstages durch Herzversagen aus dem Leben gerissen worden. Die Obduktion hat eine starke Verkalkung des Herzens ergeben. Um nicht in die Fußstapfen seines Vaters zu treten und den gleichen Tod zu erleiden, hat Kraiger das Rauchen vor einem Jahr aufgegeben und bewußt gesund gelebt. Er hat sich monatlich das Blut und sein Herz kontrollieren lassen. Er hat seine Ernährung umgestellt, und ich habe mich seiner Kost angeschlossen, weil ich abnehmen wollte. Die Beschaffung des biologisch angebauten Gemüses drängte Kraiger mir auf, weil er nicht mit dem Auto fahren wollte, aus Angst, daß die Angst vor einem Unfall diesen provozieren könnte. Dann wollte er auch mich nicht mehr dieser Gefahr aussetzen und hat im Hintergarten ein Beet für Bohnen, Gurken und Tomaten angelegt. Da wir nicht satt davon wurden, kaufte ich nahrhafteres Gemüse, aber Kraiger lehnte Kartoffeln ab, weil sie schon mal unter der Erde waren. Wir haben den Brennstoff für den Ofen im Keller umgestellt und heizen nun mit Holz und nicht mehr mit Öl, weil Kraiger nichts aus der Unterwelt in unserem Haus wissen will. Aber selbst diese Maßnahme hat Kraiger nicht beruhigen können, den fünfzigsten Geburtstag fürchtet er als genetisch bedingtes Ablaufdatum seiner Frist erleben zu müssen.

Das einzige Vergnügen, das wir uns im letzten Jahr leisteten, war ein Restaurantbesuch vor ein paar Monaten, um Kraigers Todesangst zu zerstreuen und unsere silberne Hochzeit zu feiern. Wir waren gutgelaunt und wollten in aller Stille unser Jubiläum begehen. Der Ober schoß zur Erinnerung ein Polaroid. Wir waren ein gewöhnliches Paar, das seine Ehe mit zusammengeneigten Köpfen zuversichtlich belächelte. Wir dankten dem Ober für seine Gefälligkeit und beugten uns über die Chemie, die uns herausbilden sollte, zwei Individuen, deren Liebe aus inniger Seelenverwandtschaft bestand. Zuerst wurde nur das Reflexlicht auf unseren Stirnen entwickelt. Dann traten zwei rote Augenpaare hervor. Der Rest ließ auf sich warten.

Ich streckte meine Hand aus und wollte sie auf Kraigers Hand legen. Ich fühlte meine Liebe zu ihm, die schon über zwei Jahrzehnte andauerte, und wollte sie durch ein gewöhnliches Foto eines gewöhnlichen Ehepaares abgebildet sehen, um ihm eine Vorstellung von Normalität zu geben, die nicht durch Fluch oder Aberglauben zerstört werden konnte. Kein Tod würde zwischen uns sitzen, geschweige denn, uns an Kraigers fünfzigstem Geburtstag scheiden.

Ich war sehr schlank, und auch Kraiger hatte Fett verloren und wieder eine sportliche Figur. Wir sahen meiner Meinung nach jung und aktiv aus. Kraiger war nur paranoid wegen seines Vaters. Seine Angst stärkte mich, ich fühlte mich frei und ungezwungen, Kraiger versetzte

mich in die Gewißheit meiner Selbstbestimmung. Ich empfand mich als sein Gegenteil, und vielleicht währte unsere Ehe auch deshalb so lange, weil ich in ihr eine Ausgewogenheit der Kräfte sah.
Ich wollte seine Hand berühren, aber er zog seine zurück. Ich lächelte ihn fragend an.
Kraiger nahm das Polaroid und starrte darauf. Das Fischgericht wurde aufgetischt, und Kraiger schickte den Ober weg. Er sah zu mir und beugte sich vor.
Lächle noch mal.
Ich kann kein Lächeln kopieren, sagte ich.
Schau dir das an, sagte er und legte mir das Polaroid auf den Teller.
Das gibt es doch nicht, sagte ich fast belustigt.
Kraiger wurde ernst und dunkel, und seine Stimme bekam einen feindseligen Unterton, du siehst aus wie ich!

Als ich Kraiger kennenlernte, arbeitete ich an der Zersetzung meiner Person, weil ich mir eine eigene Persönlichkeit schaffen wollte. Ich löste mich von meinem Namen und dem gleichnamigen Buch meines Vaters, taufte mich von Eroica in Erica um. Für eine Ausstellung ließ ich seitenweise den Roman meines Vaters fotografieren und die Dias auf Wasserdampf projizieren, den der verhüllte Luftbefeuchter aushauchte. Die Schrift schwebte geisterhaft im Raum, bevor die Dampfwölkchen zerstäubten und somit das Werk meines Vaters in Luft auflösten. Der nächste Raum war mit Visitenkarten tapeziert, auf denen in klaren Kaltnadelstichen Erica stand. Im dritten Raum saß ich auf einem Sockel, und das Publikum war aufgefordert, mein Gesicht zu portraitieren. Identity is a swift perception of identification, lief in ro-

ter Leuchtschrift über die weiße Wand. Meine Zeichner scheiterten alle, eine Ähnlichkeit brachten sie nicht zustande.
Auch Kraiger war einer von ihnen. Er arbeitete neben dem Studium als Karikaturist und war schon bekannt für seinen treffsicheren Strich. Ich blieb unbewegt sitzen, und er grinste mich an. Er war mir sympathisch und fiel mir sofort auf, denn er ließ etwas Häßliches an sich zu, er hatte in seinem sonst makellosen Gebiß einen dunkelgrauen, toten Schneidezahn, den ich fixieren mußte.
Kraiger begann zu zeichnen. Daß er mich nicht treffen konnte, gefiel ihm, eine Herausforderung, der er nicht widerstand. Er kam täglich in meine Ausstellung und erprobte sich aufs neue. Ich hätte vielleicht schon darin seine Lust, mich zu beherrschen, erkennen können. Kraigers Augen glitten immer nur für Sekunden über mich, zogen mir Energie ab, während seine Hand zeichnete. Ich wollte ihn zwingen, in mich zu schauen, aber die Augen flitzten über mich hinweg, und das regte mich auf.
Meine Performance verlangte es, ruhig zu bleiben und auszuharren, genau diese Erfahrung von den Nuancen des Sehens und Gesehenwerdens wollte ich ja auskosten. Also wartete ich, bis Kraiger den Raum verließ. Mein Gesicht bestand auf seiner Zeichnung nur aus Augenhöhlen, dem Nasenbein und einem Schwung, der das Kinn aus der Mundhöhle entwickelte und dem Hals anschloß. Ein fragiler Totenschädel, dem das Weiß des Skizzenblattes unter die fadendünnen Bleistiftknochen gespannt war. Ich war zwar nicht getroffen, aber berührt. Der Tod glotzte mich an, nicht erschreckend, ei-

gentlich ein hübscher Kopf, bloß auf das letzte, was bleibt, reduziert. Und Kraiger hatte noch etwas dazugemalt. Ein kleines mickriges Männchen mit einer großen Sprechblase, die auf meinen Totenschädel zuschwebte: Bevor es soweit ist, möchte ich um ein Rendezvous mit Ihnen bitten. Am nächsten Tag trafen wir uns.

Kraiger hatte das Buch Eroica gelesen. Wie können Eltern ihre Tochter Eroica nennen, wie kann man ein Kind, das man beschützen soll, so exponieren? Kraiger hat das Buch meines Vaters gelesen, wie ich es gelesen haben wollte, nüchtern, als veralterte Schockierliteratur. Er fragte mich nicht, ob das alles passiert sei, denn die beschriebene Kinderschändung ließ meinen Vater als Täter, Nichttäter oder doch Täter erschillern. Kraiger hielt es für richtig, daß ich mit Eroica umging, als wäre es ein Produktname.

Auch Kraiger hatte mit Identität zu kämpfen. Er hatte Male an den Händgelenken. Kein Selbstmordversuch, versicherte er mir, nur die Narben der eigenen Stilfindung, mehr verriet er nicht.

Kraigers Bilder haben mich anfangs abgestoßen. Lauter wasserleichenhafte Gesichter. Schön, aber krank oder tot. Ich hielt Kraiger für nekrophil, fand ihn dadurch noch interessanter, entwickelte aber gleichzeitig eine Abneigung gegen seinen toten Zahn, diesen grauen Stachel des Todes, von dem ich mir vorstellte, daß er mir ein tödliches Gift injizieren könnte. Kraiger bemühte sich, mich täglich zu treffen, und auch ich verliebte mich in ihn. Ich wußte nicht, wie ich es ausdrücken sollte, daß mir vor dem toten Zahn grauste und ich deshalb keine sexuelle Beziehung anfangen wollte. Kraiger hätte meine Befürchtung, beim Küssen mit seinem toten Zahn

in Berührung zu kommen, als beleidigende Lächerlichkeit aufgefaßt. Ich stierte auf seinen Zahn, in der Hoffnung, daß ich Kraiger auch ohne Worte auf die Idee brächte, ihn zu beseitigen. Ich erprobte damit unsere nonverbale Nähe, die Auserwähltheit füreinander.
Kraiger meldete sich nach einigen wortkargen Abenden nicht mehr bei mir. Ich fürchtete schon, ihn vertrieben zu haben. Aber eine Woche später stand er vor meiner Tür und überreichte mir eine kleine Schatulle. Ich war unangenehm berührt, nahm an, daß ich einen Ring zu erwarten hätte, und ein Kuß und die folgenden Küsse, die sich daraus ergeben würden, wären unvermeidlich, dann aber stürbe mein Appetit auf Kraiger, und jede Fortsetzung der Beziehung wäre verdorben. Wie sinnlos das Geschenk also sei, dachte ich und öffnete das Kästchen und war überrascht, nur ein kleiner Diamant war drin. Verwundert blickte ich auf. Kraigers Lächeln war die pure Bereitschaft zur Selbstaufgabe. Verständnis und Umsetzung meiner unausgesprochenen Wünsche, wie es nur bei innigster Wesensverwandtschaft vorstellbar ist. Das Gold des Ringes prangte als neuer Zahn in Kraigers Gebiß. Das Hochzeitsdatum ließ er sich später vom Zahnarzt rückseitig eingravieren.

Und nun, nach zwanzigjähriger Ehe, bestand in unserem Symbol der Vereinigung das einzig unterscheidende Merkmal.
Ich lächelte Kraigers ungeniertes Lächeln auf dem Polaroid. Mir fehlte nur ein goldener Schneidezahn, und ich hätte als Kraigers Double auftreten können. Ich stand immer hinter seinem scharfen Witz. In diesem Augenblick jedoch verging mir jeder Spott um diese Mundwin-

kel. Ich hatte nicht mehr meine Falteneinschnitte, meine Nase, meinen Mund, und das Rot unserer Augen machte uns beide zu verschreckten Kaninchen einer Sippe. War Kraigers Todesangst auf mich übergeschwappt?
Mein Lächeln war immer ein selbstbewußtes gewesen. Damit habe ich mir Charakter gegeben, einen zweifelhaft überheblichen, aber mein Gesicht hatte Eigenheit und einen Bruch in der Nettigkeit meiner unportraitierbaren Visage.
Nun lächelte ich geniert, mein Selbstbewußtsein rutschte in ein breites, unbeholfenes Grinsen, als wollte ich mich am liebsten hinter dem Zaun meiner Zähne verstecken, wie jede x-beliebige Frau eines x-beliebigen Mannes, der im öffentlichen Leben steht und dessen Gemahlin sich bei der Gartenarbeit verwirklicht. Diese Gewöhnlichkeit, diese Gleichschaltung wollte ich Kraiger und mir nicht beweisen.
Ich holte sofort meinen Taschenspiegel heraus und war nur froh, daß ich nicht die schwarzen Nasenhaare Kraigers in meinen Nasenlöchern entdecken konnte. Das Foto jedoch war noch schmeichelhaft gegen die Falten, die mein Spiegel vergrößerte. Kraigers beginnende Glatze unterschied sich noch von meinem dichten Lockenhaar, obwohl es genaugenommen mit seinem Grauanteil durchsetzt war. Auf jeden Fall wölbte sich mein Nasenrücken, und ich hatte immer eine gerade Nase gehabt, die keine Markanz für mich ergab. Diese Entwicklung war der Diät zuzuschreiben. Ich hatte zu viel Gewicht verloren, und dadurch zeichneten sich Kieferknochen, Jochbein und Nase stärker ab als früher.
Kraiger ist ein hochdotierter Portraitist, von mir jedoch hat er nur das Knochengerüst geschafft, und auf keinem

Bild bin ich als Lebende zu erkennen. Ebenmäßige Gesichter sind die Hölle für Portraitisten. Sie freuen sich über jeden Makel im Gesicht, an dem sie das Modell aufhängen können, und die Abgemalten sind überrascht über die Treffsicherheit und die Kunstfertigkeit und besonders dankbar, wenn mit Rötel und Weißstift die Unregelmäßigkeiten, die Fehlbildungen, oder dezenter gesagt, Abweichungen vom Einheitsgesicht im Ansatz geglättet werden, so daß sie schmeicheln.
Mein Gesicht strotzte vor Glätte und Charakterlosigkeit. Ich war nie schön, aber auch nie häßlich, und daher mußte Kraiger mich studieren, um dahinterzukommen, was die Leere in meinem Gesicht ausmachte. Ich dachte nicht in fotografischen Bildern, sondern in gedruckten Worten. Ich mußte mich konzentrieren und lesen, was ich dachte, was ich sagen wollte. Dadurch wirkte ich unbetroffen. Mein Gesicht entwarf kein Stimmungsbild, das meinen Zustand deutbar machte. Ich übersetzte die Welt. In Selbstgesprächen stellte ich mir keinen Gesprächspartner vor, sondern Briefe. Kraigers Skizzen brachten mich wieder dazu, meine optische Wahrnehmungsfähigkeit zuzulassen, ohne dem Gefühl ausgeliefert zu sein, in den Abgrund von Illusionen zu stürzen. Ich liebte Überraschungen, das euphemistische Pendant zur Enttäuschung.
Ich drehte den Spiegel ein paarmal hin und her, und mein Mann sah mich argwöhnisch an. Ich schürzte die Lippen, und es war wie Kraigers Schnute, wenn er küssen wollte, um geküßt zu werden. Ich habe immer auf meine Eigenständigkeit vertraut und Kraiger nicht geküßt, wenn ich es nicht wollte. Niemand weiß, daß der berühmte Kraiger von seiner berühmten Frau mit

Grießbrei verwöhnt wurde, als unsere zwei Söhne noch klein waren. Er fütterte die Kinder, und ich kochte Grießbrei gleich für alle drei. Es kam mir komisch vor, meinen Mann wie ein Kleinkind zu ernähren, aber er liebte Grießbrei, und warum hätte ich es ihm abschlagen sollen?

Ist der Fisch nicht in Ordnung? fragte plötzlich der Ober. Wir hatten das Essen nicht angerührt, uns war der Appetit vergangen, und ließen abservieren. Der Ober wirkte besorgt und verschwand wortlos mit unserem Gericht.

Ich glaube nicht, daß ich zu nachgiebig bin. Ich habe meine Arbeit nie unterbrochen und Buch geführt über die Stunden, die ich für die Kinder da war, und Kraiger hat die gleiche Zeit in den Familiendienst stecken müssen. Oft genug hat uns beide schlechtes Gewissen gequält. Vor allem, wenn wir die Kinder trotz Regen mit einem Kindermädchen auf den Spielplatz schickten, um zu Hause arbeiten zu können, bevor wir die Ateliers mieten konnten. An Unterdrückung konnte die frappierende Ähnlichkeit nicht liegen.

Ich weiß, daß Kraigers Gene dominant sind. Ich mußte in Erwägung ziehen, daß unser Sexleben, also seine Spermien etwas in mir ausgelöst haben könnten. Ich, neu gezeugt von ihm und zur Welt gebracht von mir? Ich schüttelte den Gedanken sofort wieder ab, denn ich fühlte mich alles andere als neu geboren.

Ich suchte den Lippenstift in meiner Handtasche und erwischte den Bleistift. Am liebsten hätte ich mir ein Gesicht geschrieben, doch meine Hand zitterte zu stark. Äußerlich sind unsere Söhne Kraiger sehr ähnlich. Der eine hat auch von frühester Kindheit an gewußt, daß er zur Polizei gehen wollte, und ist Kriminalpsychologe und erstellt Täterprofile. Der andere, mir ähnlichere, hat zuerst als Medizinstudent Leichen seziert, dann zu malen gewagt und schreibt jetzt ein Buch, auf das ich mit gemischten Gefühlen warte.

Ich war nicht der fruchtbare Boden für Kraigers Selbstverwirklichung.

Oder übte er eine subtilere Variante der Versklavung aus?

Je länger ich mich im Spiegel betrachtete, desto mißtrauischer wurde ich mir gegenüber. Ich hatte keine Entschuldigung für meine Verwandlung.

Sie müssen trotzdem bezahlen, sagte der Ober, der an unseren Tisch zurückgekehrt war. Er lächelte freundlich, als fühlte er sich eingeweiht, er sah auf das zerrissene Polaroid.

Sie verstehen, der Fisch ist völlig in Ordnung, es liegt nicht an unserer Küche, sagte er.

Mir fiel auf, daß Kraiger die Serviette zusammenlegte wie ich, oder ich wie er? Dem Bug der Falten entsprechend. Daß er mit dem Finger ihren Rand abfuhr wie ich und wie ich nach der Brieftasche tauchte.

War es eine subtile Macht, die in mir arbeitete, um ihn zu ersetzen, weil er erfolgreicher war als ich in letzter Zeit? Wollte ich ihn auslöschen? Sein fünfzigster Geburtstag plagte ihn, vielleicht war ich Kraigers Tod, bin ich ein Mörder?

Ich spürte, wie mein Gesicht zuckte, als klebte weiches, körperwarmes Muschelfleisch auf mir, das plötzlich auf Eis gelegt wurde. Ich konnte nicht die gute Miene mit meinen eiskalten Gedanken halten. Ich setzte meinen Gesichtsausdruck direkt zu meinen Gedanken um. Kraiger blickte fasziniert auf meine Grimasse. Der Ober schreckte zurück und hielt sie für eine Reaktion auf den hohen Rechnungsbetrag. Er warf die Weingläser um, und die Zahlen lösten sich im Alkohol auf. Kraiger brachte mich schnell an die frische Luft, und der Ober trug uns die Mäntel hinterher. Kraiger wollte bezahlen, doch der Ober zog die Tür zum Restaurant hinter sich zu und bedeutete, daß er uns und unsere Scheine nicht mehr wollte.

Kraiger empfängt unsere Gäste, während ich nochmals in die Küche muß, um das Jourgebäck aus dem Ofen zu holen.
Niemandem auf der Party scheint unsere Ähnlichkeit aufzufallen. Sie sehen nur, daß ich dünn bin, und Kraiger gratulieren sie zum Geburtstag. Eine auf den Kopf gestellte Totenwache wird hier zelebriert. Niemand außer uns zweien weiß das. Selbst die Freunde sehen uns die Spannung nicht an, die uns das ganze Jahr hindurch zusammengezogen hat, unsere Gesichter gleichgemacht hat und jetzt fast am Reißen ist. Wie oft habe ich in den letzten Monaten an Scheidung gedacht?
Das Gebäck sieht wie Spielzeug aus und paßt in mein Konzept von Wachstum und Leben für Kraiger. Ich liebe meinen Mann, auch wenn mich sein gereizter Ton aufreibt, so wie er jetzt zur Tür hereinspricht, ich soll ihn nicht allein lassen. Ich trage den Korb mit den Brötchen und stelle sie zum Buffet, das nur aus Vorspeisen besteht. Ich habe beschlossen, keinen Nachtisch zu reichen und auch die Hauptspeisen weggelassen, nichts soll an Sättigung und Abschluß erinnern. Es wird auch keinen Käse geben. Kraiger hält es bloß für eine großartige Idee, daß ich mich auf Antipasti verlegt habe, italieni-

sche Leckereien, er durchschaut nicht meine Strategie, obwohl er die ganze Zeit Aperitifs verteilt. Für später, wenn er überlebt hat, gibt es Sekt. Spätestens wenn er den schweren Rotwein sucht, wird er feststellen, daß ich auch seine Schwermütigkeit eliminiert wissen will.
Unser jüngster Sohn wollte eine neue nette Bekanntschaft mitbringen, auf die warten wir noch, dann wären wir komplett.
Ich sehe auf die Uhr, in drei Stunden ist es soweit. Kraiger wird überleben, er weiß es schon jetzt. Seine Paranoia ist vielleicht nur Koketterie. Er bespricht mit seinem Galeristen die großformatigen Portraits, die androgynen Gesichter, die er plant, wofür er, wie er es nennt, austauschbare Gesichter sucht, Einzelteile, wie Augen zum Beispiel, die er mit den Augen eines anderen Gesichtes vertauschen möchte, und so auch die Nasen und Münder, sozusagen sein Beitrag zum gentechnischen Zeitalter, der Genozid der Individualität. Mann und Frau ineinanderspiegeln, genauso Rassen, daß es keine Unterschiede mehr gebe, ein Mischmasch, in dem wiederum eine Qualität von Humanität und Gleichheit liege, was auch nicht schlecht sei. Ich weiß, daß er sich nur eine Ausrede zurechtlegt. Kraiger geht es um die Alterslosigkeit, er möchte neues, frisches Fleisch, er braucht Material für seine nächste Dekade, und er steigert sich in die Vorstellung vom neuen Gesicht, das er schaffen will, so daß der Galerist zu mir herüberschaut und beobachtet, ob ich beleidigt bin, wenn Kraiger sagt, daß er mit Falten nichts mehr anfangen kann. Aber ich vergebe ihm still, ich weiß, daß er unter Druck steht, und ich habe ihn heute schon gequält.

Kraigers Vater war zur Begrüßung seiner Gäste noch frisch und munter gewesen, er übernahm die Geschenke und stapelte sie auf den Tisch, wollte sie erst zu seiner Geburtstunde um Mitternacht öffnen, als ihm plötzlich übel wurde und er sich hinlegen mußte. Um Mitternacht blieben die Geschenke verpackt, und Kraiger ging hinauf und sah den Vater schlafen, wollte ihn nicht wecken. Das Bild der über der Brust gefalteten Hände erschreckte ihn nicht, der Vater sah nicht aus wie tot, war es aber schon. Erst als Kraigers Mutter sich zu ihrem Gatten legte, bemerkte sie, daß er kalt war. Sie schrie um Hilfe, und Kraiger dachte an Einbrecher, bewaffnete sich mit dem Messer der unangeschnittenen Torte und raste hinauf ins Elternschlafzimmer, stolperte und schlug mit den Zähnen auf der Bettkante des toten Vaters auf. Damals ruinierte er sich den Schneidezahn, und er trug ihn als Buße in sich herum.
Der gleiche Tod könnte heute Kraiger heimholen. Ich könnte neben ihm liegen und würde die Nacht wahrscheinlich genießen, weil ich seinen Atem nicht hörte, sein Nasenpfeifen und Aufschnarchen. Ich hätte eine wundervolle Ruhe und müßte nicht danach trachten, möglichst schnell als erste einzuschlafen, sondern könnte mit wachen Sinnen in die tintenschwarze Nacht träumen. Auch ich würde den Tod nicht gleich bemerken. Würde in der Dunkelheit liegen, Kopfkissen an Kopfkissen, unsere Köpfe darauf gebettet und zum Verwechseln ähnlich, nur der eine lebendig und der andere tot.
Plötzlich taucht eine absurde Kinderangst auf, ein skelettierter Sensenmann geistert durch meine alternden Gehirnzellen. Seine Augenhöhlen könnten mich für

Kraiger halten, und er könnte mir die kalten Handknochen auf das Gesicht legen.

Auch Kraigers Vater war Maler, hatte einen Trick angewendet, um sich einen Stil zu verschaffen. Er hatte mit gefesselten Händen gemalt, um seinen Strich in einen Kampf um Befreiung zu zwingen, jedes Stilleben wirkte in dieser Weise existentiell, ein Aufbegehren gegen den Ist-Zustand. Kraiger hatte die Fesseln seines Vaters an sich genommen. Er band sich die Handgelenke zusammen und malte mit gefalteten Händen, dazwischen den Pinsel haltend, als würde er die weiße Leinwand anbeten, um Verzeihung anflehen für den ungelenken Strich, der den Leichnam wiedergeben sollte. Das Konterfei seines Vaters wiederholte Kraiger so lange, bis er den Augenblick seines für schlafend gehaltenen Vaters ohne Abweichung reproduzieren konnte. Er war besessen von der Idee, ihn gerettet haben zu können, hätte er gemerkt, daß der Vater nicht schlief, sondern im Koma lag.
Kraiger malte um Vergebung. Jede Abweichung bedeutete ihm, diesen Augenblick nicht erfaßt zu haben und deshalb schuldig zu sein. Bis zur völligen Klarheit wollte Kraiger Bild um Bild malen, und als diese Klarheit nach Wochen aus der Gleichgültigkeit daherkam, mit einer Leichtigkeit die eingesunkenen Augen, die Wangenmulden und den halbgeöffneten Mund darstellte, die Zähne wie eine Zeile dicker Bindestriche zwischen die Lippen setzte, ohne Anklage, ohne Reue, ohne Friede, ohne Trauer, nichts, gleichgültig, alltägliche Verrichtung, war Kraiger zufrieden mit seiner Serie aus fünfzig völlig identischen Bildern, und er vollendete seine Zeremonie mit plötzlich eintretendem Desinteresse am Sujet.

Am darauffolgenden Tag traf er mich.
Unsere Ehe war eine befruchtende Künstlergemeinschaft. Oder ich zumindest mit meinem Gesicht diente Kraiger als Stoff. Es stürzte ihn in eine künstlerische Krise. Er fing an mich zu malen, und je öfter er es versuchte, desto ähnlicher wurde mein Portrait ihm selbst. Es war egal, ob er einen Mund oder ein Auge skizzierte. In allen Linien verstreute er mich und trotzdem stürzten sie in ihn. Er ging dabei immer weiter ins Detail, nahm die Fältelung meiner Lippen und strichelte sie in unendlicher Geduld und Ausdauer aufs Papier, aber immer kurz vor der Vollendung waren meine Lippen nicht mehr meine Lippen, meine Haut nicht mehr meine Haut. Kraiger malte sich selber.
Und jetzt hat er mich bezwungen, besiegt und sein Desinteresse an mir ist der Zuschlag für mich. Der Lohn dafür, daß er eine Erfahrung hat für die vereinnahmende Meisterschaft seines Genies.
Er hat seine Fesseln gesucht. Ich weiß nicht warum, vielleicht um seine Hände zu einem neuen Strich zu zwingen.
Mich hat er gezwungen meiner Veränderung auch medizinisch auf den Grund zu gehen. Ich bin sogar zu meiner Gynäkologin gegangen. Ich hatte mein Haar zwar zusammengebunden, war aber sonst in ein sehr weibliches Kostüm gesteckt. Die Gynäkologin kennt mich und meinen Gatten von mehreren Empfängen, und immerhin hat sie mich gegen Aktstudien und Anatomiezeichnungen privat von meinen Söhnen entbunden.
Trotzdem begrüßte sie mich mit den Worten, Herr Kraiger, was kann ich für Sie tun? Erst im nächsten Intervall

ihrer Lidschläge, räusperte sie sich peinlich berührt und sah mich skeptisch an.
Es ist mein Ernst, begann ich in meiner Verzweiflung, würden Sie bitte …
Die Ärztin senkte bestürzt den Kopf, aber schließlich konnte sie mich beruhigen und mittels Ultraschall sich und mich von meinem genuinen, unverwandt weiblichen Geschlecht überzeugen.
Wenn es nichts, sagen wir, Psychosomatisches ist, wäre vielleicht eine Computertomographie angebracht.
Also Krebs? fragte ich und war darüber schockiert, daß ich eine Erklärung um den Preis meines Lebens für vernünftig hielt.

Wir kamen mit den Röntgenaufnahmen nach Hause. Wir klebten sie auf die Scheibe gegen die untergehende Sonne. Wir legten die Totenköpfe übereinander. Mein Schädel war nicht um eine Nuance kleiner. Die untergehende Sonne blitzte rotgold durch sämtliche Zähne. Der Arzt hatte eine Veränderung im Knochenaufbau meines Nasenbeins, des Kieferknochens und der Stirn festgestellt. Gewebeproben entnommen, Laborbefunde abgewartet und in Aussicht gestellt, daß wir bald zur Diagnose kämen. Es muß nichts Schlimmes bedeuten. Es kann eine übergangene Nervenentzündung sein. Dann könne sich auch alles wieder zurückbilden, Geduld und Spucke.
Kraigers Röntengenbild war unauffällig. Die Ähnlichkeit interessierte den Arzt nicht. Mir drängte sich die Frage auf, warum gerade eine Nervenentzündung mich in Kraiger mutieren sollte. Ich vertraute ihm, und niemals hätte ich an ihn in Gestalt einer wuchernden

Entzündung gedacht. Wir fuhren aus der Tiefgarage hinaus, und ich stellte mir mein Begräbnis vor. Kraiger an meinem Grab, der Sarg in die Tiefe gelassen, Asche und Erde hörte ich schon rumpeln, und mir kollerte eine Träne über die Wange. Voller Hingabe legte ich mein mutiertes Gesicht meinem Mann auf die Schulter, ich, sein wehrloses Frauchen, trauerte über uns, das Ende der harmonischsten Ehe, die ich mir vorstellen konnte.

Da sagte Kraiger, wir sollten uns trennen.

Mit diesem Vorschlag stürzte er in mein Grab, und ich nahm den Kopf hoch, stieg aus dem Sarg.

Ich konnte seine Mimik spüren. Sein aufmunterndes Lächeln lief automatisch über die Gesichtsbühne, ein kleiner unbedeutender Auftritt, um mich von der Tragweite seines Vorschlags abzulenken.

Es wäre gut für dich!

Ich konnte nicht sein Lächeln kopieren, mir rollten Tränen hinab, dicke, salzige Perlen, die mir die Haut rot ätzten und aufdünsteten. Kraiger kehrte sich ab, er hatte ein anderes Problem.

Im Geiste sah ich meine operative Wiederherstellung, wie die Hobelspäne der Knochen durch meine Aura spritzten und die Corona meiner Strahlung mit chirurgischen Fräsen und folterhaften Instrumenten zurückeroberten, indem sie Kraiger Schicht für Schicht abschliffen. Ein Lifting könnte uns noch weiter voneinander entfernen, Generationen zwischen uns schieben, wobei man das Décolleté und vor allem den Hals mit straffen müßte, ob ich mich nicht gleich einem Ganzkörperlifting unterziehen könnte? Nicht jung, aber glattgespannt wie eine unbeschmierte Bildfläche würde ich sein, wenn ich ihm den Laufpaß gäbe.

Diese Aussicht ließ in mir einen Hoffnungsschimmer aufsteigen. Die Sonne schien durch das Röntgenbild, und ich beobachtete, wie sie versank.
Bevor wir heute morgen zu den letzten Röntgenaufnahmen fahren wollten, war Kraiger verschwunden. Ich suchte ihn, um endlich loszukommen, aber Kraiger war nicht zu finden und meldete sich nicht auf mein Rufen. Ich riß die Tür zum Keller auf, und der Geruch von Heizöl, der sich in die Mauern eingefressen hatte und trotz der Holzheizung nicht zu vertreiben war, schlug mir entgegen.
Ich schrie auf.
Kraiger stand mit den Fesseln vor mir. Sein Blick war verstört. Er hatte mich gehört und erwartet, doch als ich plötzlich vor ihm stand, fuhr er zusammen und wurde leichenblaß. Er griff sich ans Herz. Ich stützte ihn und führte ihn zum Sofa, entschuldigte mich, aber wofür eigentlich? Hast du mich erschreckt!
Was glaubst du, wie schlecht es mir geht?
Die Fesseln hatte Kraiger wie eine Gebetskordel um seine Finger gewickelt. Er wollte sie vernichten, hatte sie gesucht, unten im Finsteren, nun spannte er sie an, sie waren morsch und rissen. Ich stand daneben und sagte wie nebenbei, du siehst deinem Vater ungeheuer ähnlich.

Ich sehe die Lichter über die Hügelkuppe gucken, zwei strahlende Augen, die unser Haus fixieren. Mein alter Wagen ist von unserem jüngeren Sohn übernommen worden. Ich habe die Reparatur bezahlt und ihn auch noch in der Lieblingsfarbe meines Sohnes umspritzen lassen. Ich hoffe, er wird nicht in schwarzer Kleidung

erscheinen. Ich verlasse mich auf sein Feingefühl. Ich vertraue meinen Söhnen. Der jüngere wird heute nacht im Gästezimmer schlafen, nicht allein, wie er sagte, und daß wir keine Einwände hätten, eine Fremde morgen beim Frühstück zu ertragen, nahm er als gegeben an. Das Geschenk für Kraiger habe ich die Söhne auch allein überlegen lassen.
Der Weg ist verparkt, und sie können sich nicht in die Garage stellen wie ausgemacht. Sie bemerken es schon bei der Einfahrt und stellen den Wagen mit zwei Rädern auf Ackerland am Straßenrand ab. Kraiger steht neben mir, und in diesem Moment gehen Motor und Scheinwerfer aus. Die Dunkelheit verschluckt meine Söhne. Ich höre nur, daß der Kofferraum zugedonnert wird und dann die Türen, eins zwei, und die neue Bekanntschaft macht drei. Kraiger will wissen, wo der Rotwein ist. Ich sage ihm, ich habe keinen gekauft.
Das tut mir sehr leid, sagt Kraiger im weinerlichen Ton und mit den großen Augen eines enttäuschten Kindes, das sein einziges wirklich erwünschtes Geschenk nicht bekommt, weil seine Mutter es zu besorgen vergessen hat. Ich wollte ihm erklären, daß ein blutrotes Getränk meine Farbdramaturgie zerstört. Meine Rechtfertigung erübrigt sich. Unsere Söhne klopfen ans Fenster, Kraiger lacht, sein Goldzahn strahlt, und ich erledige auch meine gute Miene, Mutterpflicht, die mir nicht leichtfällt, denn mein jüngerer Sohn ist komplett in Schwarz.
Natürlich freue ich mich auf meine Söhne, wir sehen einander nicht oft, monatlich einmal, wenn nicht seltener. Mein jüngerer Sohn hat es nicht leicht, als Kind zweier anerkannter Künstler seine Außerordentlichkeit herauszukehren. Und der ältere? Ich glaube, wir schätzen einan-

der, denn er bemerkt, daß mein Blick weder an ihm noch an seinem Bruder hängt. Er wartet, bis ich ihm meine Augen widme, er drängt sich nicht auf. Mein jüngerer ringt um die Aufmerksamkeit und bläht die Backen auf, man hört seine Fanfare nicht, sieht nur, daß er eine Trompete nachäfft, bevor er winkt und etwas in den Hintergrund sagt, worauf sich eine Gestalt aus der Dunkelheit löst, aber scheut und wieder untertaucht in der Nacht.
Kraiger hat sich abgefunden mit unseren Kindern. Das eigene Genie schließt die Genialität der Kinder aus. In ihrem Alter waren wir schon in Galerien, sagt er und meint damit, daß unsere Leben sich bereits zusammenfassen ließen und aufhängen. Aufhängen würde Kraiger nie sagen, er würde das Verb herzeigen verwenden. Seine Bilder waren verkäuflicher als meine Performances. Daraus gewann ich eine gewisse Überheblichkeit, und Kraiger hielt mich für typisch weiblich. Komplexer Lifecharakter, dagegen hielt er die Konservierbarkeit seiner sterblichen Gesichter. Er meinte sogar, daß eine anständige Frau Unverkäuflichkeit anstreben müsse, während ein Mann seine Gebährunfähigkeit mit der Archivierbarkeit seiner Leistungen kompensiere.
Dann steht die Indianerin im Raum, das Mitbringsel unseres jüngeren Sohnes. Sie löst mit ihrem Erscheinen fast eine Schweigeminute aus. Die Gäste bestaunen das schöne Mädchen, und Kraiger bekommt rote Wangen, wie er sie das ganze Jahr nicht gehabt hat. Ich muß aufpassen, daß ich nicht alles beschmutze, was er für unsterblich hält. Der ältere Sohn hält eine Kiste in der Hand, das eigentliche Geschenk. Ich kann sehen, wie Kraiger erblüht. Der Galerist dreht sich um, und er glaubt, ich bemerkte nicht, wie er und Kraiger einander

zuzwinkern. Siehe da, ein Gesicht, das schwierig genug ist zu prägen. Und ich weiß, daß damit seine Todesangst beim Teufel ist. Das Mädchen ist gemein jung und unverschämt schön.
Tatsache ist, daß ich lange kein Gefühl für mein Alter besaß, ich fühlte nicht, daß ich Jahresringe zulegte, Spät und Frühholz. Ich mußte mir vorzählen, wie alt ich bin, dazu die Finger benützen, mein Wissen um die abgelebten Jahrzehnte eintippen, um nicht zu vergessen, daß ich in einer Dualität aus Körper und Geist steckte und mich nicht hinter dem einen oder anderen verschanzen konnte. Ich zählte mich aus sozusagen, denn irgendwann zwischen achtzig und hundert geht der gesamte Reim auf mein Leben sowieso im Grundwasser unter. Doch jetzt ersteht in mir eine Lust, den Kampf aufzunehmen mit dem, was in mir flüstert, ein Entkommen gibt es nicht, du bist fast fünfzig und morsch, aber da steht eine junge Trauerweide, die sich im Hauch der sanften Töne deiner Söhne wiegt und auch Kraiger zugeneigt ist, mal sehen, ob sie zu brechen ist. Der Tod nähert sich nicht.
Und Kraiger nähert sich diesem glatten Gesicht, meine Söhne stehen wie nebensächlich herum, und das Mädchen läßt sich den schleierhaften Mantel nicht abnehmen, den der jüngere Sohn so gern hätte, um etwas von ihr zu besitzen, als wäre sie nicht nur die Hauptperson des Abends, sondern des Lebens. Kraiger malte mich in die Zukunft, der Totenkopf ist wahr, und nun ist die Bleischwere meiner Knochen in die Zunge gekrochen, während Kraiger sich mit Verve die Begrüßung unserer Söhne vornimmt und zu dieser verspielt verschämten Maid vorschreitet.

Ich fühle die Schwere in mir verbrennen, ein billiges, niedriges Feuer, das sich aber schnell entwickelt und mir die Vernunft versengt, mit der ich versuche, den Wurm meiner Erkenntnis zu wecken, daß es sich hierbei um Eifersucht und Niedertracht handelt, nicht um die Liebe zu meinem Mann, die ich in jedem Fall aufrechterhalten und retten würde, sondern um Eifersucht und Mickrigkeit vor einem mir unzugänglichen Wesen, das wie verschweißt wirkt, eine versilberte Plastikpflanze, neben der ich nicht eingehen wollte, um sie zu nähren mit meinem Zerfall und zum Leben zu bringen.
Ich warte auf die Reaktion unserer Söhne. Sie bemerken, daß ich in den letzten Monaten noch mehr Gewicht verloren habe. Aber sie sehen nicht die Ähnlichkeit meines Gesichts mit dem ihres Vaters. Sie tragen ohnehin ein Elternbild in sich, das Vater und Mutter zusammengeschweißt hat und erst durch den Tod aufgerissen werden wird, weil wir in getrennten Särgen verwesen werden. Das Mädchen ignoriere ich, sie steht sowieso im Hintergrund.
Ihr dürft UNS zum Geburtstag gratulieren, sage ich. Ich genieße den Pluralis majestatis, der sich der Spitze meiner Zunge bemächtigt und sich zwischen meinen Söhnen hindurch in die Ohren des Mädchens bohrt. Ich sehe in aller Schärfe, daß ihre Ohrläppchen durchstochen sind und der Knorpelrand mit einer Borte aus kleinen, dünnen goldenen Ringen gesäumt ist, als wäre sie mit einer bestimmten Anzahl von Versprechen ausgestattet, die sie zukünftigen Männern auf die Finger streifen wird, wenn sie ihr nur etwas Sehnsucht ins Ohr flüstern. Eine leichte Bewegung bringt die hauchdünnen Ringe zu einem zarten Klingen, die

Schärfe meines Wirs reicht aus, und den Empfang meiner Botschaft betrachte ich durch das Klingeln als bestätigt.
Den Geburtstag muß ICH erst überleben, sagt Kraiger, eigentlich in ihre Richtung.
Ich lächle friedlich, hinter meiner Miene herrscht ein Kampf um das Wir, das mir sagt, wir gehören zusammen und wir werden den Lohn für das überstandene letzte Jahr teilen.
Sei nicht kindisch, sagt Kraiger, gedämpft aber zurechtweisend wie ein Erzieher, ICH hab Geburtstag und nicht du.
Unsere Söhne werfen einander einen kleinen Blick zu, mit dem sie verraten, daß sie mich für beginnend senil halten. Der Kalk rieselt aber nicht, hat seine Ablagerungen nicht hinterlassen, meine Lieben, und seht ihr nicht, daß ich unsere Harmonie verfestigt habe?
Der jüngere beginnt ein wenig zu grinsen und entschuldigt sich für das Geschenk, das der Große noch immer in Händen hält, weil es nichts für die Ewigkeit sei. Er überreicht Kraiger die Schachtel, und ich öffne sie. Französische Turteltäubchen.
In der Schachtel liegen sie gerupft und blau und gebraten, kopflos und ohne Beinchen, dicht aneinandergedrängt, ich möchte nicht schon wieder sagen Embryos, aber so hilflos suchen sie noch im Tod vor dem Verzehr ihren Trost, gemeinsam in einer Schachtel und später in einem Magen zu liegen.
Was für eine Idee! Blaues Fleisch paßt in meine Dramaturgie. Und Kraiger, der eigentlich Vögel mochte, weiß nicht recht, ob er sich freuen soll, er bedankt sich, und der jüngere Sohn erklärt, daß sie von ihr seien. Von ihr,

der Indianerin. Sie stammt aus Frankreich, aus Seillans, wo ihre Eltern eine Taubenfarm betreiben.
Max Ernst lebte in Seillans, und Kraiger fühlt sich nun doch geehrt. Schenkt der Unbekannten kein anerkennendes Lächeln, sondern ein wiedererkennendes, und in diesem Lächeln wird eine Seelenehe geschlossen, falls die Kleine nicht von mir adoptiert wird und damit einen inzestuösen Anstrich erhält.
Sprechen Sie deutsch?
Sie kann es, ihre Mutter war Österreicherin, ihr Vater ist Amerikaner, woher, Ithaca, New York, ehemaliges Irokesengebiet. Das Ehepaar hat sich Jahre nach dem Krieg in Frankreich niedergelassen und Tauben gezüchtet und diese blaublütigen Exemplare nach Amerika verschifft, das Doppelte verdient, als wenn sie in Ithaca geblieben wären und dort ihre Tauben gezüchtet und verkauft hätten. Delikatessen, die auch auf dem Buffet Kraigers nicht fehlen sollten. Was sie denn mache? Sie werde demnächst maturieren, dann studieren, vielleicht vergleichende Literaturwissenschaft. Und was lese sie?
Eine Lolita ist sie nicht, dazu ist sie zu alt. Ich finde den Mord am Schluß unnötig, sage ich, als ich mit meinem jüngeren Sohn von Nabokov rede. Er findet Kubricks Lolita gut, ich finde sie billig. Das Mädchen wird rot und mundtot. Sie schenkt mir ihre reinen Augen für die Zeit zwischen zwei Herzschlägen. Ich spüre es in meinem Hals pochen, sie regt mich auf, und ich muß regelmäßiger atmen, leise und nicht die Nasenflügel blähen, sonst bemerkt sie, daß sie eine ihr sinnlos erscheinende Macht über mich hat. Sie könnte sie nicht einsetzen gegen mich, sie verstünde nicht, warum, dabei sieht sie den Grund, sie ist die einzige, die meinem und Kraigers

Gesicht ansieht, daß wir eins sind, und sie weiß, daß ich einmal undefiniert gewesen sein muß wie sie, beschwert allein von Sehnsucht und im vollen Genuß dieser Sehnsucht, wie es nur in der Jugend möglich ist, später pervertiert sich dieses Sehnen in Gravität, und jeder Gedanke an Selbstmord wird belächelt. Ich könnte heulen, aber natürlich kann ich mich beherrschen. Ihre Macht liegt in der Beliebigkeit ihrer Gefühle, die sie für mich aufbringen kann. Sie weiß, daß ich Eifersucht gegen sie hege. Sie kann damit machen, was sie will. Sie müßte mich nur belächeln, und ich wäre bis auf die Knochen vor ihr blamiert. Wir werden sehen, was ich tun kann dagegen, bis sich ihre Entscheidung, welches Gefühl sie mir spendet, entwickelt hat.
Kraiger trägt die Tauben in die Küche, und ich werde ihm folgen müssen, denn die Tableaus sind aufgebraucht, und Kraiger wird mich rufen, worauf sollen wir die Tauben legen? Stumm bleibe ich und bewegungslos, lasse mich bitten. Hörst du schlecht? grunzt mein Mann, als ich ihm helfe, seiner Palette notdürftig die Farbreste abzuspachteln, und ihm deshalb nicht gleich die Alufolie zum Überziehen reiche.

Wir beherbergten für mehrere Tage ein Papageienpaar. Die Vögel saßen im Käfig und sahen uns mit ihren lackierten Bernstein-Augen an. Türkise Flügelfedern, gelbe Brust und Bauchbefiederung, dunkelblaue Schwänze und blauschwarze Kehllätzchen. Die Schnäbel schwarz und krumm wie Saurierzehennägel. Um die Augen weiße Kreise mit schwarzen Federstreifen, als trügen sie eine Augenmaske aus Zebrafell.
Kraigers erste Frage, wer ist das Weibchen?

Das müßte man endoskopisch bestimmen lassen, bei Papageien ist das nicht so einfach.
Woher hat sie diese Viecher? fragte Kraiger.
Meine Mutter hatte sie geerbt. Meine Mutter lebt im Altersheim für pensionierte Künstler. Ihre Freundin aus dem Stock tiefer war gestorben, und meine Mutter hatte die Tiere übernommen.
Geerbt? Du wagst es, die Vögel einer Toten ins Haus zu bringen?
Kraiger sah darin nicht nur ein böses Omen, sondern Verrat. Meine Mutter war zu Filmarbeiten noch einmal unterwegs nach Rom. Zwei Tage, eine kleine Rolle in einem Kinderfilm. Sie spielte die alte, weise Großmutter, die nicht sterben konnte. Ich würde die Vögel für diese Zeit übernehmen. Die Papageien drehten ihre Köpfchen, beäugten Kraiger und mich, Männchen und Weibchen sahen einander sehr ähnlich.
Die Vögel schmiegten sich aneinander, wir nicht.
Wie lange hat sie deine Mutter schon?
Ein paar Tage, die Vögel sind doch nicht schlimm.
Waren sie dabei, als die Alte gestorben ist?
Sie ist im Krankenhaus gestorben.
Können sie reden?
Nicht viel.
Die Vögel verfolgten uns mit ihren kalten Knopfaugen und musterten ihre neue Umgebung. Sie störten mich nicht, sie verhielten sich ruhig, aber Kraiger waren sie zu ruhig, und als sie die Körner nicht anrührten, befürchtete er, daß sie die Nahrungsaufnahme verweigerten, wie sie es bei der Alten gesehen hatten, bevor sie zur künstlichen Ernährung eingeliefert worden war.
Kraiger rief in einer Tierhandlung an. Womöglich ist ih-

nen zu warm, hieß es dort, und Kraiger stellte die Vögel ins Schlafzimmer, wo wir nicht heizten. Papageien können keine labialen Laute erzeugen, sie haben ein gutes Gedächtnis und einen Nachahmungstrieb, der sie ihr Repertoire abspielen läßt, beim kleinsten Erinnerungsanstoß. Kraiger stellte die Vögel vors Bett. Und plötzlich öffneten sie ihre Schnäbel, und sie pfiffen und kreischten, und dann schrien sie begeistert FICKICH.
Das sind Schweine, rief Kraiger.
Endlich ein Satz, der nichts mit dem Tod zu tun hatte. Ich lief hinauf, wollte mir diese Erlösung nicht entgehen lassen. Die Papageien rieben ihre Köpfe. Daß sie vor ihrer Kriegsbemalung nicht zurückschreckten, wunderte mich immer wieder. Guten Morrrgen, Errrrika, entrollte es den Papageienschnäbeln, als ich eintrat. Die tote Freundin meiner Mutter hatte ebenfalls Erika geheißen. Die Vögel produzierten eindeutiges Stöhnen, ein Pingpong von Erika und Fickich, wippten mit ihren Körpern vor und zurück, nebeneinander die Stange umkrallend, immer heftiger und pfiffen sich anfeuernd zu. Dann flatterten sie, als wollten sie mit ihren manikürten Flügeln applaudieren und schnalzten mit ihren dicken Papageien-Zungen, als höre man Peitschen schwingen. Sie konnten sich gar nicht mehr beruhigen, kletterten einer unter den anderen und wippten hin und her.
Kraiger lachte bei jedem Errrika lauter, bis ich das schwarze Tuch der Papageien nicht über ihren Käfig warf, sondern über sein Gesicht. Kraiger sah aus wie fertig zur Hinrichtung mit dem Totentuch über dem Kopf, er verstummte sofort, dann zog er sich das Tuch herunter und ging wortlos aus dem Zimmer. Die Papageien hörte ich noch bis herunter in die Diele.

Treib es bitte nicht auf die Spitze, sagte Kraiger mit einem Seufzer, als wäre es der vorletzte.

Meine Freundin, die mit der Malerei vor Jahrzehnten Schluß gemacht hat, aus Liebe, wie sie sagt, und einen Bauernhof biologisch bewirtschaftet und kleine Seminargruppen für Sommermalkurse beherbergt, sagt, ihr werdet auch immer kitschiger.
Bei ihr kulminiert die Pleite des Lebens in der Seidenmalerei, bei uns in der hellblauen Dekoration. Sie ist diejenige, die gesagt hat, daß Kraiger mit seinem Goldzahn aussehe wie ein Zigeuner und sich nur eine corporate identity verschafft habe, als er mich ehelichte. Vorauseilende Schöntuerei von politisch korrekten Kuratoren verhalf Kraiger zu einem Stipendium in Indien. Man hielt ihn für einen Zigeuner auf Spurensuche. Das Stipendium hatte er bei seinem Erfolg nicht mehr nötig gehabt, wir brachten das Geld in ein paar Wochen durch. Meine Freundin hätte damit sechs Monate gut leben können. Sie verachtet uns dafür, aber sie braucht unser verschwenderisches Leben, um das eigene zu ertragen. Sie verkauft mir die Biomilch, die ich für Kraigers Gesundheit besorge.
Meine Freundin hatte Pech mit ihrem Kontrabassisten. Jahrelang hatte sie darum gekämpft, ihn nicht zu verlieren, dann hat ihn ein Mißgeschick an sie gebunden. Er war Jazzmusiker und mit Carla Bley auf Tournee, bis Boston war er schon gekommen, als ihm eine Saite des Kontrabasses riß und Daumenkuppe und Karriere abhackte. Jetzt gibt er mit meiner Freundin Sommermalkurse auf dem Bauernhof.
Einer meiner Söhne bringt mir ein Glas, ich nehme es

mechanisch und sehe Kraiger die Tauben auf der Palette durch den Raum balancieren, bedrückt und bekümmert, dabei läßt sein Herzinfarkt auf sich warten. Siehst du nicht, wie dreckig es mir geht?
Ich hätte ihm am liebsten ins Gesicht gespuckt, als er mir sagte, daß ich gegen ihn wie SEIN blühendes Leben aussähe, als ich in der Küche die Täubchen auflegte und schwitzte vor Aufregung, ihn ablenken wollte, sowohl von seinem Tode als auch von mir, deren wohlwollende Betrachtung des Lebens durch die Indianerin gefährdet erschien. Ich machte unsere Papageien nach, brachte die Täubchen in eindeutige Position und sagte fickich. Ich wollte ihn durch ein obskures Detail an unser letztes gemeinsam verlebtes Jahr erinnern, ihn mit aufflammender Nähe mit mir verkuppeln, worauf er mich verständnislos ansah und keinen Humor entwickelte, mit dem immerhin zwei Dekaden unseres Verfalls erträglich gewesen und nicht im Alltag verbrodelt waren.
Mein schwarz gekleideter Sohn bringt fast mein Glas zum Kippen. Er stößt an, und ich erschrecke, packe das Glas schnell fester, gehe in die Knie, komme dem Schwung nach und fange das Glas im Kippen ab, lache, und wir trinken, und ich sehe schwarz. Ich habe Kraiger das Tuch der Papageien über den Kopf geworfen, das trägt er mir noch heute nach.
Wo ist deine Indianerin?

Wir begehen Kraigers Todesstunde, und ich notiere das Desinteresse, mit dem ich die Zeit ablese. Ich suche meinen schriftstellernden Sohn, finde ihn zwischen den Gestalten, die Kraiger umringen. Der Tod müßte sich mit einer Machete durch das Fest schlagen. Mit einer Sense

würde er höchstens die dicken Häute anritzen, die Kraiger schützen. Ich lächle selbstvergessen, bis mir wieder einfällt, daß auch ich Opfer sein könnte. Mein Blick bleibt hängen. Die Indianerin steht herum wie bestellt und nicht abgeholt. Ich kann sie unbeobachtet betrachten, alles hört meinem schriftstellernden Sohn zu, der seinem Vater die Ehre erweist und erzählt, wie eindrücklich und hinderlich es für den Sohn eines berühmten Vaters ist, wenn er den Familiennamen Kraiger fallen läßt. Warum nimmst du nicht ein Pseudonym an? Das verstehst du nicht, es ist zu persönlich.
Die Indianerin ist ein junges, bleiches Mädchen. Ausdruckslos und süchtig nach Trauer, ihre Augen sind irisierend graugrün, aber zu hell für ihre traurige Miene. Ihr Gesicht hat sonst keine Züge. Mein jüngerer Sohn neigt sich ein wenig zu ihr herab, seine Nasenflügel vibrieren, er schnuppert ihre Aura ab und haucht ihr ein Küßchen auf den Haaransatz, ihr Duft schmeckt ihm, ich sehe, daß er schluckt. Sie erstrahlt in der Heiligkeit der bevorstehenden Defloration. Sie ist höchstens sechzehn.
Ich nenne sie Indianerin, weil sie ein Stirnband trägt. Ich sehe, meine Erziehung wirkt. Ich habe stets Souveränität bewundert und meine Unsicherheit verachtet, die mich immer niedergehalten, menschenfreundlich erscheinen und nie entfalten lassen hat. Mein Sohn kann, was ich nie konnte. Er ist beteiligt, er gehört zur Gesellschaft und nicht allein zu einem auserwählten Exemplar. Im Gespräch und im Kuß auf die Stirn der Indianerin, ohne daß er sich unehrlich engagiert, ist er liebenswert, und sein hübsches Gesicht und das jungenhafte Lächeln, das ihm bleiben wird, bis ihm die Zähne ausfallen, werden seine Sympathie steigern, auch wenn

jemand seine Ausführungen über das buchhalterische Denken der Glückserwartung umdreht und ihn entlarvt als den selbstzufriedenen Apanagenempfänger der elterlichen Wenigkeit. Es fällt ihm nicht schwer mit Kraiger und seinen Wächtern zu reden, sich mal umzudrehen und dem Fräulein ein Küßchen zu spenden, um sich dann wieder abzuwenden.
Wird er meine Windeln wechseln und mich in den Schlaf atmen? Wird er sich an meinem Sterben beteiligen, wie ich mich an seiner Aufzucht beteiligt habe? Ich rechne damit. Buchhalterisches Denken, das er anklagt, weil er weiß, daß er dem Tod der Eltern ausgeliefert sein wird. Er wird sich der Scham erinnern, die ihn gepackt hat, als ich ihn beim Masturbieren erwischt habe. Man kann gar nicht wegsehen. Ich habe mich entschuldigt und bin aus dem Zimmer gegangen. Seither habe ich ihn nicht mehr nackt gesehen. Komisch, wie die Wertigkeit pervertiert. Ihm wird die Entdeckung seiner Geschlechtlichkeit lächerlich erscheinen, wenn er mir eine saubere Windel umlegt.
Den Tod meines Vaters habe ich nicht miterlebt. Er ist der Hitze in Ägypten erlegen, weil er nicht in einer gekühlten Hotellobby europäische Zeitungen las, sondern mit dem Zug nach Kairo raste, in einem nicht klimatisierten Liegewagen. Ich lege mich nie in diese Kojen, weil sie mich immer an Särge erinnern. Es ist mir auch völlig unverständlich, daß man in Japan Hotelzimmer anbietet oder Schlafkartuschen, die nicht einmal längsseitig zu besteigen sind, sondern vom Fußende bekrochen werden müssen. Etwas Sargähnlicheres gibt es wohl nicht. Man könnte höchstens herauskriechen wie eine Larve aus ihrem Kokon, um eine positive As-

soziation zu erwirken, eine Larve, die über Nacht Flügel entwickelt hat, nur hat man keine Flügel entwickelt, sondern ist erschlagen, fühlt sich am Boden zerstört, sich seiner Kräfte restlos beraubt. Aber vielleicht erringt man sich auf diese Weise das Hochgefühl, überlebt zu haben.

Der Leichnam meines Vaters ist aus Ägypten direkt zur Bestattungsanstalt gekommen. Ich habe ihn nicht bestattet, er möge nun im Himmel sein.

Ich gönne meinem Sohn die Fähigkeit, jemanden ins Warten zu versetzen. Er hat Kraigers Gesicht geerbt, aber womit ist der junge Mann gefüllt? Mit mir oder seinem Vater? Das Buch meines Sohnes wird uns behandeln. Wem wird er das Hauptgewicht widmen? Mir oder Kraiger? Ich hoffe nur, daß er genug Verstecke einräumt, in denen ich weiterleben kann wie bisher. Stelle ich mir eine ernste Auseinandersetzung zwischen mir und meinem Sohn vor, fällt mir nichts als sein bewegter Mund ein, ich höre keine Silbe. Vielleicht wirft er mir vor, daß ich zu Silvester ein silbernes Kleid anhatte, das ihn an seinen Fisch erinnerte, der in einem Rexglas verendet war, weil ich das Wasser zu wechseln vergessen hatte, aber schon ein paar Stunden später in einer schuppigen Paillettenhaut tanzen gehen wollte. Alles Tote bemächtigt sich unser. Ich stelle mit Argwohn fest, daß ich sein jungenhaftes Lächeln von meinem Vaters kenne.

Kraiger entschuldigt sich, daß er seit Stunden Aperitifs verteilt, daß nicht er die Getränke für heute besorgt hat. Sein Galerist beißt in ein Täubchen, und für einen Moment sieht es aus, als würde er Kröten sprechen. Die Indianerin steht noch immer meinem Sohn zur Seite. Ich finde ihn unhöflich, für den nicht versteckten Blick auf

die Uhr und das beiläufige Lächeln für Kraiger, als dieser verstörte Mann auch die Zeit ablesen will. Kraigers Hand zittert, was ich sogar aus der Entfernung sehe, mein Sohn aber nicht registriert. Kraiger selbst hat keine Uhr. Die Zeit will er nicht auf dem eigenen Handgelenk verstreichen sehen.
Die Indianerin möchte ihre Hand in die Hand meines Sohnes legen, aber er braucht sie jetzt selbst, um für den Vater den schwarzen Pullover zurückzustreifen. Ich denke, daß ich Zeuge eines familienchronischen Ereignisses bin. Vielleicht steht meinem Sohn meine zukünftige Schwiegertochter zur Seite.
Mein Sohn gehört zur Generation, zum Material, aus dem ich jugendliche Liebhaber rekrutieren könnte, sie wäre höchstens seine pubertierende Schwester. Eine Liebhaberin für Kraiger?
Er zählt den Countdown im Sekundentakt mit. Dann senkt er den Arm seines Sohnes, wie einen Balken schiebt er ihn hinunter und schaut zu mir. Ich sehe ihm die Erleichterung an. Die Todesstunde ist abgelaufen, und nichts ist passiert. Ich freue mich für Kraiger, aber noch mehr freue ich mich über die Welle der Vertrautheit, die jetzt auch ihn erfaßt, und er schickt mir einen Kuß über die Indianerin hinweg. Ich möchte, daß er zu mir kommt, mit mir in einer dunklen Ecke das Leben feiert. Die Indianerin würde mich beneiden darum.
Tragödienlos lebte ich mit Kraiger zusammen. Und insgeheim wartete ich auf die Probe unserer Liebe. Die Kinder haben unsere Leben bereichert und genetisch verknüpft. Ich arbeitete an zwei Projekten, Familie und Kunst. Wie Kraiger auch. Wir sind diszipliniert. Wir lebten mehrere Rollen, das Leben teilt sich in Leben auf.

Wir bewunderten einander. Kraiger mich und ich Kraiger, wenn er mich malte.
Kraiger löst sich nicht, er gesellt sich nicht zu mir, er bleibt bei seiner Apanachi und sieht in ihr lupenreines Gesicht, das ihn auf neue Ideen bringen soll. Ihre Haut ist angestäubt weiß, eine Farbe, die an die Kliffs der englischen Küste denken läßt. Kraiger legt seine Finger an ihre Wange, wenn er könnte, würde er daran kratzen, prüfen, ob die Kreide wirklich so weich ist, wie man sie vom Skizzieren kennt. Ich finde es unerhört, daß er sie berührt, und dabei sieht er sie kaum an, seine Augen sind zu schnell, er sieht nicht, er jagt ihr Gesicht, und ich sehe, daß sich ihre Brustwarzen unter dem Stoff versteifen. Wenn Kraiger die Indianerin wollte, sie würde nicht nein sagen.
Der jüngere Sohn legt seinen Daumen unter ihr Kinn, dreht das Gesicht aus Kraigers Handschale zu sich und wieder zurück. Der Sohn fragt, kannst du sie brauchen, und Kraiger neigt den Kopf zur Seite und überlegt hin und her, beginnt dankbar zu nicken, als wäre sie tatsächlich ein Geschenk. Vorbei seine Angst, und ich darf mich weiter in Geduld üben. Die tausend Augen meiner Haut spiegeln Kraiger, wie er mich mit seinen tausend Blicken auf die Leinwand übertrug, ich vergebe ihm nicht, daß er das Ende und die Tragödie meines Willens, auf infame Weise den Tod meiner Selbstverständlichkeit eingeläutet hat. Ich, die Kraiger behalten will, weiß, daß ich lächerlich bin, denn Kraiger hat mich erobert, und ich bin eine Fessel, die er nun loswerden will, schließlich hat er überlebt.
Der ältere Sohn steht auf der Schwelle, lehnt im Türstock und beobachtet mich, wer weiß, wie lange schon.

Er erschrickt, als ich ihn direkt in die Augen treffe, dann lächelt er. Ich halte ihn für wertvoller als seinen Bruder, obwohl er im Grunde ein Spießer ist. Aber ich verstehe ihn, und er versteht mich. Wir wissen beide, daß die Indianerin eine Schlappe für uns ist. Mein älterer Sohn ist nicht so hübsch wie sein Bruder, seine Nase ist zu groß, genaugenommen ist sie zu spitz und zu gekrümmt, wie eine Karikatur Kraigers, in der er einen Misantropen zeichnet, der sich nicht leiden kann, aber dessen Nase fast bis zu den Lippen reicht, so daß er den eigenen Atem riechen muß. Ich wirke wie eine Fälschung neben Kraiger. Ich stehe nicht zu meinem Lächeln.

Der ältere Sohn hat sich vor einem Jahr von seiner Frau scheiden lassen und ist jetzt auf Suche nach einer neuen Partnerschaft. Die junge Indianerin interessiert sich nicht für ihn, wäre auch nichts für ihn. Er wird sich eine Gleichaltrige suchen, die keine Kinder will. Ob er sich hat sterilisieren lassen? Er will Kinder, aber er will nicht zeugen. Es gibt genug armselige Würstchen auf der Welt. Adoptieren. Er ist Moralist und sozial engagiert. Er muß Verbrecher finden und die Welt besser machen, nicht neu schöpfen. Er fürchtet die eigenen Fehler und korrigiert lieber die der anderen. Ich mochte seine Frau. Sie ging ihren Weg, wie man sagt. Sie wollte in die Neonathologie, bekam zuerst einen Platz in einer Abtreibungsklinik.
Bei meinem älteren Sohn habe ich mich oft gefragt, wie er ist im Bett. Bei meinem jüngeren war es vorstellbar. Narzistische Streicheleien, unter denen er sich spüren will. Wenn ich ihm wohlgesinnt bin, denke ich, er ist jemand, der geliebt werden muß. Jetzt denke ich, es wird Zeit, daß ihn endlich mal jemand verläßt. Der ältere

Sohn ist jemand, der liebt. Seine Frau wollte um angeknackste Föten kämpfen und selbst ein Kind. Mein älterer Sohn liebt Engagement, Sinn. Er liebt streng, denn er liebt jemanden für das, was er tut. Nicht für das, was er will. Seine Frau hat ihn verlassen. Sie hat sich nie mehr gemeldet. Auch nicht bei mir, obwohl ich ihrer Mutter geschrieben habe, daß ich mir eine Beziehung zu ihr auch ohne verwandschaftliches Verhältnis vorstellen könnte und möchte.

Des Lebens Sinn ist die Todesart, sagt Kraiger im Hintergrund.

Zu wem? Zur Indianerin.

Wir müssen uns entscheiden, wie Schluß gemacht wird. Selbstmord, Unfall oder körperliches Versagen. Der Sinn ergibt sich aus der Betrachtung, sagt Kraiger. Bei Selbstmord ist es das Scheitern an der Gesellschaft, das bedauert wird, oder verachtet, in vielen Fällen sogar bewundert, zumindest von mir. Bei einem Unfall ist es das Glück, das überlebt. Bei körperlichem Versagen sterben wir eines natürlichen Todes, schicksalhaft, vorbestimmt durch die Lebensweise, durch genetische Fehler und weiß der Teufel, was bleibt ist Kismet. Eine ungeheuerliche Erniedrigung des Willens. In den seltensten Fällen hören wir, daß jemand am Glück gestorben ist. Das wäre beneidenswert!

Ich habe noch nie gehört, das jemand am Glück gestorben ist.

Dazu muß man glücklich sein, restlos glücklich, vom ersten Tag des Lebens an, damit auch der Schluß ein Glück sein kann, und zwar nicht nur für die Hinterbliebenen. Das Leben ist ein Abenteuer, und die Abenteuerlust hat etwas Vergnügliches, Freudvolles an sich. Freude macht

uns die Überwindung der Langeweile, Vergnügen die Wiederholung, aber das Glück ist ein Zustand, wir wollen nichts mehr.
Ist das nicht fad? fragt die Indianerin.
Wir verharren, verstocken, verblöden, verfallen in uns hinein vor Glück. Intelligenz ist die Verneinung der Intelligenz. Und vor allem Überwindung von Gedächtnis, sagt Kraiger. Eine Katatstrophe, und wir haben Vergangenheit, und schon leiden wir daran, bis in alle Ewigkeit. Wie alt sind Sie?
Achtzehn.
Und wie alt wollen Sie werden?
Die Indianerin hat jetzt ein kleines Schmollmündchen und große Augen, in denen Kraiger liegt und meinen jüngeren Sohn verdrängt. Die Ehre, mit dem mutmaßlichen Schwiegervater, oder dem mutmaßlichen Geliebten, zu sprechen, läßt die Indianerin mit den Schultern zucken, keine Ahnung, was antworten, sie wird nervös, und vielleicht stottert sie vor Aufregung, Streß, sie glaubt, geprüft zu werden, muß sich ein Profil schaffen, und sie fragt fast atemlos zurück, wie alt muß man werden, um das Leben mit Glück zu bestreiten.
Darin liegt schon ein Fehler, sagt Kraiger. Es ist nichts zu bestreiten. Es gibt keinen Streit, mit wem auch? Sind Sie etwa gläubig?
Ich glaube an etwas.
Etwas? Was ist das? Liebe? Gott? Aber nein, Sie glauben an Streit!
Ich glaube nicht an Streit!
Ein Glück, sagt mein jüngerer Sohn.
Ich weiß, wie alt ich werde, weil ich weiß, wie alt ich bin, sagt Kraiger.

Ich liebe ihn, ich liebe ihn nicht, die Sekunden reißen mir den Sinn der wiederholten Worte heraus. Ich wickle den Sekt aus seiner Alufolie, und der Galerist hilft mir. Meine Freundin hält schon die Gläser bereit, und mein älterer Sohn steht mit Lappen daneben, falls etwas überschäumt.

Dann stemme ich den Sektkorken hoch, und es knallt. Der Korken spritzt hoch, prallt an der Decke ab, den Eindruck werden wir noch Jahre später sehen, und Kraiger schnappt Luft. In seinen Augen triumphiert ein Feuerwerk, das der Lüster hineinglitzert und die brennenden Kerzen, die der Bassist meiner Freundin nun auf der Geburtstagstorte hereinträgt und Kraiger vorhält. Dieser Moment sollte die Gemeinsamkeit, unsere überstandene Angst krönen, und jetzt stehen Flammen zwischen Kraiger und mir. Auf seiner Seite die Indianerin und mein jüngerer Sohn. Kraiger ist unser Beruf, für den Galeristen, für meine Freundin, für mich. Ihr Mann hält die Torte, und sein kuppenloser Zeigefinger erinnert an seinen bittersten Moment. Kraiger bläht die Wangen auf, als hätte er die Äpfelchen der Indianerin in die Backentaschen gestopft, und bläst den Sinn des letzten Jahres aus.

Meine Lieben, sagt er in meine Richtung zur bedauernswerten Mehrheit der Gäste, die in der Dunkelheit stehen, er selbst in Gewißheit, im Funkel des Lüsters und Lebens, und hebt mit seiner Stimme an, wendet sich ab und spricht nicht mehr zu mir oder den anderen, sondern verkündet der Indianerin: Und jetzt sterbe ich nie!

Dann umarmt er jeden einzelnen brüderlich, auch mich, nur die Indianerin kommt zu besonderen Ehren, er strei-

chelt ausgiebig ihren Rücken und sucht vorsichtig nach Widerstand, aber seine Pfoten dringen vor, können ungehindert nach dem Glück auf ihrem Hintern tasten. Es wäre besser, Kraiger wäre gestorben, denke ich mir, als daß seine Lebenslust ausbricht. Bin froh, daß ich diese Schmach allein beobachte, mit dem Messer in der Hand in seine Torte steche und die Stückchen verteile an unsere Gäste, während Kraiger hinter ihrem Rücken seine Verführungskünste erprobt. Mein jüngerer Sohn stimmt Happy Birthday an, und Kraiger läßt die Indianerin los.
Sie ist höflich, weil sie ängstlich ist, sie möchte nicht versagen, und sie pflichtet Kraigers Übergriff mit einem Lächeln bei. Ich versinge mich bei Happy Birthday, ein Mollton verspreizt sich in den Klängen. Falsch genug, aber Kraiger sieht nicht her.
Dafür hat sie mich im Visier. Sie trägt ein altes Bild von Frau in sich herum. Sie lächelt stiefschwesterlich, ein wenig von oben herab. Kraigers Bild ist mit Autorität angefüllt, mit Respekt vor Alter, vor Fremde und Macht. Sie muß erst erfahren, daß es keinen Verlaß gibt auf Bilder, daß sie Schablonen zeigen, die sich abwetzen, auflösen und alle Konturen in sich rinnen lassen. Sie glaubt, daß Kraiger klarer, geradliniger, schlicht richtiger ist als ich. Sie traut mir nicht und erdreistet sich, mich zu korrigieren, wiederholt meine Mißtöne und singt sie vor verstummtem Publikum mit einer erschreckend vollen Stimme, die dem Raum und mir eine Gänsehaut verpaßt. Schweigen.
Sehr gut, sehr gut, ruft Kraiger, und sie bringt mit dem beachtlichen Sopran ihrer treffsicheren Stimme auch mein Glas zum Summen. Kraiger schaut mich mit dicken Augen an, als hätte er ein außergewöhnliches

Geschenk erhalten, das seine Rührung weckt. Er nickt mir zu. Respekt. Für was? Die Stimme, nicht so falsch wie deine. Die Indianerin hat ein Recht auf Erfahrung, denke ich und würde ihr eine Liaison wünschen, stünde nicht eine Konkurrentin hier, deren Gaumenzäpfchen im Vibrieren zu sehen ist. Sie kommt aus musikalischer Familie. Die Mutter stammt aus Wien. Eine Karriere als Sängerin hat sie aufgegeben. Dafür nimmt die Tochter den Handkuß entgegen, Kraigers Ehrerbietung für das, was er nicht beherrscht. Er liebt jemanden für Fähigkeiten, die er nicht hat. Geduld. Gehör.
Danach verstummt sie wieder und gehört durch weitere Mißtöne aus ihrer Reserve gelockt.
Vielleicht würde Kraiger genügen, und sie würde ihr hübsches Gesicht verlieren und die vergängliche Jugend. Sie würde sich angleichen, sein Modell werden und sein Gesicht erben, als Nachlaßwärterin durch sein Leben marschieren und zunehmend die Lust an diesem Leben verlieren, eines Tages aufschrecken und sagen, das bin nicht mehr ich. Aber vielleicht wäre der Altersunterschied zu groß, und sie hätten keine Zeit zur Langeweile aneinander. Sie würde Kraiger noch ein Kind schenken und kochen und stricken und aus Leder die ersten Schuhe für die ersten Schritte basteln. Sie würde sich selbst ein paar Hausschuhe aus alten Mänteln nähen und die schweren Füße im schweren Stoff über einen Holzboden schleifen, alles, was Kraiger unter Idylle versteht, ist frauenhandgefertigt. Der Boden wäre aus geölten, ausgedienten Bahnschwellen in das Bauernhaus verlegt, wie er es immer gern gehabt hätte. Kraiger würde mit seiner sehr jungen Frau Kindheitsträume unserer erwachsenen Kinder verwirklichen und mit dem Baby auf

Reisen gehen, es mitnehmen zu Vernissagen und Empfängen und nicht als Strafe empfinden, wenn es wie einst unsere Kinder nicht bei Freunden unterzubringen wäre für die Zeit, die wir fortmußten.
Seine Karriere würde in zweiter Ehe Vaterschaft bedeuten, und die Kindheitsträume unserer erwachsenen Kinder wären hilfreich, dienlich zur Glückserfüllung dieses Sprosses, aus den Erfahrungen eines Lebens gefiltert. Ein Kind ohne Furcht und Tadel. Es hätte Chancen auf ein glückliches Ende, und Kraiger hätte eine junge wunderbare Krankenschwester an seinem Sterbebett, die ihn sicher lieben würde, aus Dankbarkeit lieben würde, für die erfüllten Wünsche, für die Obhut, in die er sie genommen hätte. Sie könnte auf eine finanziell abgesicherte Zukunft vorausblicken, und das Kind würde Kraiger glorifizieren und den toten Vater in den Himmel heben und ihn dort in den Wolken unter den Heiligen auf einer Schäfchenwolke sitzen sehen. Es wäre leicht für Kraiger, glücklich in die ewigen Jagdgründe zu gelangen und so risikolos, daß ich mich fragen muß, warum er es eigentlich nicht tut. Mich verlassen wäre kein Problem, und die Kinder leben ihr eigenes Unglück. Mein Gesicht würde sich vielleicht dann von allein regenerieren, und die Selbstfindung würde aus mir eine Harmonie aus Einsamkeit und ungeteilter Freiheit zaubern. Ich würde nicht die Fratze der Harmonie tragen. Der Gleichschaltung. Das Kraigergesicht.
Meine älterer Sohn möchte gehen, aber ich will nicht, daß er geht. Ich möchte ihm nahe sein, sein Gesicht vor meinem haben und die Abstufungen, die Unterschiede zu Kraiger suchen. Seine Augen weichen mir aus. Da hätten wir schon den ersten Unterschied. Kraigers Au-

gen weichen nie aus, weil sie über alles hinwegflitzen. Er sieht die Gesichter besser, wenn er sie nicht anschaut. Mein älterer Sohn studiert die Gesichter und zersetzt sie in Schriftbilder, Stimme und Wortwahl, baut daraus ein Täterprofil. Ich komme ihm näher. Er kann nur Taten feststellen, Muster der Handlungen, Ehedramen, Mord. Wenn du ihn verläßt, ist es Flucht. Außerdem siehst du ihm nicht ähnlicher als ich. Seine Nase wollte er mit sechzehn operieren. Ich erinnere ihn nicht daran.

Die Indianerin kommt mit Kraiger zu mir herüber.

Nicht nur eine Sängerin steckt in ihr, sie hat sich auch als Dichterin und Malerin entpuppt. Sie möchte Künstlerin werden und sein, aber ihr ist noch unklar, was davon genau und wie. Welche Katastrophe hat sie erlebt, um so entschlossen zu sein? Sie gibt mir keine Auskunft. Ich strecke ihr meine Hand entgegen, nehme ihre mütterlich, und frage, ob sie ein Glas Wein will. Sie schaut mich an, sagt nichts, ich raube ihr den Atem, sie ist dankbar dafür, daß ich endlich mit ihr spreche, daß es mich freut, sie kennenzulernen, aber sie glaubt mir nicht, sie mißtraut meiner Höflichkeit. Sie erwartet unkonventionelle Menschen, und ich bin konventionell. Es mag so aussehen, als hätte ich in der Ehe mit Kraiger sein Gesicht angenommen, seine Mimik, seine Freundlichkeit, seinen freien Umgang mit Körperlichkeit, doch ich brüskiere sie gerade mit meiner Unnahbarkeit.

Wir haben auch Saft, sage ich.

Die Indianerin weiß nicht, was ich ihr zumute. Sie will, daß man ihr alles zumutet, und lehnt alles ab, was ich anbiete. Ich könnte ihre Mutter sein. Ihre Mutter ist eine taubenfütternde Hausfrau. In ihrem Alter habe ich

Hausfrauen verachtet. Die Indianerin kann mich nicht verachten, denn ich habe ein Buch über Vatermord geschrieben und meine Ausstellung aus der amerikanischen Schaffensperiode im Museum für moderne Kunst wird mich zu einem Vorbild für sie gemacht haben. Ich könnte mir kaum Interesse für ihre Anfänge auf Selbstverwirklichungsansprüche abringen.
Welches Vorbild hatte ich? Ich habe mich eingelebt in die Biographien tragischer Künstler. Ich habe immer Künstler hochgeschätzt, die keine Lebensintelligenz besaßen. Mir gefielen die Besessenen, die Manisch-Depressiven, die Schizophrenen, Leute, die sich umbrachten, waren meine Idole, und deshalb spürte ich eine Sympathie für Kraigers Spleen, heute zu sterben. Ich fand seine Paranoia exotisch. Mein Mitleid ist in solchen Fällen immer sofort in uneingeschränkte Bewunderung umgeschlagen. Geistige Verstörtheit, Irrenanstalt und Selbstmord waren für mich Indizien für das Genie eines Menschen. Auserwähltheit. Für mich bestand der Himmel aus lauter Selbstgemordeten, die, einer Gesellschaft unfähig, selbst in der Erlösung schweigend blieben, und dorthin wollte ich gelangen.
Auch ich war mal ein suizidgefährdeter Fall, aber von wegen Katastrophen. Ich versuchte es mit einer sanften Variante. Ich hörte auf zu essen. Ich konnte damit Sorgen erregen und mir gleichzeitig den Speck herunterhungern, den ich mir vorher jahrelang raufgefressen hatte. Ich steckte mir den Finger in den Hals und erbrach das gerade Gegessene, und mir war elend zumute während des Brechens, aber darauf war der Bauch leer und ich hatte etwas geleistet, das ich sehen konnte und hinunterspülen. Ich hörte erst auf damit, als mir mein

Vater drohte, mich ins Krankenhaus zu stecken und mich dort künstlich ernähren zu lassen. Ich hatte Angst vor den Infusionen, die ich nicht mehr hätte herauskotzen können. Sie hätten mir die Kalorien in die Venen gepumpt und mich aufgefettet. Das schien mir unkontrollierbar, und ich wäre einem medizinischen Idealbild von Figur unterlegen. Also aß ich viel Joghurt und ernährte mich gut, wie meine Mutter meinem Vater mitteilte, als ich den Sommer über bei ihr lebte.

Ich sehe meine Mutter öfter als nötig. Sie wird demnächst achtzig. Als ich sie anrief und sie auf meinen Besuch vorbereitete, glaubte sie mir nicht, daß sie mich nicht erkennen würde. Nein, ich hatte keinen Unfall, aber es ist dennoch eine Katastrophe. Ich sehe aus wie Kraiger.

Diese Schwuchtel!

Da Kraiger geschminkte Männer portraitiert hatte, seiner Idee der Aufhebung der Geschlechterdifferenz folgend, hielt meine Mutter ihn für einen potentiellen Verdränger.

Er ist nicht schwul.

Wie auch immer.

Er ist nicht schuld daran.

Dann liegt der Fehler bei dir?

Ich weiß nicht, ob es ein Fehler ist.

Irgend etwas muß ja passiert sein. Hat er sich mal untersuchen lassen?

Andauernd.

Ist er krank?

Er ist gesund und völlig normal.

Ich kenne diese Possierstengel.

Kraiger findet Mütter katastrophal, die ihre Kinder allein dem Vater überlassen. Umgekehrt findet er auch Männer katastrophal, die ihre Vaterschaft den Kindern entziehen, in eine Nachbarstadt verlegen und von dort aus wochenendweise ihre Rationen erteilen. Aber nicht das Verlassen an sich haßt Kraiger, sondern die Heroisierung des abhanden gekommenen Elternteils durch das Kind. Er hält diese Heroisierung für Betrug. Er schätzte an meinem Buch, daß ich die Schuld für meine Identitätslosigkeit, die Fettsucht und dann die Magersucht dem Vater in die Schuhe schob und meine Mutter als Ehebrecherin bezichtigte und ihr die Freude an der Tochter verdarb. Ich zerrte beide in den Dreck und heroisierte mich selbst. Ich brauchte etwas, um mir ein Podest zu verschaffen und mich als Erica manifestiert daraufzustellen.
Meine Mutter hatte kein Problem mit meiner Geschichte, sie sagte, schließlich bist du auf unserem Mist gewachsen, und warum solltest du ihn jetzt nicht unter deinen Füßen wegputzen und uns unterschieben. Mein Vater hat keine nennenswerten Spuren hinterlassen. Er hat zu oft den Verlag gewechselt. Niemand betreut sein Gesamtwerk, weil niemand das gesamte Werk kennt, und die Einzelteile lassen sich nicht in ein Gesamtbild fügen. Mein Vater ist verloren, weil es zu viele Splitter von ihm gibt.
Vielleicht habe ich das paradoxale Denken von meiner Mutter, die mit ihren schwarzgefärbten Haaren und der kreideweißen Haut wie der Tod aussieht, ihn aber bis jetzt überlebt hat, trotz Herzrhythmusstörungen und einem Unterleibskrebs, der sie fast gefressen hätte.
Im Altersheim riecht es nach kaltem Filterkaffee. Der Geruch treibt mich bis zum Brechreiz. Kalter Filter-

kaffeegeruch assoziiert bei mir Bilder von Fettzellen. Ich saß in der Anatomievorlesung und zeichnete Hände. Von innen und außen, oben und unten, nah und fern, bis ich sämtliche Handhaltungen anatomisch korrekt aus dem Gedächtnis wiedergeben konnte, als es darum ging, einen eigenen Stil zu finden und jede Korrektheit zu eliminieren, bevor man sie wieder ausgrub und die großherzige Schlamperei der Jugend in Ordnung brachte. Mir grauste nicht vor der Schauleiche, die etwa die Größe der Indianerin hatte. Die Muskellappen ließen sich aufklappen. Schicht für Schicht konnte das Skelett seiner ledrigen Kotletts entblättert werden. Das Fleisch war braun, rissig zwar, aber zäh wie Gummi.

Die Leiche fungierte schon jahrelang als Prüfungsobjekt für Studenten, wurde immer wieder aufgelegt und abgegriffen, dennoch wirkte sie privat und unberührbar, in einem Zwischenreich von Welt und Unterwelt, imprägniert gegen den wahren Tod, den die Frischleichen verkörperten, die aus dem Formalinbecken der Pathologie gehoben wurden und zum Abtropfen auf ein Gitter gelegt werden mußten, bevor die Medizinstudenten die Todesursache eruieren durften und durch die aufgedunsenen Häute schnitten. Die Schauleiche war ein Beispiel für den idealen Menschen, fettfrei und braungegerbt. Die Formalinleichen hingegen rangen einem trotz des Ekels Mitleid ab, weil ihr Tod authentisch war, nachvollziehbar und mich berührte, indem ich sie berührte. Das Geschlecht der Schauleiche war für mich nicht erkennbar, und es wäre pietätslos gewesen, nach dem Geschlecht dieses mumifizierten Körpers zu fragen. Die Haut war abgezogen, und das sehnige Dörrfleisch demonstrierte unter den Anweisungen des Professors die unzähligen Stränge des menschlichen Muskelapparates.

Wenn ich jetzt in das Gesicht der Indianerin schaue und ihr immer wieder auftauchendes Lächeln sehe, sehe ich die Maschinerie unterhalb dieser Gesichtsbühne wirken.

Die lebenslustigen Finger der Studenten berührten die Muskellappen ohne Scheu, niemand trug Glacéhandschuhe. Die gegerbte Leiche war keine Gefahr, ein Freund der Anschaulichkeit, appetitlich braun, Konfekt für einen menschenfressenden Riesen. Die Formalinleichen fluoriszierten eine grünliche Blässe und regten zu Witzen an, mit denen ihre Frische gebannt wurde. Auch ich, obwohl ich nur eine Erlaubnis zu Zeichenstudien hatte, mußte einem Männchen, das an Leberzirrhose zugrunde gegangen war, die Ohren abschneiden und an seinen Arsch halten, damit ich die Betroffenheit, die diese Leiche in mir ausgelöst hatte, in einen Kalauer ummünzen konnte, um weiterzuleben ohne ihr verwesendes Schicksal.

Ich beobachtete die Sezierkünste der fortgeschritteneren Medizinstudenten, die Fettberge zerteilen durften und sich mit ihrem kleinen Messer durch die Massen hinab in die Eingeweide arbeiteten. Die platzenden Fettzellen, aus denen eitergelbe Flüssigkeit herausquoll und sich über die Handschuhe der Studenten ergoß, ließ meine Lust aufs Fasten sofort wieder erblühen. Fettzellen sind durchsichtig pralle Blasen mit einem schwimmenden Kern darin, vergleichbar mit der transparenten Kaviarperle des Lachses. Die Frucht des Lachses ist nicht größer als ein Gerstenkorn, sie schwimmt in der perlengroßen Blase, die zwischen den Zahnkanten platzt wie die menschliche Fettzelle beim Aufsetzen des Skalpells. Der Kern war nur gallertige, verdickte Masse, die sich in schleimigen Spuren auflöste und zerfloß. Zu diesem Anblick roch der Filterkaffee des abgebrühten Assistenten, und die Maschine röchelte aus dem Dienstzimmer, als würde dort hinten eine Leiche zu neuem Leben erweckt. Als der Assistent mit seinen angepatzten Handschuhen die Kaffeetasse um ihren Bauch faßte und sie zum Mund führte, wurde mir schlecht.

Ich beneide die Indianerin nicht um ihre gute Figur, ich weiß, daß ihr Körper ein gefundenes Fressen für die Studenten wäre, und weil sie anatomisch perfekt gebaut ist, wäre auch sie zu imprägnieren und mumifizieren.

Die letzten Lebensgefährten meiner Mutter sind die Papageien der verstorbenen Nachbarin. Meine Mutter schreibt an einem Drehbuch über das Leben dieser Frau. So erhält sie sich die Tote. Freunde in meinem Alter, sagt sie, bleiben mir, weil sie weg sind. Den Papageien hat sie kleine Ledersäckchen nähen lassen, die sie ihnen über die Schnäbel stülpt. Die Nachbarin war eine Zuhälterin, und meine Mutter rechnet ihr hoch an, daß sie sich in einem Männergeschäft durchgesetzt hat. Im Altersheim wußte niemand von der wahren Geschichte der hochbetagten Frau, sie wurde mit Kommerzialrätin angesprochen, weil sie den Titel seinerzeit für ihre Zuckerbäckerei erhalten hatte. In der Auslage der berühmten Konditorei Erika waren die Papageien in Marzipan ausgestellt, im Etablissement Errrika turnten die echten herum.

Meine Mutter verweigert das Fernsehen. Ihr Traum ist das Kino. Sie wünscht sich Federico Fellini als den Re-

gisseur ihres Filmes. Daß Fellini tot ist, stört sie nicht. Sie schreibt das Drehbuch ohnehin nur, damit sie nichts vergißt, bis es soweit ist und ihr Geist damit hinüberfliegt.
Sie war entsetzt, als sie mich sah. Sie brach zum erstenmal in Tränen aus, weil sie mich sah. Er hat dich völlig kaputt gemacht. Ich sagte ihr, daß das nicht stimmt. Erklärte ihr die Nervenentzündung und die damit verbundene Gewebsveränderung. Mit Cortison behandelbar.
Kraiger findet meine Mutter katastrophal, weil sie mich und meinen Vater verlassen hat. Meine Mutter findet mich katastrophal, weil ich Kraiger nicht verlassen will. Ich hätte dich zu mir nehmen sollen. Sie glaubt, daß ich mich Kraiger unterwerfe, weil ich von einem Mann einem männlichen Frauenbild entsprechend erzogen worden bin. Liebe bedeutet für meine Mutter Freigabe zur Selbstverwirklichung. Ich kenne meine Mutter in verschiedenen Rollen. Wenn sie auf der Bühne stand, beneidete ich sie für den Applaus. Zu Hause, wenn ich das Wochenende bei ihr verbrachte, beneidete ich sie um die vielen Besuche und Anrufe. Aber ich war bestürzt über ihre Verzweiflung und Panik, die ich ihrer Stimme entnahm, als sie am Begräbnistag meines Vaters anrief und mir sagte, ich liebe dich so. Sein Tod rang ihr die Blöße vor der nackten Existenz ab.
An diesem Tag erlahmte ihr Puls zur Welt, man ließ sie allein, und ihre Trauer stürzte sie in Einsamkeit, nur weil die Telefone schwiegen, weil kein lächerlicher Anruf sie ablenkte, kein lächerlicher Applaus, weil man ihr nur schriftlich kondolierte und aus Pietätsgründen ihren Auftritt verschoben hatte. Sie war plötzlich mein armseliges, verwitwetes Mütterchen, auf das die Welt vergaß, aus Rücksicht auf ihre Gefühle, und sie mit dem

Tod meines Vaters in Ruhe ließ. Niemand besuchte sie, lud sie in den Wochen danach zu Festen ein. Man drängte ihr die Trauerarbeit auf, und sie nahm sie an, um zu entsprechen und zu gefallen. Bedauerte die Trennung von meinem Vater, weil man es von ihr erwartete, und sie beschwor ihre Überzeugung, daß man nur einmal im Leben lieben könne, weil man sie auf die Moral ihres Lebens und die zahlreichen Liebschaften angesprochen hatte, und dieser einmaligen Liebe sei sie doppelt verlustig gegangen, sagte sie, und erwartete dafür doppelten Beistand. Doch nur die Konvention, Leid mit sich selbst fertig werden zu lassen, stellte sich ein, und in dieser Zeit verlor sich die Gunst ihrer Freunde und ihres Publikums an die Ersatzdarstellerin, die den Besuch der alten Dame nicht als Heulsuse verspielte, sondern mit dem Gerechtigkeitssinn einer unerbittlichen Rächerin ausstattete.

Ersatz und Trost fand meine Mutter in ihrer Liebe zu mir. Ich hatte keine Wahl. Ich muß ihr nichts geben. Ich bin für sie da, auch wenn ich nicht greifbar bin. Ich wurde nicht ausgenützt, für meine Mutter existiere ich im Kopf, darin liegt ein Ideal, für das sich ein Leben lohnen kann.

Versorge dich, verlaß dich nicht auf dein unsterbliches Werk, festige dich durch Nachkommenschaft, damit du nicht verbitterst und deinen Sinn verlierst, wenn du versagst.

Ich fürchte nichts, auch nicht den Zufall. Ich weiß, daß ich besser dran bin als meine Mutter, ich bin nicht out. Mein Kraigergesicht beunruhigt mich zwar, aber sollte ich in diesem Augenblick sterben, würde mein Körper sich nicht als Fettzelle entblößen, ich wäre eine abge-

magerte Leiche, und das Gesicht meines Mannes würde man ablösen, um die Spuren der Nervenentzündung zu erforschen. Auf dem Prüfungstisch der Anatomie wären gewaltige Unterschiede zwischen mir und der Indianerin festzustellen. Sie ist anatomisch perfekt, aber ich bin größer als sie. Ihre Jugend würde verschrumpeln, ich dagegen sehe schon aus wie konserviert und würde einem jungen Studenten keine Enttäuschung bereiten. Ich habe mein Gesicht nicht verloren, es ist nur vorübergehend überwuchert, und ich übertreibe auch keine Mutterliebe, an der ich mich aufrechthalte, sondern habe ein wahres Gefühl durch meinen Mann, daß jeder Mensch jeden Menschen verlassen kann.
Ich denke nicht an Trennung. Ich denke an mich und meine Position. Das Phänomen dieser faszinierenden Ähnlichkeit entwickelt sich oft zwischen Herr und Hund, auch da geht man nicht auseinander. Bei Ehepaaren ist die Ähnlichkeit lachhaft. Würde Kraiger mir ähnlich sehen, wäre das für meine Mutter nicht problematisch. Ich bin wieder zart, feingliedrig, und dafür erntete ich einst auch Kraigers Aufmerksamkeit. Er malte eine alternde Kindfrau, und jetzt sucht er sich eine neue, als könnte er das Stundenglas umdrehen.
Nicht Kraiger ist demütigend, das Leben ist es. Es führt die abgelebten Zeitalter vor. Ich besaß eine nymphenhafte Gestalt und muß nun Kraigers Erinnerung daran für den Rest meiner Tage ableben. Mein durchsichtiges, elfenbeiniges Undinengesicht hat sich in Kraiger festgekrallt. Mein Gesicht ohne Ausdruck war der Blick eines klaren, reinen Sees, der sich nun verfinstert hat und Kraiger spiegelt, kein Wunder, ich wollte ihn nicht verlieren, und falls er doch gestorben wäre, hätte ich ihn gespei-

chert in mir und könnte ihn reproduzieren, ich brauchte dazu nur eine Pfütze, um ihn zu sehen. Ich habe mich auf meine Kosten abgesichert, nicht wie meine Mutter, die ein erdachtes Gegenüber braucht, um nicht an Einsamkeit zu krepieren. Eigentlich bin ich noch nie unabhängiger gewesen als jetzt. Kraiger könnte sterben, und ich würde ihn nicht verlieren, wir könnten uns trennen, und ich hätte ihn bei mir. Ich schätze ihn dafür, daß er mich seiner bemächtigen läßt.
Er steckt sich eine Zigarette an. Ich werde meine Frisur verändern. Ich kann die Augen schließen und mein altes Gesicht wieder an den Tag treten lassen. Ich werde mir die Haare färben. Kraiger werde ich so weit bringen, daß er sich einen Bart wachsen läßt. Ich will wissen, ob sich meine Locken genauso kräuseln werden.
Liebe ist Ausgleich des Verlangens, und deshalb soll mich Kraiger zurückbekommen. Die Kräfte gerecht verteilen, denke ich. Auf Kraigers Waagschale sitzt die Indianerin. Ich muß sie hinunterstoßen, damit die Verhältnisse ausgewogen sind. Im Grunde kann die Indianerin nichts dafür, daß sie hübsch ist. Kraiger legt den Arm um ihre Schultern. Er könnte das Mädchen mit mir teilen und auf diese Weise Fairneß herstellen. Aber er denkt nicht dran. Die Söhne picken Kraigers Torte auf, Kraiger ist wieder unter den Lebenden und kostet die appetitlichsten Exemplare aus.
Ich schreite vor, will meine Beute genauer beschnüffeln, bevor ich sie mir hole.

Ich möchte sterben, sagte ich im Altersheim.
Red keinen Unsinn! sagte meine Mutter. Geh zum Arzt. Laß dich operieren.

Im Antiquariat der Stadt steht noch eine Eroica. Ich kaufe sie nicht, aber ich ziehe sie aus dem Regal und lehne sie gegen die Buchrücken, so daß der Blick eines Käufers gleich darauf fallen muß. Das Buch erregt aber kein Interesse. Man hält es für eine Beethovengeschichte. Der Titel wirkt auf mich heute wie ein verschleppter Vaterselbstmord.

Ich schöpfte aus diesen Gedanken meine Befreiung. Mich interessierten die Spurenverwischung, die Brüche in der Biographie. Ich wurde lange als Feministin vertan. Schicksal ohne Umtauschrecht, menschliches Pech, eine Entsorgungsfrage.

Die Indianerin hält ihren Kopf immer leicht gesenkt, und ich wundere mich, daß jemand seinen Nacken so bedingungslos einem Damoklesschwert aussetzt.

Ich setze mich zu ihr und Kraiger. Bin freundlich. Nein, Wasser will sie auch nicht. Ich könnte sie skalpieren und ihr die unglaublich schöne Haut abziehen und Kraiger ihr wahres Gesicht zeigen, Muskelstränge und vielleicht doch ein paar Fettzellen in den vollen Wangen. Ihre Finger sind geschmeidig, lang, lianenhaft, und die Nägel sind mit Erdfarben voll. Sie reitet nicht. Sie trägt kein ledernes Gewand, sie hat ein Zelt, mit dem sie auf den Inseln der Ägäis herumtrampt. Ihre Augen sind schwarz, samtig. Ein empfindlicher Stoff, der keinen Rauch verträgt. Ihr schießen schon die Tränen hinein, wenn ich nur die schlechte Luft unserer rauchenden Gäste anspreche, weil mir nichts Besseres einfällt. Sie hat Handschuhe, die über die Ellbogen gehen. Sie ist elegant, aber noch zu jung dafür.

Kraiger hat gerade von Indien geschwärmt. Er läßt uns für ein paar Minuten allein. Die schönsten Frauen sind

Inderinnen, nicht Indianerinnen. Ich erzähle ihr ein bißchen von Kraiger, der in Inderinnen lauter Königinnen sah. Keine Miss Worlds, sondern Königinnen. Das Mädchen schweigt. Sie hält mich mit den Augen fest. Ich nahm seine Schwärmerei nicht ernst, sage ich ihr, man braucht nur ins Maharadscha essen zu gehen, um eine frustrierte fette Inderin zu sehen.
Die Indianerin schweigt.
Ich rede, damit sie einen Grund hat zu schweigen und einen bekommt, um so wunderbar zu lächeln, wie sie es bei Kraiger getan hat. Ich gebe ihr zu verstehen, daß ein Leben mit Kraiger in Anekdoten ein Vergnügen sein kann, wäre da nicht der Zusammenhalt, der ihn und mich zusammenschweißt, seelisch, geistig und fleischlich. Aber das sage ich nicht. Das kann sie sehen.
Kraiger wollte sein Farbempfinden ergründen. Er fragte sich, warum er die Welt dunkelhäutiger Menschen bunter empfand als die der weißen. Die Dominanz der Farben brauchte ein Bewertungssystem und dieses seine Bezüge. Das Farbempfinden des Menschen werde schon an der Mutterbrust geprägt. Weiße Babys in den weißen Armen der Mütter, mit dem Blick in ihre weißen Gesichter, mit der weißen Brust im Mund, könnten nur die Grundlage für das weiße Farbempfinden entwickeln. Weiße fänden bunt und grell immer nur in bezug auf die weiße Hautfarbe als bunt und grell. Kraiger wollte die Harmonielehre der Farben in Indien untersuchen. Sehen, was dort als grell, bunt und strahlend empfunden wurde. Er wollte in einen Wahrnehmungszustand dringen, der seinen Umgang mit Farbe veränderte. Wahrscheinlich wollte er nur an der Brust einer Inderin nuckeln und dies vor mir rechtfertigen.

Die Indianerin schweigt. Vielleicht denkt sie mit. Sie lächelt.
Achtzehnjährig hätte ich nicht gelächelt, wenn ich mir einen Lüstling an einer schönen Frau vorgestellt hätte, die ich hätte sein können. Wie faustdick hat sie es hinter den Ohren?
Ich fahre fort, als die Muskelstränge sinken und ihr Lächeln hinsetzen.
Kraigers Schwärmereien hätte ich nicht ertragen, und meine Präsenz hätte nur einen Kontrast für Kraigers Betrachtungen ergeben, sage ich. Ich wäre für ihn immer häßlicher, immer blasser und schließlich so weiß geworden, daß er mein Gesicht als Scheibe wahrgenommen hätte. Ich beschloß also, ihm erst nachzureisen, wenn er schon genügend Material studiert hatte. Die Indianerin hebt die Augenbrauen, lächelt nicht und senkt den Kopf tiefer, sieht mich von weiter unten an. Ich fahre fort.
Nach zwei Wochen kam sein Anruf. Vor lauter Schönheit kannte er sich nicht mehr aus bei den Inderinnen. Ihre Ebenmäßigkeit und diese samtige Haut und die fein geschwungenen Nasenflügel haben sich von Gesicht zu Gesicht übertroffen, und plötzlich sind Kraiger die schönen Gesichter auf die Nerven gegangen.
Die Indianerin hebt das Kinn, es kommt auf meine Höhe, will sie kämpfen? frage ich mich. Sie öffnet ihren vollendeten Mund und zeigt die Kante ihrer weißen Zähne. Sie ist entspannt, und sie vertraut mir. Ich hätte jubeln können, ich habe es vorher nicht bemerkt, ich bin ihr jetzt erst nah genug, um es hören zu können. Sie gibt sich mir preis. Das perfekte Mädchen hat einen Fehler. Sie lispelt.

Was ist bei der Farbe herausgekommen?
Ich lehne mich zurück, ruhe ein bißchen, um dann mit geheimnisvoller Stimme weiterzureden.
Über Farben verlor Kraiger kein Wort. Die mit soviel Schönheit begnadeten Menschen machten ihn wahnsinnig. Er bekam regelrecht Angst vor diesen überall auftauchenden Sari-Frauen mit ihrem königlichen Gang, ihrer königlichen Schönheit. Und in der Universität machte ihn die westliche Kleidung verrückt, weil sie die Schönheit der indischen Malerinnen überdeckte, in einem Grauton verschluckte. Er wollte sich im Hotel erholen. Sein Appartement war riesengroß, der Salon reichte über die ganze Breite des Baus, so daß Kraiger auf der einen Seite in den Park des Hotels hinuntersah und auf der anderen Seite in eine Slumstraße.
Im Innenhof des Hotels war das Servierpersonal von so erlesener Schönheit, und auch die Stubenmädchen, die viermal täglich sein Luxuszimmer aufräumten, waren von so überwältigender Schönheit, daß Kraiger die Jalousien auf der Innenhofseite herunterließ und die auf der Slumseite hinaufgezogen hatte, und der Rezeption teilte er den Wunsch mit, daß er gern eine europäische Putzfrau hätte oder zumindest eine Weiße. Als man ihm sagte, es gäbe keine einzige weiße Putzfrau in Bombay und ihn in aller Höflichkeit als Spinner bezeichnete, verlangte er, daß er sein Zimmer selber reinigen dürfe. Dann wünschte er nach mir.
Gleich nach meiner Ankunft räumte ich auf, sage ich, und die Indianerin läßt die makellosen Lippen etwas offen. Die Künstlerfrau fliegt ihrem Mann nach, um zu putzen. Sie beginnt mein Gesicht zu untersuchen. Ihre

Augen streicheln mein Alter. Ich genieße ihren jungen Blick, spüre unter ihm die Falten, die aufbrechen und mein Gesicht wie eine Blüte entfalten. Wärme, die mich durchrieselt und ein aufflammender Appetit.
Die Slumseite habe ich anfangs nicht ertragen, sage ich weiter. Wir einigten uns darauf, die Hälfte der Tageszeit die Jalousien zum Paradies zu lüften, und in dieser Zeit lag Kraiger mit einer Augenbinde im Bett. Als der Blick zur Hölle aufgetan wurde, legte ich mich ins Bett und hörte an Kraigers Federführung, daß er das Leid der zerstörten, geschwürigen Gesichter bis ins letzte Detail nachvollzog. Ich stöpselte mir die Ohren mit gewachster Watte zu. Nachts öffneten wir beide Fenster und vereinigten uns in der Springflut aus Gestank und Duft, sage ich. Wir arbeiteten. Ich an der Häßlichkeit der Schönheit und Kraiger an der Schönheit der Häßlichkeit. Du kannst dir keinen Begriff davon machen, ich darf Sie doch duzen, wie erleichternd es ist, wenn der Mann einen nicht so nimmt, wie man ist, sondern seinesgleichen sucht.
Liebt er Sie? fragt die Indianerin, und ihre dünne rosa Zunge stupste an den Zähnen an.
Sieht man mir das nicht an? frage ich.
Die Indianerin lächelt schwach. Die Augenmuskeln zügeln nicht ihren Blick. Sie schaut sich hilflos um, der schwarze Pullover meines jüngeren Sohnes blinzelt zwischen zwei weiblichen Gästen, die in ihren rückenfreien Kleidern den Blick auf ihn mit ihren Körpern verschließen. Die Indianerin sucht.
Von hinten kommt Kraiger heran. Er drückt vor meinen Augen dem Mädchen einen Kuß in den Nacken. Sie legt ihre prächtigen Zähne bloß. Dann setzt sich Kraiger

zwischen uns. Verdrängt mich, klopft mit seiner haarigen Hand auf meinen Schenkel und sagt, also Indien.
Ich streife seine Hand ab und gehe weg.

Kraiger und ich verbrachten mehrere Wochen in diesem Hotel. Die Schönheit der Inderinnen beschämte mich nicht, und die Bettler machten mich nicht arm. Ich kaufte mir einen Sari und gab nichts. Die Sandelholzseifen aus dem Hotel nahmen wir mit. Die Schönheit der Inderinnen übertrumpfte meine Vorstellung von Schönheit, sie war so rein, daß jede Konkurrenz, die aus meinem fraulichen Bewußtsein hätte erwachsen können, sofort im Keim erstickte. Ich war chancenlos im Vergleich. Aber ich war individuell.
Geschah es dann, was selten genug vorkam, daß eine häßliche Inderin auftrat, atmete ich erschreckt auf, weil es unglaublich war, wie häßlich die Frauen dort sein können. Verstellte Zähne in dieser makellosen Haut fielen besonders unangenehm auf, und Narben oder allein erweiterte Poren wirkten wie Verunreinigungen, die sich in die Haut eingefressen hatten. Eine häßliche Inderin ist wirklich häßlich, und es gibt keine Abstufungen zwischen häßlich und schön. Ich empfand sofort Mitleid, und mir fiel auf, daß es eine Unmenge häßlicher Inderinnen gab zur Unmenge der Schönheitsköniginnen. Dazwischen gab es nichts außer mir.
Ich zog den Sari im Hotelzimmer an. Gegen die echten Inderinnen wirkte ich wie ein durchsichtiger Geist, der sich sichtbar machen wollte, grellorange. Ich legte mich ins Solarium, um meine Haut zu bräunen, meine fahle Nacktheit hätte ich am Hotelpool nicht zur Schau ge-

stellt. Erst als ich khakibraun war, legte ich mich hinaus und trug abends für Kraiger den Sari.
Kraiger zeigte nur Interesse für den Punkt, den er zwischen meinen Augen entdeckte. Dort wo Inderinnen einen Punkt auf der Stirn haben, wölbte sich aus meiner Haut ein dunkles Muttermal. Zuviel Sonne, oder mein unterbewußter Zwang, Kraigers Inderinnen zu entsprechen? Sonderbar war, daß Kraiger an derselben Stelle einen Pickel zu entwickeln begann. Wir dachten heimlich an Lepra. Kraiger schaute nicht mehr aus seinem Fenster, und ich vergrub mich im abgedunkelten Zimmer, um Bräune und Pigmentstörung wegzubringen. Wir sprachen kein Wort über Lepra, aber reisten im stillen Einverständnis ein paar Tage später ab.

Es gibt keine Auserwähltheit, keine Bestimmung füreinander, ich sollte stolz sein auf mein Kraigergesicht, ich könnte es als Ausnahme empfinden. Man muß das Glück der Banalität nehmen, wie es ist.
Kraiger hätte immer gern eine schöne Frau gehabt, wie jeder Mann gern eine schöne Frau hätte, und diejenigen, die eine schöne Frau haben, zeigen sie auch her, so daß die anderen den Unterschied gleich bemerken. Die Indianerin ist nicht nur schön, sie wird es auch noch lange bleiben. Aber vielleicht ist sie Kraigers Katastrophe, und mich darf ich auch nicht vergessen. Wahrscheinlich bin ich die Summe der Katastrophen, die sich aus dem Kraigerleben summiert. Ich, sein Dämon! Sein Teufel, seine dunkle Seite, sein Störer. Ich grinse. Ich bemerke sogar, was für eine Freude es bedeutet, wenn ich die kleine Indianerin anlächeln kann und sie dabei so tun muß, als

würde sie nicht sehen, daß Kraiger und ich aussehen wie Geschwister.
Ich bin befremdend. Die Indianerin ist ein freundliches Wesen. Ich habe Lust, auch mich zu befremden. Ich werde sie Kraiger entführen.
Mein jüngerer Sohn scheint die Indianerin zu suchen. Sie steht mit Kraiger auf der Terrasse, aber mein Sohn entdeckt sie nicht. Er fragt mich, ob ich seine Luvissa gesehen habe. Ich schüttle den Kopf und ziehe ihn vom Fenster weg, weil ich nicht will, daß er sieht, wie Kraiger seine Freundin küßt und damit eine Familientragödie auslösen könnte, die meine Eifersucht in den Schatten stellt. Ich führe meinen jüngeren Sohn in die Küche. Dort sitzt sein Bruder mit den Damen, deren Rückendécolletés wie Spuren von Zungen aussehen, die das Kleid fast bis zum Po weggeschleckt haben.
Noch ein paar Leute strömen herein, und ich dränge zwischen ihnen hinaus in diesen hellblauen Himmel für Kraiger. Mein Mann geistert noch auf der Terrasse herum und sucht wahrscheinlich ein stilles Plätzchen für sich und die Indianerin.

Wir hatten seit der Gesichtsverwandlung nur einmal Geschlechtsverkehr. Als die Papageien ins Haus gekommen waren.
Kraiger erwartete meine Bereitschaft, ich konnte es daran erkennen, daß er schon früher als ich im Bett war und in meiner Hälfte lag, anwärmen, wie er sagt. Ich hatte nichts dagegen, ich ging ins Bad und wollte seine Lust hinauszögern, Sehnsucht aufkommen lassen. Als ich zurück ins Schlafzimmer kam, grinste Kraiger, weil die Papageien noch nicht schliefen und wir sie kreischen

hören konnten. Kraiger ging hinunter ins Eßzimmer und warf das schwarze Tuch über den Käfig. Ich lag im Bett und hatte mein Gesicht mit einer dicken Schichte Nachtcreme zugedeckt, um einen Unterschied zu schaffen zwischen ihm und mir. Kraiger ging noch mal ins Bad. Ich hörte, daß er sich beim Pinkeln nicht hinsetzte, und dann hörte ich ihn fluchen, weil er nicht aufgepaßt hatte und aufwischen mußte. Dann hörte ich die Dusche, und wieder fluchte Kraiger, weil er den Duschvorhang nicht vorgezogen hatte und wieder aufwischen mußte.
Als Kraiger in meinem Bademantel heraustrat und sich zu mir ans Bett setzte und sich an meinem Pyjamaoberteil zu schaffen machte, kam es mir vor, als würde ich mich ausziehen, ich mich küssen, ich mit mir es treiben wollen, obwohl ich nicht ich war, sondern eine Puppe, die einmal mir gehört hatte und an der ich mich übte, den Körper als Körper zu begreifen. Ich mußte die Augen schließen, um Kraiger als jemand anderen zu empfinden. Als unsere Gesichter aufeinander einkeuchten, berührten sie sich nicht, meine Creme war schon auf Kraigers Körper verschmiert, und ich fragte mich, ob im Orgasmus der Ausdruck auf unseren Gesichtern der gleiche sein würde. Ich könnte sehen, wie ich aussähe. Im Augenblick dieser Selbstauflösung, die mit dem Tod verglichen wird, kann es aber geschehen, daß selbst der intellektuellste Mensch eine Stupidität ausdrückt, die die Situation zum Scheitern bringt und auch den Menschen, der sich mit einem hinarbeitet auf diesen Tod.
Ich wollte mich nicht darauf verlassen, daß Kraiger nicht stupide aussah und auch nie stupide ausgesehen hatte, demnach auch ich nicht mit seinem Gesicht so abfallen würde. Ich versuche im Beischlaf niemals zu

lächeln oder den Mund offen zu lassen, weil ich dann Gefahr liefe, daß der Unterkiefer nach unten sinkt und die Winkel erschlaffen, weil die Stränge lockerlassen und zucken wie unter Strom und die Muskel leiern, obwohl man meint, die Zeit bliebe stehen und jede Zelle mit ihr.

Einen Orgasmus mit dem Tod zu vergleichen erscheint mir zweifelhaft, denn der Tod ist einmalig, zumindest in diesem Leben, und wer bitte kann die eigene Erfahrung dieser Zustände miteinander vergleichen und beurteilen? Trotzdem behinderte mich diese paradoxe, angelesene und in meinen Bildern auch eingeflossene Verknüpfung von Eros und Thanatos nicht nur in meinem letztjährigen Sexualleben mit Kraiger erheblich. Ich erinnere mich an den Partner eines Seitensprungs. Mein Liebhaber hatte die Augen verdreht, und durch die Lidschlitze blitzte mich das Weiß halbmondig an, und das erschien mir totenähnlich und interessant, soweit mein Gehirn diesen Gedanken noch verfolgen konnte, aber es brach ab, und ich sprach das Urteil debil aus. Auf jeden Fall hat sich diese Schlitzerei in mein Gedächtnis eingebrannt, und ich kann diesem Mann heute nicht mehr in die Augen sehen, was er als schamhaftig empfindet und den Reiz an mir nicht verebben läßt. Ich hatte das Problem, ihn loswerden zu wollen, aber keinen ausdrucksfähigen Grund.

Ich wußte, daß ich den Kopf zwar zurückneigen durfte wie in Filmen, wenn schöne Frauen unter ihrem Liebhaber schmachten und den Schwanenhals freigeben, aber ich wußte auch, daß ich nicht dieses selige Grinsen auflegen durfte, da es meine Schneidezähne freigäbe, und ich weiß, aus welchem Blickwinkel heraus ich die,

menschlich gesehen, völlig normalen Zahnbeläge auf der Rückseite der Schneidezähne meines Geliebten erspähen kann. Ich wollte eine Unsterbliche sein im Bett und es mit einem Unsterblichen treiben. Höhepunkte nah am Tode, und grüß Gott. Ich verließ meinen Geliebten, trennte mich von ihm, indem ich auf seine Avancen nur mehr mit einem kalten Grinsen reagierte.
Als ich Kraiger mit seinem Goldzahn erlebte, und meine Zunge die Glätte dieses Edelmetalls immer wieder aufspürte, dieses zeitdurchlässige Material, wurde mir zum ersten Mal bewußt, daß ich weder je einen Orgasmus küssend erlebt noch Schauspieler sich in solchen Momenten küssen gesehen hatte. Küssen und Orgasmus gehen nicht zusammen. Kraiger und ich versuchten es, aber es gelang uns nie. Und in jener besagten Nacht küßten Kraiger und ich einander überhaupt nicht. Ich hielt die Augen geschlossen, um nicht zu sehen, wie ich aussah. Ich spannte meine Gesichtsmuskeln an. Ich weiß, wenn er stöhnt, öffnen sich seine Lippen, und dann schließen sie sich wieder. Er beherrscht sein Gesicht auch in der völligen Selbstauflösung, man könnte sagen, Kraiger sieht dann aus wie ein Toter, der bewußt gestorben ist und sich hinübergedacht hat, aber dann auch gleich wieder zurück.
Ich wollte mich von ihm unterscheiden. Ich klappte meinen Kiefer auf und stöhnte. Ich verdrehte meine Augen und ließ meinen Unterkiefer hängen und mußte aufpassen, daß mir nicht die Spucke hinauslief. Zwischendurch kontrollierte ich Kraiger, der einfach stumm und schweigsam sein Gesicht beherrschte. Doch dann sah ich, daß er die Augen offen hatte. Ich klappte sofort den Unterkiefer zu und hielt den Mund. Wir bewegten uns rhythmisch,

als wollten sich unsere Nasenspitzen berühren und dann wieder nicht. Ich wollte ich sein und überlegte, was ich tun könnte. Kraiger schloß die Augen und seine Lippen öffneten sich einen Spalt. Sein Goldzahn blinkte immer wieder im Schein der Lampe. Ich konzentrierte mich auf dieses Blinken, diesen Zahn unserer Ehe, auf den ich fühlte. Aus dem Wohnzimmer hörte ich die Papageien, Kraiger hörte sie nicht, weil ich an seinem Ohr mit den Lippen lärmte. Zwei gleichaussehende Exponate einer Species. Kraiger ignorierte mein Gesicht, wenn er dafür den Rest meines Körpers bekam. Ich hingegen konnte mich im Moment nur auf meine Mimik konzentrieren. Mein Bemühen um Identität brachte meine Lust um. Je mehr Kraiger sich an meinem Körper engagierte, um so mehr fühlte ich mich berechtigt, ihn als lästig zu empfinden. Gleichzeitig erhob sich in mir aber ein Mitleid mit Kraiger, würde ich ihn jetzt zurückweisen.
Ich versuchte eine andere Strategie des Lustgewinns. Ich machte Kraiger jede Regung im Gesicht nach. Von weitem mußten wir aussehen, wie zwei Affen, die einander imitierten, Geschlechtsverkehr mit Spiegelbild. Eine Göttin mit dem Gesicht eines Mannes, die Aufhebung der Geschlechter könnte so aussehen. Plötzlich lachte Kraiger. Entschuldige, sagte er, aber mir kommt vor, ich treib's mit einer Wildfremden.
Vielleicht ist Kraiger der einzige Halt in meinem Leben.
Nach einer Pause gelang uns die Geschichte dann ganz von allein, aber ich konnte es nicht lassen, und im entscheidenden Augenblick war mir, als senkte sich der Schädel seines Röntgens auf mein Gesicht.
Und jetzt preßt er seine Knochen in das junge Fleisch der Indianerin. Ich könnte ihn… ja, was denn?… ver-

lassen. Die Silhouetten sind nicht verschmolzen. Kraiger zeigt ihr den Garten, seinen indischen Mohn, der die Temperaturwechsel zwischen Tag und Nacht noch nie überblüht hat. Ich könnte hinausgehen, ihn fragen, ob er sich jetzt für unsterblich hält und mich darüber vergessen hat.

Der Galerist blitzt mich mit seinen Augen an, ich bin kein nachtragender Mensch. Die Affäre ist vorbei, und er hat es begriffen. Ich habe Kraiger geschont. Er hat nichts bemerkt. Der Galerist verfängt sich im Kabel, das auf die Schwelle geklebt ist, dessen Klebestreifen sich aber gelöst haben, mit seinem Schuh bleibt der Galerist hängen, stolpert und zieht das Kabel aus der Steckdose, und wir stehen im Dunkeln. Die hellblauen Girlanden verwandeln sich in schwarze Wirbelsäulen präparierter Saurier, als befänden wir uns im Naturhistorischen Museum. Der Galerist fängt sich an mir, ich halte ihn fest, und seine Augen schimmern. Wir tasten uns zum Kabel, und als das Licht wieder hergestellt ist, steht Kraiger wieder im Raum und die Indianerin neben ihm, und er hat mich im Visier, mich neben dem Galeristen, was geschieht denn hier?

Das Licht, sagt der Galerist.

Nichts, sage ich.

Es gab einen Tag in meinem Leben, an dem ich beschloß, geliebt werden zu wollen, und ich überlegte, wie stellst du das an. Indem ich täusche, sagte ich mir, weil mein Vater meine Mutter enttäuscht hatte, sie vorher also getäuscht haben mußte. Die schlechten Seiten meines Vaters hielt ich für echt. Er hatte sich um meine Gunst bemüht, mit Reisen, Geschenken, Therapiestun-

den, Zeit und Selbstvorwürfen, aber meinem Mißtrauen war er nicht entkommen, er hatte es mit seinem ausgereiften Täuschungsmanöver erfüllt.
Ich übernahm sein Muster. Zuerst einmal mußte ich wissen, was derjenige, von dem ich geliebt werden wollte, mochte. Stellte ich fest, daß es jemand war, der von Leid und Krankheit beeindruckt war, log ich ihm eine Krankheit vor. Da ich öfter Blutbilder machen lassen mußte, erzählte ich von Leukämie. Ich konnte die Situation der Angstzustände so drastisch schildern, daß ich schließlich selbst daran glaubte, und als ich dann wieder einmal zu einer Blutbildkontrolle wegen meiner schweren Anämie mußte, konstatierte man eine derartige Verschlechterung des Blutbildes, daß man mir eine Spezialuntersuchung der weißen Blutkörperchen nahelegte.
Da ich im Grunde ein aufrichtiger Mensch bin und ja wirklich geliebt werden wollte, und nicht durch einen Trick, transponierte ich mir meine Lügen in die Wirklichkeit. Das war eine Art Anpassungswille, der mich damals erschreckte und den ich heute für gefährlich erachte. Ich mußte sofort die Leukämie aus dem Weg räumen und wollte meinem damaligen Freund die Ernsthaftigkeit meines Problems stückchenweise herabsetzen. Die Romantik, die meine Krankheit, meine Schwäche implizierte, wurde dadurch aber weggewischt. Du bist doch nicht schwanger, fragte er mich, als ich ihm sagte, daß ich nur zu Tests ins Krankenhaus müsse. Er begleitete mich zur Blutuntersuchung und kümmerte sich vorbildlich um mich, solange wir noch Schlimmes vermuteten. In weniger als einer Woche hatte sich mein Blutbild so drastisch verbessert, daß die Ärzte nur den Kopf schüttelten über den Verdacht und eine Verwechslung

der Blutproben befürchteten, aber das könne nicht geschehen sein, denn gerade bei mir, einer schweren Anämie, habe man besonders genau auf die richtige Beschriftung der Fiolen geachtet. Ich durfte sogar meine Medikamente absetzen.

Mein Freund freute sich nicht so recht. Ich war zu gesund, mein Reiz war mit der Krankheit verflogen. Er wollte eine onkologische Freundin, um sich selbst bemitleiden zu können, für die Last, eine tödliche Krankheit mitzutragen. Unsere Beziehung ließ sich nicht mehr fortsetzen.

Der nächste war beschnitten, und ich studierte mir die Rituale jüdischer Feste ein, um ihm das Gefühl zu geben, ich wäre mit ihm tiefer verbunden. Ich kaufte mir sogar einen siebenarmigen Kerzenhalter und lernte die richtige Aussprache der hebräischen Feste. Ich spielte für ihn die Jüdin. Ich genoß es, eine Auserwählte zu sein, und er genoß es, mit einer Auserwählten zusammenzusein. Wir sprachen aber nie über Religion, soweit kamen wir nicht. Nach den ersten Liebesnächten gefiel mir sein ernstes Gesicht immer noch, doch dann sagte er, daß er erst mit achtzehn seine Fimose habe beheben lassen und daß ich seine erste Frau sei, ob ich es gemerkt hätte. Tat ich nicht, denn er hatte trainiert, an einer Puppe. Ich konnte ihm nicht erklären, daß ich mich wegen einer Täuschung zu einer Täuschung hatte hinreißen lassen. Ich beließ ihn zur Strafe im Glauben an meine Täuschung, sagte, daß ich wirklich nicht so eine Plastikschickse sei.

Beim nächsten wußte ich, daß ihn Sprache verführte. Nichts verwandelt einen Menschen so sehr, als wenn er in einer anderen Sprache spricht als der gewohnten. Ich wollte ihn von meiner Verwandlung, meiner Eigenheit, meiner Elaborierung dieser Eigenheiten ein wenig ahnen lassen und traf den Freund meines Vaters, den ich von Kind auf kannte. Ich mochte ihn, aber da er das zweite Ich meines Vaters war, wollte ich ihm die Verachtung für meinen Vater zuteilen. Dazu sollte Curt mich bewundern, und ich sprach Englisch viel besser als er. In einer Fremdsprache kann man nicht lügen, sagt Herder. Und doch fühlt sich alles, was ich in einer Fremdsprache sage, an, als gäbe ich eine Show, und darin lag meine Täuschung, ich gab keine Show, ich meinte es ernst. Ich bestellte für Curt einen Drink, und er sah in mir schon einen Star, weil er den Drink sofort bekam. Ich trug damals überlange Tigerhandschuhe wie die Indianerin heute. Ich war schrill, einer Screwball Comedy entsprungen, und Curt wollte sich dementsprechend verhalten, zu allem bereit, aber dann doch loyal und moralisch korrekt.

Ich schlug ihm vor, bei mir zu übernachten. Auf seinen kurzen Beinen folgte er mir in mein Atelier. Er ging ins Bad, und mir fiel auf, daß ich nichts durch die Tür hörte. Als er herauskam, ging ich ins Bad, zog mir ein Seidenhemdchen an und erschien Curt als das, was mein Vaterhirn ersonnen hatte, als unschuldige Sünde. Ich vollzog keine Show, ich wollte Curt verführen und hatte mein Englisch benützt, um mich zu verkleiden und meine Feigheit zu überwinden, und jetzt verschlug es ihm die Sprache.

Curt lag in seinem Bett und blätterte in meinem Fotoalbum. Ich, Fragment in Curts Leben, wollte sein ganzes auf meine Seite ziehen, er aber hielt meines in Händen, was mir nicht gefiel. Ich war so weit, mich selbst zu

verführen, als ich die Wölbung der Bettdecke über seiner Lustgegend sah. Ich schob das Album mit der Fußspitze zur Seite, hockte mich hin und wollte, daß er an mir scheiterte und beugte mich über ihn. Curt war damals im selben Alter wie Kraiger heute. Ich fühlte seine Fingerspitzen, das Alter verhärtet den Tastsinn, und sie trippelten und versuchten sich. Die Rillen seiner Fingerabdrücke, die dicke Haut seiner Innenhände und vielleicht der Mangel an Mut in uns beiden, oder das Buch meines Vaters in unseren Köpfen, ließ Planlosigkeit ausbrechen. Ich weiß nicht, ob er mir aus Gewohnheit über die Haare und Wangen streichelte, wie ich es als Kind von ihm kannte, oder ob er als Hommage an Eroica meinen Po tätschelte, als wäre ich ein kleines Scheißerchen, oder war es seine Lust nach meinem Kinderkörper, weshalb er Brüste und Scham ignorierte?
Curt verpatzte meine Rachelust, mich an meines Vaters Leben zu vergreifen, indem er nicht die Konsequenz aufbringen konnte, sich von der erwachsenen Eroica verführen zu lassen. Die Situation war peinlich. Wie die letzten Wichser verhüllten wir uns voreinander. Zum Glück kam mein damaliger Freund ins Atelier und zerstreute unser Versagen. Curt schlich sich nachts davon und führte mich Jahre später ans Grab meines Vaters. Attribut eines Lebens, mit einem neuen Leben in mir. Attribut für ein Attribut. Kraiger, Curt, mein Vater, meine Söhne oder dieser weißäugige Orgiastiker, der den Stecker in die Dose drückt, obwohl er schon längst festsitzt, und mich dabei anlächelt, wer erfährt sich durch wen besser?
Die Indianerin geht in die Küche. Die Schwingtür fächelt mir ihr Parfum unter die Nase.

Mein jüngerer Sohn lehnt am Geschirrschrank, und die Indianerin stellt sich neben ihn. Sie reicht ihm nur bis zur Schulter. Ein schönes Paar. Er hat vergessen, daß er sie gesucht hat. Er nimmt sie um die Hüfte und zieht sie zu sich, läßt sie los für einen Wink, der mir gewidmet ist. Ich winke zurück. Ich habe mich getäuscht. Er sieht mich erst jetzt, winkt nochmals, höflich, weil er meiner Aufforderung nachkommen will. Wie ernst ist die Sache? Was wird er über mich schreiben? Ein Hauptgewicht wäre ich gern, doch Erstlingsromane gehen aufs ganze, und man kennt mich, und ich will keine Vergleiche. Die Tür schwingt zu und wischt mir die Indianerin weg.
Wie in alten Zeiten, sagt meine Freundin.
Sie sitzt auf dem Sofa, ich soll mich zu ihr setzen, versinken, im Vergleich zu ihrem Futon. Ich verstehe sie schlecht, sie ist matt vom Akohol und entsprechend leise. Was ist mit uns geschehen? sagt sie.
Ich will jetzt nicht wissen, was sie meint, ich überlege mir gerade die Notwendigkeit, zu einem plastischen Chirurgen zu gehen. Sie streicht mit dem Daumen über ihre Fingernägel, die noch nie lackiert waren. Ihrem Gesicht ist keine Trauer anzusehen, kein Verlust, kein Zuviel oder Zuwenig. Sie hat die Malerei ihrem gehandicapten Bassisten zuliebe geopfert.
Er mag es nicht, wenn ich telefoniere, sagt sie. Ich hebe die Schultern und lasse sie wieder fallen.
Ich muß mich fügen, weil ich abhängig bin, sagt sie. Wie früher. Aber jetzt bin ich alt genug.
Laß dich zurückrufen, sage ich.
Er ist ein Lauscher, sagt sie.
Ignoriere ihn doch.

Früher hat er die Kontrolle über sich gehabt, und jetzt hat er sie über mich. Er sperrt das Telefon ab.
Ich lache verächtlich auf.
Ich muß ihn fragen, ob ich telefonieren darf, nur weil ich wieder zu malen angefangen habe.
Gut, sage ich.
Er haßt mich dafür, sagt sie, und ihre Unterlippe zittert schwammig, hätte sich die Saite doch um seinen Hals geschlungen! Aber reden wir über etwas Lustigeres, wie geht es dir?
Ich schüttle die Haare aus dem Gesicht, und mit einem herzlichen Lächeln sage ich, siehst du das nicht?
Die Tür zur Küche. Die Indianerin erscheint ungebeten im Rahmen und verlangt in den blauen Dunst hinein nach Franzbranntwein. Gelächter und ihre Röte, und hinten im Ausschnitt hält mein jüngerer Sohn das Brotmesser in der einen Hand und den Zeigefinger der anderen unter das Wasser.
Sie weiß nicht, ob sie Manderl oder Weiberl ist, sagt die Freundin. Bedauernswert, jung und unsympathisch. Woher hast du sie?
Sie hat einen jungen Schriftsteller kennengelernt.
Das ist doch schön. Die Kleine ist verliebt, aber sieht sie nicht unglücklich aus? Er macht sie unglücklich.
Entweder ist seine Mutter grausam, oder sie hat ihn grausam gemacht, schlage ich vor.
Mein Gott, so wenig Ahnung hatte ich auch, sagt meine Freundin, ohne Notiz von meinem Unterton zu nehmen. Zum Schluß war ich die Saite, die ihm den Finger geköpft hat.
Warum findest du sie unsympathisch?

Seien wir doch ehrlich, sagt meine Freundin und legt ihren Blick auf mein schwiegermütterliches Gesicht. Du siehst nicht so prächtig aus. Aber ich würde sie nehmen, weil er sonst eine andere nimmt.
Wie meinst du das?
Denk nach. Schau dir die jungen Gesichter in den Illustrierten an. Grace Kelly ist noch immer abgebildet. Die Kleine hat etwas Monegassisches.
Das ist nichts gegen die jugendliche Frische und Sauberkeit einer unberührten Natur. Ich glaube, sie ist Jungfrau.
Mein Sohn hat sich das Blut abgewaschen und ein Handtuch um den Finger gewickelt, Kraiger kommt mit dem Franzbranntwein zu spät. Die Kleine streckt die Hände nach der Flasche aus.
Ich kann mich erinnern, daß der schwedische Backfisch als Baby abgebildet war, sagt meine Freundin. Das Taufkissen mit den aufgestellten Spitzen war von einer zuckerbäckerischen Appetitlichkeit, daß man hätte hineinbeißen können ins Foto. Das Kind ballte seine Händchen nicht zu Fäusten. Es war von einer zerebralen Störung die Rede. Das Kind spreizte seine Fingerchen, wie es ein Baby im Alter von zwei Wochen nicht tut. Ich weiß, daß ich nach dieser Meldung bei meinen Kindern, wenn ich welche gehabt hätte, besonders drauf geachtet hätte, ob sie die Händchen zu Fäusten ballen oder nicht, sagt meine Freundin.
Die Hände der Indianerin ergreifen den Franzbranntwein, den Kraiger an seiner armlangen Angel vor ihrer Nase baumeln läßt.
So umwegreich sich auf seinen Tod zuzubewegen, daß man möglichst viel Zeit verbraucht, oder schnell hin-

einzurasen, daß gar keine Zeit zur Erfahrung der Todesart bleibt? Worin liegt die Intelligenz oder gar der Triumph? fragt Kraiger.
Danke schön, sagt die Indianerin und schnappt den Köder.
Dieses Mädchen wird gesunde Kinder bekommen, kichert meine Freundin. Grace Kelly wäre zu alt, um neben den Prinzessinnen von heute zu bestehen.
Ich überlege mir ein Lifting, sage ich.
Meine Freundin schaut mich entgeistert an, als wäre ich zersprungen und sie müßte mich zusammenpuzzeln.
Entschuldige, sagt sie, so habe ich das nicht gemeint. Du weißt, du kannst jederzeit zu mir kommen. Betrügt er dich?
Sie schielt zu Kraiger, dann wieder zu mir, und sie entdeckt, das ist ja unglaublich, er sieht aus wie du.
Ich lache. Ich schätze sie dafür, daß sie mich im wesentlichen anerkennt.

Ich hatte Informationsmaterial über kosmetische Gesichtsoperationen zusammengetragen. Auf den Schönheitsseiten der Broschüre wurden Schildkrötenfalten und Krähenfüße thematisiert. Krumme Nasen unter dem Hobel verwandelten sich zum makellosen Profil, während ein paar Seiten weiter hinten solche Makel als Charakteristika nachgebildet wurden. Die Wiederherstellung der unfallgeschädigten Gesichter war faszinierend. Die Knochen wurden mit eigener Knochensubstanz, die aus den Oberschenkeln herausgestemmt wurde, aufgebaut, vernäht, zusammengestückelt und mit Knorpelmasse gekittet. Als schwierig wurde die Narbenpositionierung beschrieben, die die Arbeit des

Chirurgen völlig zunichte machen und Nachoperationen erfordern könne. Man benutzte nie die Formulierung, ein Gesicht zurückzugeben.
Ein zehntägiger Krankenhausaufenthalt, und ich wäre wieder die Alte, sagte man mir. Auf den Knochen habe sich eine Art Wildwuchs gebildet, der abgeschabt werden müsse. Eine Art innerer Furunkel, der aber in sich geschlossen keine Gefahr darstelle, der nur trockne und sich dann verkruste und verhärte und dem Knochen angelagert sei. Oft bilde sich dieser Wildwuchs von allein zurück. Dies allerdings könne Jahre dauern, und es sei meine Entscheidung, einer Operation zuzustimmen oder abzuwarten, wobei es beim Abwarten keine Garantie für Erfolg gebe.
Ich betrachte im Geiste die Korrekturen, blaue Fettstiftlinien auf der Haut. Ich werde mich nicht operieren lassen. Ich werde Kraigers Gesicht tragen und mich weiter auslöschen. Die Haare werde ich färben und neue Schminke auflegen und doppelt verschwinden. Mit einem gefälschten Gesicht herumlaufen und dieses noch einmal fälschen mit Farbe. Ich werde mir die Knochen nicht auf Eis legen lassen.
Ich werde mich höchstens aus mir heraus verändern, Kraiger entwachsen aus Leidenschaft. Wir sind aus dem gleichen Stoff gemacht, und die Süße, die er als die Gemeinsamkeit bezeichnet, mit der er sich in mir verstrichen hat, werde ich ihm angedeihen lassen. Hätte sich Kraiger je zu meinem Werk geäußert, als beurteilende Instanz ausgelassen, ich hätte ihn nicht ernstgenommen, denn niemand kann einen Kritiker ernstnehmen, der sich Grießbrei von seiner Frau kochen läßt und sich dann als ihr Erzieher aufspielt, der ein junges Mädchen

erobert, um Todesangst abzuladen, der auf der Toilette Boulevardblätter liest und meinen Vater als verkappten Päderasten bezeichnet und dabei selbst für den nächsten Bilderreigen junge Mädchen besichtigt, während ich mich mit meiner Identität vollfresse und nichts ausscheide.

Ich muß keine Eroica sein. Ich bin bloß gerecht und möchte die Indianerin provozieren. Es gibt keinen Unterschied zwischen Kraiger und mir. Ich möchte nur ausprobieren, ob Kraiger auch ich sein kann. Das Alter verschleift die Gesichter. Verhaltensweisen verkümmern in der Langsamkeit der Evolution. So wie die kleine Zehe verkümmert und in den nächsten Jahrtausenden vom Menschen nicht mehr mitentwickelt werden wird, werden die Geschlechterbilder verkümmern. Warum nicht meine Verwandlung als forcierte Evolution ansehen?

Das hieße, die Frau erübrigt sich als Klon. In mir erhebt sich kein Widerwille gegen diesen Gedanken. Ich bin entsetzt, daß ich keinen Widerwillen aufbringe, in Kraiger aufzugehen. Sitze neben meiner Freundin und sehe Kraiger und starre auf seinen Goldzahn, der für die Indianerin blitzt. Meine Zunge wird pelzig, als bilde sich plötzlich Schimmel auf ihr.

Ich zeigte ihr unseren Garten, und mit meinem Kraigergesicht mußte ich im Mondlicht fast zum Verwechseln sein.

Ich wollte raus an die frische Luft. Ein paar tragödienlose Sekunden an unserem tragödienlosen See verbringen. Der See am Rande unseres Grundstücks ist erst zwanzig Jahre alt. Er ist künstlich angelegt, und es stört mich nicht, daß ich weiß, daß er nicht echt ist. Er war

machbar, und dadurch strahlt er etwas Ungefährliches aus, man kann eingreifen in sein Geschehen. Dabei sieht er natürlich aus, Wasser, Stein, Kies, rundherum Wald und ein schöner Platz für unser Haus. Noch niemand ist in unserem See ertrunken. Ich finde ihn sympathisch, mache ihn fast zu einem Menschen, der sich anpassungsfähig in die Landschaft kombiniert, keine Brandung, kein Peitschen, kein hoher Wellengang. Solange er keinen Toten in sich hat, werde ich ihn mögen, wird ihn auch Kraiger mögen, obwohl er sich letztes Jahr nicht ins Wasser getraut hat. Alles eine Frage der Zeit. Die Statistik fordert ihren Tribut. Und sie besagt, daß Gewässer Tote fordern, und außerdem, das Wort ertrinken gehört zu Wasser dazu.
Ich könnte ins Wasser gehen. Undine spielen. Kraiger küssen und sein Mörder sein. Ich kann Kraiger nichts anlasten, die Harmonie, die ich wollte für mich und die andern, habe ich geschaffen. Ich habe ihn benützt und erleide den Preis dafür.
Die Augen der Indianerin sind naß, der Rauch, sagt sie. Ich frage sie, ob sie meinen jüngeren Sohn schon länger kennt. Sie weicht aus. Sie will nicht zugeben, daß sie ihn eigentlich erst seit kurzem kennt, also überhaupt nicht, daß dies die erste Nacht sein wird, die sie überhaupt mit einem Mann verbringt. Das Gästezimmer steht bereit. Sie will nicht unerfahren sein. Sie fragt, ob sie nicht stört. Sie möchte es romantisch haben, und dazu braucht sie meine Einwilligung. Sie beschreibt mir den Sternenhimmel, und ich weise auf den See hin und rede von Wahrscheinlichkeiten des ersten Opfers. Mein Sohn wird die Romantik erledigen und Kraiger den Rest. Ich stelle mir einen aufgeblasenen Luftballon vor, rosa und

prall, eine dünne Haut, der sich eine Nadelspitze nähert, und wie diese Haut bei der ersten Berührung nachgibt und dann, als die Nadel richtig zusticht, platzt. Ich rede vom Universum und zeige das Sternbild der Jungfrau.
Mein Sohn hat die Indianerin zu uns gebracht. Seine Wohnung ist von seinem Bruder verseucht, weil er geschieden ist und eine Prophezeiung darstellt, die die Hoffnung der Indianerin zunichte macht. Die Indianerin erzählt von ihrer Mutter, die etwa in meinem Alter ist, aber nicht so leger wie ich und nicht so selbstständig, sie hat auf zuviel verzichtet. Verzichtet habe ich auf nichts, denke ich. Ihre Offenheit und der Redeschwall, der jetzt wieder lispelnd aus ihr herausbricht, mitten in mein Kraigerisches Antlitz, konzentriert meinen Blick auf ihren Mund. Diese Lippen, gesüßt von der Torte, die ich für Kraiger gebacken habe, gesüßt von seinen Lippen, die ich für mich reserviert hatte, werden heute nacht meinem Sohn gehören. Ich fürchte, auch ich habe ein Recht darauf.
Die Indianerin möchte gern zurückgehen. Mein Sohn sucht sie vielleicht schon. Ich weiß, daß er dich nicht sucht, meine Süße. Wir gehen zurück. Es stört mich nicht, daß sie bei uns nächtigen wird, sage ich, und sie geht federleicht neben mir. Die kleine Braut auf meiner Prärie. Ihre seidigen Haare haben etwas Trauriges, und ihr Stirnband wirkt wie ein abgerutschter Heiligenschein.
Ich gebe ihr meine Hand. Versuche es zumindest. Ich habe noch nie einer Frau im Gehen die Hand gereicht. Die Indianerin nimmt sie und schickt mir ein kleines, flüchtiges dankbares Lächeln zu. Wir gehen auf das Haus zu. Die beleuchteten Fenster werden Schritt für

Schritt größer. Ich lenke die kleine Indianerin mit kaum spürbaren Druck vom Wege ab. Sie schaut mich erstaunt an und folgt. Ihre Hand liegt weich in der meinen. Ich möchte die Indianerin nicht verderben, aber ihre Zutraulichkeit geht mir auf die Nerven. Sie bleibt ratlos freundlich neben mir, und ihr Gesicht ist offen für die Wunder dieser Welt. Sie blickt mich erwartungsvoll an. Ich lasse sie los und lege ihr die Hände um den Hals, ich ziehe sie mit leisem Druck zu mir heran, und sie senkt lieblich die Lider, schließt ihre indianischen Rehaugen und bietet mir ihre Stirn an. Ich berühre ihr Gesicht, schnuppere ihre unschuldige Jugend und küsse ihr nicht die Stirn, sondern lege meine zärtlichen Lippen auf ihren weichen Mund, der sich erstaunt öffnet, und ich stoße mich vor, zwischen ihren perlweißen Zahnreihen durch, und ihr warmes Lispeln schmilzt auf meiner Zunge. Sie hat keine Zeit, sich zu wehren, dazu ist sie zu überrumpelt und muß den Tathergang überdenken, um ihn für wahr zu halten, derweil hole ich mir den schwachen Geschmack meines Mannes und meiner Torte zurück und pflanze ihr meine Unvergeßlichkeit ein.

Es wird bereits Gras über mich wachsen, bevor sie mein Gesicht und meinen Kuß ohne Abscheu in der Erinnerung aufsteigen lassen kann. Ich bin die Indianerin für alle Zeiten los, aber sie nicht mich. Sie hat ein Recht auf Erfahrung, und die hat sie von mir bekommen. Unsterblich ist, was man erinnert, darin liegt Trost. Ich habe mir Zukunft erteilt, und sie wird mich nicht mehr als Vorbild ansehen, sondern als konspirativen Engel visionieren, wenn irgendein Mann sie verläßt.

Sie verschwand nach dem Kuß, verabschiedete sich weder von Kraiger noch von meinem jüngeren Sohn. Ich war mit ihnen versöhnt, denn auf ihre Kosten hatte ich mir das Gefühl ausbalancierter Gewichtung verschafft. Kraiger erlitt noch in der Nacht einen Herzinfarkt. Die Indianerin war ihm nur ein paar Stunden nicht aus dem Sinn gegangen, dann hatte er sich über mein Rückgrat, die Rippen und das Schlüsselbein, über den Hals hinauf zu meinem Kinn getastet, und ich zerfiel in vornehmer Achtung oder Verachtung. Ob es Kraiger genauso erging, fragte ich mich.
Kraiger ging später auf die Toilette. Ich hörte ihn, wie er zurück ans Bett trat und plötzlich loskeuchte. Ich lag noch in seiner Hälfte, und Kraiger hatte es im Halbschlaf vergessen. In der Dunkelheit und mit den zurückgestrichenen Haaren hatte er mich für sich gehalten und sich fast zu Tode erschreckt.

Folgende Erzählungen wurden bereits veröffentlicht:

Bande. In: »ndl«, September 1996
Eroica. In: »manuskripte«, Juni 1994
Brautplan. In: »manuskripte«, September 1995
Spielplatz. In: »manuskripte«, September 1994
Glatteis (Auszug). In: »Wespennest«, Juni 1998

Die Deutsche Bibliothek – CIP-Einheitsaufnahme
Mischkulnig, Lydia:
Sieben Versuchungen : Erzählungen / Lydia Mischkulnig. –
Stuttgart : Deutsche Verlags-Anstalt, 1998
ISBN 3-421-05117-8

Typografische Gestaltung und Satz: Stefan Tuda
Druck und Bindearbeiten: Friedrich Pustet, Regensburg
Printed in Germany
ISBN 3-421-05117-8